LE TIGRE DE PAPIER

4 AU-DELA

Alex de Kyburg

remerciements

À la sortie d'un ouvrage, il est probable que relativement peu de personnes s'imaginent le chemin parcouru entre l'écriture du premier jet d'un manuscrit et le moment où un livre est posé sur le rayon d'une bibliothèque.

Parmi les nombreuses opérations, il en est une indispensable : la relecture.

Aussi, et avant tout, je tiens à chaleureusement remercier le dévouement des héros de l'ombre qui se sont courageusement attelés à la tâche.

Isabelle, Pascal et Pat : MERCI!

Ce tome 4 est dédié à KrummenHacker, écrivain de science-fiction, disparu en 2018 à la suite d'une foudroyante maladie.

Préface

Voici le quatrième et dernier volet narrant la naissance d'une nouvelle civilisation.

Le lecteur est placé dans l'action par l'intermédiaire d'Octa, habitant du Village. Ce personnage éveillé est la caméra, les yeux, les oreilles et le cœur au travers desquels vous vivrez l'épopée d'un concept inédit.

À Chacune et Chacun d'en tirer les meilleures conclusions...

N.B. Dans cet ouvrage, l'utilisation de la manière celtique d'exprimer les nombres 70, 80 et 90, bizarrement encouragée par l'Académie française, est remplacée par une forme plus correcte, basée sur l'origine latine de la langue de Molière, à savoir : compter par dizaines.

Résumé des tomes 1 à 3

Sur Terre, après la Grande Destruction, une colonie de moins de mille survivants retrouve une certaine sérénité. Ce qu'ils ignorent, au début, est qu'ils sont enviés par certains... et convoités par d'autres !

Ils ont fondé et construit le Village sur une base totalement différente de l'ancienne civilisation : l'empathie, au lieu de la quête du pouvoir.

L'individu, considéré comme joyau unique, s'y épanouit dans une convivialité respectueuse des particularités de chacune et chacun. Aucune réglementation n'y est nécessaire, puisque la compréhension de l'autre y est naturellement cultivée.

L'évolution des technologies et du savoir est stimulée par le Tigre qui approvisionne régulièrement leur Village de coupures de journaux. Ces précieuses informations sont fournies par le Tigre de Papier, un ex-milliardaire ayant bénéficié de ce qui se faisait de mieux en matière de médecine de l'Ancien Monde. Il est âgé de près de 300 ans, mais ne paraît en avoir que 40.

L'arrivée au Village d'un groupe d'inconnus à la chevelure grise, bouleverse l'ensemble de l'organisation quotidienne. Surnommés les "Gris", les nouveaux venus vont dévoiler leur véritable origine. Ils sont natifs et habitants du satellite artificiel géant qui tourne autour de la Terre.

Le narrateur, Octa, retrouve Tani et sa fille sur la station orbitale. Il découvre que des fanatiques tentent d'y prendre le pouvoir, avec l'intention d'utiliser les indigènes au sol à des fins de procréation. L'inventivité et les dons d'adaptation des villageois vont sauver tous les survivants d'une catastrophe programmée.

De nouvelles rencontres, sur Lune et sur Mars, vont encore élargir les horizons!

Toutefois, autant sur Terre, que dans le reste de l'univers, les mystères sont pléthore!

Nos amis vont devoir faire face et résoudre de nombreux et imprévisibles défis... dans tous les domaines!

PARTIE 1

CHAPITRE UN

Terre à terre

Trésor

Reflets d'aurore

Coussin cendré de cheveux

L'argent de tes yeux

Mon céleste trésor

Plantations

– Bigre! C'est grandiose, Tani! Il faudra que Zin' voie ça.

Ma reine me tient par la taille, sa hanche plaquée contre la mienne. Mon bras, posé sur ses épaules, tente de lui transmettre toute la tendresse que je ressens à son égard.

– C'est juste, Octa, tout n'est que turquoise, à perte de vue!

J'ai des raisons d'être encore plus époustouflé que Tani. En effet, le spectacle offert aujourd'hui n'a rien à voir avec celui resté gravé dans mon esprit. Lors de l'épisode du montage des dirigeables, qui ont emmené la première mission de reconnaissance dans le territoire des Verts, tout n'était ici que sol aride et sécheresse.

– Ma douce, cette étendue a bien changé depuis ma dernière visite. C'était le "Désert Pâle". C'est ainsi qu'on le nommait alors que tout n'était que poussière minérale compactée. Comble de chance, le terrain s'est avéré très similaire à celui de Mars et les patates que nous en avons ramenées s'y épanouissent de manière surprenante.

En plus, chaque fois que je viens ici, je dois réduire mes inspirations. L'air enrichi d'oxygène, exhalé en immenses quantités par ces kilomètres carrés de feuillage turquoise, me fait le même effet qu'au Manoir quand tu m'y avais piégé.

Son regard de biais, et sa moue malicieuse annoncent déjà la couleur de la tirade qui va suivre :

– Décidément Octa, comme à cette époque, on pourrait croire que tu n'as toujours pas intégré le réflexe respiratoire. C'est fou, le mal que tu peux avoir à t'adapter aux moindres changements! De toute évidence, pour nous les Gris, le self-contrôle doit être génétiquement automatisé.

Tani arrive à peine au bout de sa boutade.

– Aïe!

Sa mine amusée dément sa plainte. Elle démontre clairement que ma tape sur ses fesses aurait mérité plus d'entrain.

– Tu es bien vilaine de me critiquer ainsi : j'ai vraiment fait tout mon possible!

Nos rires vont se perdre sur l'immensité des cultures, mais ne manquent pas de tomber dans quelques oreilles bien moins discrètes qu'elles ne le laissaient paraître. Plusieurs ramasseurs de patates se retournent, le sourire aux lèvres.

S'ensuivent signes de la main pour les plus éloignés, et remarques amusées pour les plus proches.

Tani et moi leur rendons leurs gestes de salut et partons retrouver notre ballon. Gonflé à l'hélium, avec son dos argenté par les panneaux solaires, il ressemble à un poisson plat comme le sulawesi, mais en version métallisée. Rien à voir avec nos anciens dirigeables, avec leurs immenses poches remplies de méthane et d'hydrogène qui nécessitaient l'aide de propulseurs à hélice pour quitter le sol convenablement. Au lieu de l'allure pataude de leurs prédécesseurs, les nouveaux véhicules ont une aérodynamique optimale ce qui les rend bien plus maniables, même en cas de tempête. La cabine a aussi évolué. Elle n'est plus uniquement en dessous : sa forme de graine de courge posée à la verticale sur sa tranche, traverse le centre de la réserve gazeuse, si bien que l'on peut autant piloter depuis le cockpit du bas que celui du haut. Des escaliers servent de passage et donnent sur des chambrettes, bien isolées du bruit, nichées dans l'épaisseur rembourrée du ballon.

Nous arrivons à la porte et, avec un geste révérencieux sciemment exagéré, je l'ouvre pour laisser entrer ma belle.

– Ça n'est pas tout de jouer les touristes, ma Reine, nous avons du pain sur la planche!

Tani pouffe :

– Ha, c'est juste, un banquet de tubercules nous attend.

– Oh, ma Sublime! En ce jour glorieux, ce n'est pas tant le festin, mais les patates elles-mêmes qui doivent faire l'objet de toute notre attention.

Tani soupire en s'installant aux commandes. Elle n'a pas perdu toutes ses habitudes d'officier de "l'armée grise". Ça me fait rire :

– Alors, lieutenant-capitaine, on a retrouvé sa place?

Sa commissure gauche levée, elle me regarde avec un air faussement innocent :

– Pardon, mon très cher, aurais-tu voulu épargner, à ta reine, cette basse besogne de pilotage et prendre les manettes?

Je réponds adoptant le même ton :

– Nenni, Majesté, point donc! J'accorde trop d'importance à votre bon plaisir.

Tani secoue la tête :

– Qui pourrait croire que nous sommes adultes? Nous n'arrêtons pas de faire les gamins... mais j'adore!

– Zin' aussi adore voir ses parents se mettre à son niveau. Cela ne l'empêche pas de beaucoup apprécier être devenue la mascotte de la Trotteuse. Elle ne doit pas tellement s'ennuyer de nos facéties avec une Darin' aux petits soins, et toute une clique de galonnés à l'entourer. Notre chère cabotine y gagne un bon public! Crois-tu qu'elle regrettera notre retour dans la Station?

– Tss! Tu sais bien que non. D'autant plus qu'elle doit également participer aux entraînements dans le grand vaisseau et que nos retrouvailles marqueront aussi l'imminence du départ vers de nouvelles aventures.

– C'est vrai. C'est bizarre tout de même, je me demande d'où elle tient cet engouement aux voyages...

Nous pouffons, puisque nous connaissons tous les deux l'origine génétique de son penchant. Le dodelinement de notre aéronef, à son décollage, semble vouloir confirmer nos caractères vagabonds.

Le trajet est de courte durée, puisqu'il ne s'agit que de rejoindre l'autre bout du champ turquoise à environ huit kilomètres. Il est intéressant d'observer les changements des coloris, que les reflets verdâtres provoquent dans l'habitacle. Tani, en Verte, n'est pas mal non plus. Le temps de m'en amuser que, déjà, le groupe de bâtiments se trouve droit devant alors que nous ne sommes qu'à la moitié du parcours. Quatre grands rectangles de deux étages, placés en forme d'équerre aux pieds des premières collines du Sud-Est, trahissent leur existence purement fonctionnelle. On est loin de l'originalité des maisons du Village et c'est "normal"! D'ailleurs, personne, non plus, n'a estimé nécessaire de les désigner avec plus de poésie que : Bâtiment 1, Bâtiment 2, Bâtiment 3 et Bâtiment 4... Bon! Dans le contexte d'une exploitation de patates destinées à la synthèse de divers plastiques, ce manque de lyrisme est pardonnable, je présume.

Comme les visées de l'endroit sont totalement axées sur l'aspect pratique, les toits des constructions servent également de place d'amarrage pour les transporteurs.

Une voix chaleureuse chantonne les instructions par le transmetteur, et c'est donc sur le Bâtiment 4 que nous atterrissons. Cet édifice est dédié à l'ingénierie, l'administration, ainsi qu'aux études et autres essais théoriques. Tout à l'opposé, pour des raisons de sécurité, on trouve les laboratoires expérimentaux et une partie des machines de premiers traitements de la matière première.

À peine posés, nous sommes quasiment assaillis par un personnage haut en couleur et manifestement amateur de couture fantaisiste, et du fait main. C'est rassurant : l'originalité qui fait défaut aux bâtiments est présente dans l'habillement.

– Ah, mes amis! Mes amis! Mon nom est Yor. Comme je suis le dirigeant pour encore quelques Lunes, c'est à moi qu'il revient de vous souhaiter la bienvenue à Patatla. Oh! Vous faites une de ces têtes! Ne soyez pas trop étonnés, nous venons d'imaginer ce nom il y a quelques jours. Mais, plus important : quel plaisir de vous accueillir et, surtout, de vous rencontrer en chair et en os. Je suis votre fan! Vous êtes "mes" Martiens à moi!

Dans chacune de ses mains il prend l'une des nôtres et les sert avec un mélange très agréable de vigueur et d'affection. Pendant qu'un petit groupe de nouveaux arrivants nous rejoint également. Dans un tourbillon d'enthousiasme, accolades et poignées de mains se succèdent et se brassent aux compliments. J'en suis tout étourdi.

– Holà, doucement! Merci de ce fabuleux accueil. Mais, Tani et moi n'avons pas ramené ces patates à nous tout seuls, savez-vous? Et puis, je dois vous avouer qu'une autre chose me réjouit particulièrement en ce moment : à l'approche de vos installations, j'ai été pris de la crainte d'y trouver des occupants ternes, sérieux et disciplinés. Ma peur de devoir faire face à un manque de fantaisie équivalent à la fonctionnalité rectiligne des lieux, qui aurait déteint sur les individus y travaillant, vient de s'envoler. Merci.

Le premier hôte hoche la tête, et les yeux brillants, répond :

– Probablement une réaction naturelle de notre part : il ne se passe aucun jour où notre imagination n'arrondit pas les angles droits des constructions que nous utilisons!

Nous quittons tous joyeusement le toit de la bâtisse par un escalier protégé menant au deuxième étage.

L'architecture et la décoration intérieure sont d'un métissage plus curieux qu'on n'aurait pu soupçonner en voyant les façades. Effectivement, on y trouve, mélangés aux allures typiques du "modernisme" d'avant la Grande Catastrophe, des ajouts plus chaleureux et originaux. Au moment d'arriver dans ce qui semble être une salle de réunion, une intrépide personne, perchée sur une courte échelle double, finit de fixer au mur une structure artistique en treillis. Manifestement, il s'agit d'une œuvre réalisée avec des éléments de récupération, mais pas seulement. J'observe que les morceaux les plus colorés sont faits de divers plastiques sûrement fabriqués sur place. La jeune femme se retourne à l'arrivée de notre groupe et suivant mon regard m'explique :

– Bonjour! Je m'appelle Siwi. Eh oui, comme vous l'avez probablement remarqué, je profite de mon poste actuel et de mes tests de produits récents, pour créer des impressions 3D que j'accroche dans mes compositions.

Tani s'est approchée pour voir de plus près.

– C'est original! Non seulement tu as de belles idées, mais en plus, la finesse des objets, et le lissé du rendu, sont admirables. Tu as su en tirer le meilleur parti, bravo!

– Oh! Merci du compliment. Cela me fait vraiment plaisir. Mais, ceci est un à côté. Mon travail, ici, consiste surtout à étudier la résistance des structures. Je vérifie les théories grâce à des miniatures. Toutefois, réalisées en grand format, elles pourront servir autant sur Terre que dans l'espace. Je suis persuadée qu'on pourrait en épater plus d'un! À ce propos, il est prévu d'en parler tout à l'heure. Par conséquent, je ne vais pas perdurer dans cette diversion : la séance journalière, et pour laquelle vous êtes ici, ne devrait pas tarder à commencer.

Siwi n'a qu'à peine prononcé ces mots, qu'une bonne trentaine de personnes affluent dans la salle. Ce nombre d'arrivants correspond, à peu près, à celui des chaises placées autour de l'imposante table occupant le centre de la pièce. Thé, galettes et fruits y sont déjà rangés, et les paires de fesses font rapidement de même sur les sièges.

Yor nous fait signe de venir nous asseoir à ses côtés.

– Par ici! Je dois vous présenter quelques sorcières et sorciers des patates, à commencer par moi : Yor Dala, actuellement chimiste et dirigeant principal. À ta droite, Octa, Déril Dala. Cette charmante dame est chargée de l'extraction et des contrôles de qualité. À ta gauche, Tani, tu as Toli Opaz, cette Lune, il est opérateur à la grande lamineuse, et directement en face, voici Siwi Karp, Tola Paor, Serto Clom' et Fori Sila, respectivement affectés aux domaines de la résistance des matériaux, au recyclage des déchets émis, au stockage et aux transports.

Curieux de nature, je ne peux m'empêcher de poser la question :

– C'est amusant, vous portez tous deux noms, ici?

– En effet. On s'est vite demandé comment, dans un groupe de gens destinés à habiter ensemble durant de longues périodes, il allait être possible d'éviter la consanguinité. Au Village, tout le monde se connaît et le problème ne se présente pas encore. Mais probablement, à terme, plus personne ne saura dans quelle mesure il y aura ou non une parenté trop rapprochée. Pour cette raison, nous avons décidé d'adopter le même principe qui existe dans la

Trotteuse et qu'appliquaient aussi nos pauvres aïeux disparus : associer à notre nom individuel celui d'un père ou d'une mère.

Tani, à demi levée pour saluer, à distance, quelques Orbitiens qu'elle a reconnus à une autre table, se rassoit pour reprendre la conversation au vol :

– Je crois que cela va se généraliser.

Tout en envoyant un coucou de la main aux Gris qui me sourient, je me penche sur le côté pour m'adresser à elle :

– Hum! Oui, bien sûr, il est important de tenir compte du danger de consanguinité; mais tout en se rappelant celui de la suridentification. J'ai lu, dans les rubriques anciennes, que l'on tenait à l'existence d'un "attachement à la famille". La notion d'appartenance familiale est à double tranchant. Comme tout autre lien, il peut donner une impression de sécurité, mais il apporte également son lot d'interdépendances et de risques de perte du libre arbitre. Cela ne représente aucun danger tant que chaque individu reste conscient de sa valeur unique. Par contre, un être fragile, manquant d'autonomie, va vouloir s'accrocher à une identité tierce et développer le syndrome du communautarisme.

C'est Déril, à ma droite, qui réagit en premier :

– Oui, Octa. Euh! Comment dire? Ce que tu nous rappelles est juste... nous l'apprenons tous, dès notre plus jeune âge, à l'école. Il me semble même me souvenir des phrases extraites de tes anciennes notes disponibles à la Bibliothèque du Village... En plus, nos hypophyses ont continué leur développement positif, ce qui nous protège passablement et naturellement des glissades ataviques.

Une petite gêne plane un bref instant.

Tani ricane :

– Ah, Octa! Tu t'es fait remettre en place par un "jeunet". Imagine-toi que nous sommes parmi des gens dont nous pourrions déjà être les parents. Ne l'as-tu pas remarqué?

– Bigre! C'est vrai, ma reine : je commence à radoter, à me répéter. Fichtre : je me fais vieux! Pardonnez mon ton péremptoire de donneur de leçon. Je vais immédiatement me calmer. Et comme je constate que nous avons attiré l'attention de toute la tablée, nous pourrions peut-être débattre des sujets pour lesquels nous sommes venus vous voir. Qu'en pensez-vous?

La discussion va bon train et les nouvelles sont excellentes.

C'est assez tard, le soir que l'on nous invite à passer la nuit sur place et ne reprendre notre chemin aérien que demain, en plein jour et après avoir avalé un solide repas matinal.

* * *

Octa, Cycle 148, Lune 6, jour 14, au soir

Plusieurs entraînements ont déjà eu lieu sur le nouveau vaisseau intersidéral, mais le départ a été différé pour raison de sécurité. Plusieurs pièces, fabriquées par nos ancêtres d'Avant, se sont cassées lors des premiers tests et doivent être remplacées.

Notre passage à l'usine des plastiques a pour but de connaître les avancées des recherches concernant les "protométaux" et les mélanges qui intègrent une variété de céramique. Notre visite n'a pas été vaine, car les réalisations sont prometteuses. Les parties les plus essentielles pourront être confectionnées par des imprimantes 3D géantes. Leur résistance à l'usure sera nettement supérieure aux éléments originaux en alliages métalliques. Plus légères aussi, et avec une élasticité idéale, les pièces de remplacement gagneront en efficacité : plus faciles à manier, à transporter et à mettre en place. Les Orbitiens présents à l'usine sont justement là à ce propos. Sur les quatre, il n'y a que Yokatim' Tobasim' qui me soit connu. Il a beaucoup travaillé avec Yaro. Son frère n'est autre que Karnil, le capitaine des communications qui a collaboré au contact avec les androïdes lors du premier alunissage en quête d'H3.

Siwi, Tol et Yor nous ont réservé une surprise qui relève quasiment de la magie : des plaques réfractaires aux bombardements cosmiques! Pratiquement trente pour cent des picoparticules sont déviées et rebondissent sur les surfaces synthétisées, alors qu'elles parviennent normalement à traverser notre planète de part en part!

Quelle serait l'explosion d'enthousiasme délirant de Yaro, en apprenant ceci, s'il vivait encore!

Cette nouvelle n'a pas manqué de faire des vagues dans les équipes orbitales, si bien qu'à ce jour aucune date n'a été fixée pour le départ du grand vaisseau.

Les messages d'outre système solaire continuent leurs allers-retours et nos nouveaux correspondants ne montrent aucun signe d'impatience.

Bien, Tani revient d'une dernière discussion de couloir et, comme je n'aime pas trop l'accueillir le nez dans mon carnet, j'arrête ici mon compte-rendu de ce soir.

Récupération

Tani prépare un thé. Je suis aux commandes, comme convenu pour ce trajet de retour au Village. Patatla est déjà loin dans notre dos, et les senteurs des feuilles de ses plantations ont quitté l'atmosphère de la cabine. Assis en capitaine du dirigeable, je rigole intérieurement au souvenir de notre déjeuner.

– Dis, ma fée, quel effet cela t'a fait, de déguster de la cuisine quasi martienne à l'usine?

Tout au pilotage, je ne vois pas son expression, mais l'entends glousser :

– Ça a été drôle de surprendre ces braves dans leur tentative d'imiter des plats d'origine si lointaine, sans n'avoir jamais posé leurs bottes sur la Planète Rouge... et de s'en être si bien tirés!

– Les recettes étaient bien les mêmes, mais le sol martien ne donne pas du tout le même goût aux patates. Ni l'eau, non plus. Malgré tout, il est incroyable que ces tubercules, cinq sortes sur les huit que nous avons rapportées, aient pu s'adapter sous nos latitudes.

– Oh! À mon avis, ce qui peut pousser sur Mars pourrait être planté sur n'importe quel astéroïde et s'y développer! Ceci dit, arrête de prendre ton air de super pilote et viens boire le thé pendant qu'il est chaud. Il n'y a pas de vent et sur les prochains cent trente kilomètres, le guidage peut suivre la ligne parfaitement droite du parcours tout seul.

– Bouhouhouh! Tu ne veux jamais me laisser aux commandes... méchante, va!

Je me retiens de m'esclaffer quand Tani fait semblant de me consoler en tentant de m'étouffer de ses seins.

– Ohoh! Mon pauvre chéri, comme je te rends ma-leu-reux!

Même si je ne devais pas quitter mon poste, enclencher le pilotage automatique serait une mesure de sécurité indispensable. Je bloque l'orientation et l'altitude et vais rejoindre la belle.

Après avoir mimé des chicaneries d'enfants en bas âge, nous nous concentrons pour ne pas avaler notre thé de travers. Une fois calmés, nous restons assis face à face un moment, yeux dans les yeux. C'est un long bout droit que le dirigeable va devoir assumer seul. Nous le savons tous deux. Nos regards se tournent vers l'étroit escalier qui mène au-dessus. D'un commun accord, et sans verbiage inutile, nous nous rendons à la chambrette la plus proche pour nous attarder, quelques doux instants, à l'abri de l'entre-ballon si bien insonorisé.

La vie est merveilleuse!

* * *

C'est en fin d'après-midi que nous atteignons le Village. Pour laisser plus d'espace aux allées et venues des ballons, le Labyrinthe Est a été modifié. Le transport doux a décuplé ces derniers Cycles, contrairement aux déplacements par navettes orbitales. Les dirigeables sont moins bruyants, toutefois, malgré la cure d'amaigrissement des poches de gaz, les manœuvres d'atterrissage ne sont pas si simples.

– Ouf, Octa, nous voici posés!

– Bigre! Il faudra vraiment que d'autres villages prennent en charge une partie du trafic aérien. Les progrès sont trop rapides, les échanges trop nombreux et, avec toutes les rénovations simultanées et urgentes à réaliser sur les maisons et les couloirs, ça ne va pas s'améliorer. Holt et Saroc pourraient se retourner dans leur Cuve, s'ils voyaient ça! Mais, pas mécontent d'être de retour : cette effervescence n'est heureusement en vogue qu'ici sur l'aéroport. À propos de gesticulations, je me réjouis de rentrer chez nous. J'ignore pourquoi, mais je me sens un peu fatigué, malgré le pilotage automatique... ou peut-être à cause de lui... J'espère que les cabines ne sont pas sous surveillance... Aïe!

– Pff! Je te pince, parce que tu ne dis que des bêtises! L'avantage des caméras et des transmetteurs est l'absence de paperasse. Mais rassure-toi, tout n'a pas été filmé; seulement les éléments utiles : sois tranquille. D'ailleurs, les enregistrements sont arrivés au Manoir depuis longtemps. Il n'y a plus qu'à les trier et les analyser, si ce n'est déjà fait par nos amis les Manoiriens.

– Dire que nous sommes entrés dans une phase où nous avons le meilleur des deux mondes. Fichtre! Peux-tu imaginer comment nos ancêtres auraient pu vivre, si au moins ils n'avaient pas cherché à "croître et multiplier", en plus de marcher sur les mains les uns des autres pour posséder toujours davantage? Quelle idée d'aller se fourrer dans un engrenage aussi tordu!

– Bon, d'accord, Octa. Et si nous allions vite faire un coucou à Carlonicum, au Manoir, avant de rentrer?

– Diantre! Tes vieux réflexes de lieutenant te poussent à aller faire ton rapport au commandant principal?

– Allez! D'ailleurs, je suis ex-lieutenant et Carlonicum est ex-commandant, donc. Aucun rapport avec un rapport! Viens, maintenant.

Indéniablement, il émane une certaine magie de ces lieux. Le Village respire l'amabilité, la décontraction et le plaisir de vivre. Les visages souriants sont de vrais livres ouverts, et ne cachent rien derrière des masques de convenances.

– Bigre! Tu as remarqué que, dès que nous arrivons quelque part, les gens qui sont autour de nous sont immédiatement aux aguets, persuadés qu'on va leur servir une improvisation rigolote? Regarde-les : nous sommes des vedettes. Quelle réputation, mazette!

– Mon cher roi : nous avons tout fait pour qu'il en soit ainsi!

Je capte les rictus amusés qui nous sont adressés et, pour donner le change, j'agite une main en faisant semblant de parler à voix basse :

– Qu'il en soit ainsi : bigre!

Hop! Et, une nouvelle fois, nous avons ajouté notre poignée de bonne humeur à un environnement qui n'en manque pourtant pas.

Être connu est assez particulier. Il y a un désavantage majeur et un avantage qui l'est tout autant. En premier : vous ne faites pas deux mètres sans rencontrer quelqu'un d'adorable qui est heureux de vous immobiliser un bref instant; ce qui a pour conséquence de ne jamais arriver à temps à votre rendez-vous. En deuxième : vous êtes assez célèbre pour que tout un chacun évite de vous faire le coup évoqué en premier en le prolongeant outrageusement, et respecte, par conséquent, votre détermination à avancer; ce qui a pour effet d'atteindre finalement sa destination presque comme prévu.

Aujourd'hui est un jour de chance. En moins d'un quart d'heure d'horloge du Manoir, nous parvenons à l'étage et frappons à la porte du bureau de notre ami, qui a gardé la voix claironnante de son haut grade d'antan.

– Entrez, c'est ouvert!

Son visage s'illumine en nous voyant fouler le superbe tapis de l'ancien salon de thé du Tigre de Papier.

– Bon sang, comme je suis heureux de vous retrouver ici!

Exprès, et par pure provocation, je lui fais le salut des Gris, main droite sur le cœur et légère révérence.

– Salut à toi, oh commandant général Carlonicum Estariaro.

Il regarde Tani en levant les yeux au ciel et s'exclame :

– Ah, qu'il peut être bête, quand il s'y met!

Bien sûr, tout cela ne nous empêche pas d'échanger de longues accolades.

Nous restons dans la même pièce. Carlonicum y a installé plusieurs fauteuils joliment rembourrés. À l'époque du Tigre, nous aurions dû passer à côté, dans un autre petit salon spécifique avec toute une suite de salamalecs guindés. Le Tigre était "de la vieille école", comme il se plaisait à le dire. Mais notre commandant préféré aime plutôt la simplicité, ce qui est loin de me déranger.

Reste que l'idée de départ était de "vite faire un coucou et de rentrer chez nous", comme l'avait affirmé Tani. Force est d'admettre que la situation était plus que prévisible.

De plus, Carlonicum a plus d'une communication dans son sac :

– Les résultats des recherches à l'usine des plastiques de Patatla - quel drôle de nom, vous en conviendrez - sont fantastiques et ne vont pas tarder à servir à de notables améliorations sur et dans le vaisseau interstellaire. Au-delà de cela, toutes les combinaisons spatiales, qui sont des reliques datant de deux cents Cycles, vont être remplacées par des nouvelles, confectionnées grâce aux dernières technologies et avec des tissus de fibres anti-rayonnement.

Mais, n'allez pas croire que tout ceci va reporter indéfiniment le départ. Loin de là! Tani et Octa, préparez-vous à faire les premiers essais de vos costumes de danse galactique d'ici quelques jours.

Tani et moi, avec nos plus grands yeux et la mâchoire inférieure proche du sol, nous nous exclamons en même temps :

– D'ici quelques jours?

Le fourmillement d'une montée d'adrénaline naît au bas de mon dos et grimpe, depuis le coccyx et tout le long de la colonne, pour atteindre ma première cervicale dans un son de cloche muet. Ça y est, la fièvre de la découverte me reprend, et je n'y résiste même pas.

Carlonicum, qui, à force d'avoir dû gérer des centaines de soldats dans autant de situations plus ou moins extravagantes, nous observe et comprend très vite comment manier la barre pour nous ramener sur terre.

– On se calme, les amis, on se calme! Il n'y a pas que le grand vaisseau dans nos vies. Yaro, par ses manières de touche à tout, a déniché toutes sortes de trésors oubliés à l'intérieur même d'OSP-01. Je vous rappelle que j'étais supposé connaître la Station comme ma poche. Or, il n'en était rien. Grâce à notre regretté vieil ami, nous avons remis en état un "Avaleur" laissé à l'abandon, semble-t-il, pour une panne insignifiante et facilement réparable. Cet engin, qui ressemble à un immense harmonica, peut récupérer tous les débris qui parasitent encore l'orbite basse et moyenne de la planète. Bien que l'encombrement ne soit plus le même qu'il y a trois cents Cycles, cela représente des milliers de tonnes de matières premières préusinées. En y repensant, on peut aisément imaginer les risques encourus par les spationautes d'Avant, quand ils devaient rejoindre la Station!

Évidemment, les métaux seront refondus dans le four solaire, qui gravite autour de la Trotteuse. Tous ces déchets sont recyclés pour un usage extraterrestre. Ce qui me mène à notre bonne vieille Terre. Comme vous êtes constamment en vadrouille, il faut aussi que je vous tienne au courant d'une autre anecdote. Ça n'a rien du coup d'éclat, pas l'ombre d'une esbroufe ni du "je vais t'en mettre plein la vue" des grands voyages. Au contraire. C'est tout simple. C'est basique. C'est domestique, mais ça vous change une vie. Je vous pose donc la question : êtes-vous passé près du haut-fourneau de l'Est?

Tani me regarde avec une grimace de la petite fille ayant fait une crasse :

– Zut! Non, mais nous aurions pu. Aurait-il fallu qu'on s'y rende?

– Non, non, Tani, rassure-toi. Rien d'important. Il fonctionne simplement à merveille. La dernière rangée de miroirs a été placée et cette période de Cycle est celle qui procure l'ensoleillement le plus généreux. Les rayons concentrés permettent de liquéfier le minerai sans passer par le stade de la loupe, ce mélange de métalloïde fondu et de charbon qu'il faut longuement battre en forge avant de pouvoir l'utiliser.

À la Bibliothèque, on a ressorti d'anciens plans d'ustensiles de cuisine, et ces merveilles sont remises au goût du jour. Vous connaissez mes préférences pour la fine gastronomie, et bien, avec un métal aussi pur, les marmites à vapeur inoxydables sont produites par dizaines... et il n'y a rien de meilleur que des légumes cuits ainsi! Essayez, et vous verrez.

Ce sont de petites choses, au premier abord, mais elles suffisent à faire souffler un vent d'optimisme affleurant aux limites de l'euphorie!

J'en reste pantois. Notre Carlonicum est à ce point épicurien, qu'il met les marmites à vapeur au même niveau qu'un vaisseau de l'espace. C'est sidérant, bigre! au propre comme au figuré.

Pour Tani, l'effet du constat est pire : elle se tient les côtes, tordue dans son fauteuil, aux prises avec un impitoyable fou rire.

Sentiments

Au lendemain de notre "courte" visite au Manoir, après une merveilleuse nuit passée dans le cocon bien familier et douillet de nos premiers ébats, Tani et moi grimpons sur la plus haute colline, celle du grand tuyau. De mon poste d'observation préféré, nous suivons les travaux d'installation des nouvelles bâches translucides sur les structures des couloirs protégés.

Je me dis qu'il avait dû être bien fastidieux, pour nos ancêtres, de manier les morceaux de plastique récupéré, de les maintenir en place et de parvenir à les fixer sans provoquer ni déchirures ni accidents. Aujourd'hui, tout est pratiquement d'une pièce et ce sont les mini-dirigeables qui tirent l'enveloppe en soulevant la charge. Pas de frottements, pas d'écorchures : tout est étalé en douceur.

– C'est splendide, Tani. Regarde comme ces serres et ces tunnels sont lisses et parfaitement sécurisés : une merveille!

– Oui, Octa. Bien que tout cela pourrait bien ne plus être vraiment nécessaire d'ici une ou deux générations. Mais, tu sais, ces passages rafistolés avaient aussi un côté très exotique, vu depuis ma chambre du manoir. D'une certaine manière, j'éprouve un brin de nostalgie.

– Ha! Tu utilises le mot "brin".

– Et alors?

– Eh bien, de fait, c'est une preuve que nous sommes un vieux couple. On appelle cela un décalque. On se pique des expressions typiques et propres à notre partenaire, on se les approprie. En fait on les intègre par osmose!

– C'est indéniable. Pour revenir au sujet, l'espoir reste néanmoins de retrouver un bon équilibre climatique. La première période pluvieuse de la septième à la huitième Lune est, en général, modérée. Il y tombe beaucoup d'eau, mais sans les puissantes bourrasques ou les trombes massives et dévastatrices qui ont parfois lieu entre les onzièmes et troisièmes Lunes. Pourtant, ça n'a aucun rapport avec les témoignages décrits par les premiers habitants. Selon les relevés de la Station, les activités tectoniques et par conséquent volcaniques, sur l'hémisphère opposé, se sont calmées. Il y a beaucoup moins de rejets sulfureux et les températures mesurées dans les courants océaniques sont rassurantes. Logiquement, il y aura moins de pluies acides et des conditions météo plus prévisibles.

– C'est juste, mais il subsiste le problème des particules radioactives que des vents peuvent encore charrier jusqu'ici. Même si je pense qu'une solution sera trouvée, à terme, pour éliminer ces dangers-là aussi, il est probable que les tunnels restent en place indéfiniment, et deviennent des espaces qui protégeront les cultures du froid. Tu as bien vu : le Cycle dernier, il a presque neigé. De mémoire de Villageois, ce phénomène n'avait encore jamais été observé!

– Crois-tu qu'il y aura de la neige, quand nous reviendrons de notre balade stellaire?

– Possible. Nous allons rejoindre la Trotteuse dans quelques jours, revoir notre Zin' et nos amis orbitiens tout en ignorant quand nous remettrons les pieds sur Terre. Fichtre! Il serait peut-être approprié que nous fassions chacun notre petit tour du Village pour dire au revoir à la ronde!

– Tout-à-fait! Je commence en allant à l'ouest et toi, tu prends à l'est, et on se retrouve à la cafétéria du Manoir pour notre repas du soir.

Nous nous embrassons et partons dos à dos.

Mon chemin me fait bifurquer par une nouvelle partie du couloir central. Le nombre d'habitants ayant fortement augmenté ces derniers Cycles, certaines maisons récentes du Village ont été accolées. Ces mitoyennes, se faisant face, ont remplacé les parois plastifiées du reste du tube. Les toits sont nécessairement reliés par un vitrage qui protège ce passage contre les intempéries tout en procurant un éclairage très agréable. Quand il pleut, l'eau coule en ruisseau dans le creux en v que forment les plaques de verre de ce plafond.

Ma contemplation de ce nouveau prodige architectural se trouve rapidement interrompue, puisque j'atteins la première étape de mon programme d'aux-revoirs.

On n'est jamais aussi conscient du nombre de personnes connues que lorsqu'on essaie de les rencontrer tous.

Arrivant chez Tikal, et le surprenant en pleine pause thé, j'en profite pour m'inviter, et m'assois à sa petite table octogonale. Apparemment, me voici bien inspiré, car, avec son air abattu, ce cher ami semble avoir un urgent besoin de parler à quelqu'un.

– Hey, Tikal, quelque chose ne tourne pas rond?

– Salut, Octa, tu tombes à pic. J'ai vraiment des soucis de couple ces temps-ci. Sachant qu'avec toi j'ai affaire à quelqu'un qui a connu des périodes cupidonesques frisant la catastrophe, j'ose imaginer que tu comprendras mes derniers déboires amoureux.

– Diantre! Est-ce grave à ce point?

– Oui, enfin, il n'y a rien d'insurmontable. Je sais bien que la vie n'est pas faite pour que l'on réalise tous ses rêves, mais il n'en est pas moins essentiel d'y laisser suffisamment de place pour en avoir! Et, crois-moi, j'ai eu ma part de fantasmes chaotiques!

Même si les filles que j'ai aimées n'ont souvent fait que peu de cas de mes sentiments à leur égard, je ne regrette rien. Après tout, j'en suis le principal gagnant : alors qu'elles n'auront pas pu profiter de mon affection, moi, j'en aurai été rempli au-delà de ce qu'elles pourraient le concevoir. Si cela est très dommage, ça l'est surtout pour elles.

Bon! je dois admettre que je suis systématiquement tombé amoureux de personnes pour lesquelles je n'avais absolument pas le profil. Je doute même tellement de l'existence d'une réciprocité, qu'il m'arrive d'avoir envie d'adopter la méthode de Lorlo.

– Oh! Vraiment? Tu préférerais une relation avec une gynoïde, comme Itazi? Pourtant, tu es encore jeune, et en pleine forme. Lorlo, lui, a perdu celle qui l'avait choisi et, selon ses dires, il se trouvait "trop vieux pour embêter quelqu'un d'adorable avec ses bobos de grabataire". D'ailleurs, à part le Tigre d'Acier, sa nouvelle compagne est le seul robot de ce type sur Terre.

– Oui, mais il n'y a aucune raison que ce soit le dernier.

– Leur fabrication reste très limitée. En fait, Lorlo a eu la sagesse de refuser que son humanoïde ressemble à Tilia. Quand je pense à l'effet produit par la copie du Tigre sur celles et ceux qui ont été proches de son original, je n'ose imaginer le trouble que pourrait provoquer la compagnie d'une amoureuse décédée, quasi clonée, se promenant dans la maison.

– Par contre, ce qui m'amuse avec son choix, est la similitude physique qu'il y a entre Itazi et Sari quand elle-il était encore jeune!

– Cela m'avait aussi frappé. Je lui avais demandé si ce parallélisme avait motivé son souhait. Sa réponse fut laconique : Itazi n'a aucun attribut masculin. En fait, après la mort de Tilia, Lorlo a filé à la Station. Là-haut, une équipe s'est mise à travailler avec lui, pour créer un produit purement imaginaire. Maintenant, Lorlo peut vieillir tranquille, avec, en prime, une infirmière qui pourra l'aider jusqu'à son dernier souffle. Il est d'autant plus serein, dans la situation, qu'il sait que son départ ne provoquera aucun chagrin à sa compagne.

– Tu vois? Tu me donnes un argument supplémentaire : ne pas devenir une source d'ennuis pour l'autre!

– Ça n'est pas pareil. La difficulté majeure consiste à ne pas pouvoir échanger ses sentiments. Un androïde est programmé pour posséder un jeu d'acteur faramineux. Mais cela reste de la comédie.

– Toi, tu as eu une telle chance de rencontrer Tani au bon moment! Et, en plus, tu lui correspondais! Là, j'ai un peu plus de ton âge, ma dernière aventure amoureuse a duré passé dix Cycles, pour se terminer voici quelques Lunes. Je me trouve, maintenant, à un tournant de mon existence en ayant atteint les trois quarts de mon espérance de vie. Or, il a justement fallu que je croise le sosie de la fille de mes rêves, tout récemment. Elle est le fidèle portrait de l'idéal féminin que je m'étais imaginé dans ma jeunesse. C'est simplement incroyable : elle est absolument parfaite!

D'un côté, je suis stupéfait de découvrir qu'une telle merveille peut être réelle, mais d'un autre, et en moi, c'est un clash monumental! Presque une génération nous sépare et il n'y a rien à y faire. Si cela se trouve, c'est sa mère que j'aurais dû rencontrer voici une quarantaine de Cycles.

Tel que tu me vois, je suis anéanti. Finies, mes grandes envolées romantiques. Terminés, les doux délires à propos d'un amour totalement partagé. En fait, mes sentiments sont comme court-circuités. Je n'ai même plus envie de rêver, tellement tout cela me semble dépassé et inutile.

– Fichtre! J'ai connu ça, quand Tani était partie dans la Trotteuse, sans me laisser la moindre explication! D'ailleurs, rien n'est jamais acquis; un drame du genre pourrait tout aussi bien arriver, n'importe quand, entre Tani et moi. Nous savons déjà que l'existence est fragile; et si notre propre vie peut nous quitter d'une seconde à l'autre, c'est d'autant plus le cas pour les événements qui s'y produisent et les gens que nous aimons. Nos idéaux mutent, et il en va de même avec nos visions de la perfection. Il est naturel de changer d'options, et il est tout aussi naturel que nos amours ne durent pas forcément éternellement. Il y a longtemps, les habitants de cette planète croyaient qu'on ne pouvait se sentir lié qu'à une seule personne à la fois, voire passer sa vie entière avec elle! Toutefois, être conscient de la relativité ne rend pas quelqu'un insensible aux sentiments. Je suis persuadé, pour l'avoir vécu, que recevoir de quelconques conseils de la part de qui que ce soit n'y changera pas grand-chose, mais, avec le recul, je me dis qu'un cœur aimant vaut mieux qu'un cœur indifférent. Si tu es plus âgé que moi, tu ne l'es pas de beaucoup et je suis sûr que tu sauras encore chérir chaque femme, même secrètement, avec une tendresse infinie. Rien ne t'empêchera de garder d'elle une vision de la perfection à laquelle tu tiens tant.

Car, lorsque nous nous gonflons de ces sensations, est-ce la personne, ou l'image qu'on parvient à s'en faire, qui est vraiment aimée?

Dans un très ancien ouvrage d'avant la Grande Destruction, j'ai lu l'histoire mirobolante d'un héros nommé Don Quichotte. Il s'était épris d'une jeune femme qu'il a totalement magnifiée. À son dernier souffle, il croyait encore fermement qu'elle était sa "dulcinée", son amoureuse idéale, alors que les sentiments de la dame étaient loin d'être réciproques. On peut trouver cette attitude stupide. Moi, au contraire, je pense que Don Quichotte a simplement su se créer son style de bonheur.

Comme tu l'as signifié précédemment : c'est la personne qui nourrit ses belles émotions qui est la grande gagnante.

Le soupir de Tikal vient interrompre mon joli discours, et me rappelle que les douces paroles ne font pas tout.

– Diantre! Bien sûr, chacun a droit à la mélancolie. Mais, peu importe à quel point tu es tombé amoureux d'une image, ne ferme pas tes yeux ni ton cœur quand un autre tableau se présente!

En laissant derrière moi le romantique transi, après une nième tasse de thé, j'observe le ciel, pensif. Qui suis-je pour conseiller un être plein de chagrin ou de désillusion? Il suffit de me remémorer le sinistre état dans lequel je me suis trouvé quand, pour avoir cru que Tani m'avait quitté pour repartir sans moi dans sa Station orbitale, je me traînais misérablement tel un pantin disloqué. Mais un deuil est aussi une transition importante qui permet de renaître à une vision différente de l'existence. Une résilience aboutie est nécessaire pour garder un minimum de sens philosophique et peut stimuler ses capacités d'empathie. De ce simple fait, je ne pouvais pas bêtement ignorer la tristesse d'un ami et tenter de lui remonter le moral à tout prix. Le temps passé avec Tikal n'est pas à regretter. Par contre, bigre! il y a encore du monde à saluer, et je ne pourrai leur consacrer plus que quelques brefs moments.

Dès le pas suivant, je me rends compte de l'immense chance qu'ont les Villageoises et les Villageois : celle d'être conscients de la relativité de toute chose. Nous savons que tout ne tient qu'à un fil. Une chance d'autant plus grande, qu'il est plus improbable, quand il n'y a qu'un seul fil, de s'y emmêler!

J'inspire profondément et continue mon chemin.

Heureusement, les Villageois, bien que très attentifs à leur individualité, aiment parfois s'attarder par petits groupes pour discuter et partager quelques nouvelles. C'est donc ravi d'un possible gain de temps que je m'insère dans l'équipe d'une douzaine d'amis que je trouve, debout, à une croisée de galeries :

– Hello, les braves!

Loga est parmi eux, et il est le premier à me voir arriver.

– Hey, Octa! Comment va notre bigre?

– Fichtrement nerveux, dans le fond.

Le groupe m'entoure et je lis l'incrédulité sur les visages.

– Oui, Rolt, Boza, Ténik, Voran' et Pool, vos expressions montrent bien que vous ne me croyez qu'à moitié. Je sais que, vu de l'extérieur, je parais calme et détendu. Mais je vous assure qu'en dedans, ça tiraille dans tous les sens! Il ne fait aucun doute que j'adore la nouveauté, mais là, c'est un grand saut dans l'inconnu. Par ailleurs, je ne suis que trop conscient que, dans cette aventure, je ne suis pas seul à prendre des risques. J'ignore dans quelle mesure cette virée dans les étoiles peut mettre en péril les personnes que j'aime le plus au monde.

Loga me pose une main sur l'épaule.

– Ah, Octa. Ça doit être fort. Et en plus, tu es confronté à tous les effets collatéraux de l'attachement.

Boza toussote pour faire diversion.

Il a raison : inutile de cogiter à propos de mes fluctuations émotionnelles. Ça l'est sans l'ombre d'un doute, puisqu'elles m'appartiennent, d'une part, et de l'autre, elles n'ont aucune consistance. Les émotions sont faites pour céder leur place aux suivantes.

Par conséquent, la discussion bifurque sur les aspects plus techniques et s'achève par des accolades.

Dans ma dernière boucle, tout à l'est du parcours que je me suis fixé, je croise la jolie Elso toujours aussi pleine d'entrain.

– Octa le bigre! J'imagine que tu es en tournée d'au revoir, comme Tani que j'ai rencontrée en début d'après-midi.

– Exact, très chère, et tu me choppes dans mon ultime courbe avant que j'atteigne le Manoir...

– Et qui ne sera pas un véritable refuge, car il y aura encore des dizaines d'embrassades, de poignées de mains et de palabres à partager. Mon pauvre Octa! Mais, à part te faire ermite à la Salière, tu ne pourras éviter de croiser d'innombrables amis. Avec moi, tu as de la chance : j'ai déjà soutiré tout ce que ma curiosité pouvait engloutir à ta reine. Enfin, on peut aussi parler de la pluie et du beau temps!

– Ou de ton sens de l'humour... Te souviens-tu de ta fameuse dernière cystite? Tu avais fait un excellent sketch sur ce sujet et le public était plié de rire!

– Oui, j'avais répondu à une réplique de Salis en improvisant : "Oh! Ne t'inquiète pas, j'ai toujours été une grande passionnelle : je m'enflamme pour un rien!" Pourtant, j'avais vraiment une infection et ce n'était pas la douleur qui manquait, sur le moment. Mais ça m'était venu comme ça.

– Bigre! Tu es même de bonne humeur quand tu vas mal. C'est exceptionnel! Mais, cela dit, il faut que je file maintenant. Prends soin de toi et n'aie pas trop d'autres bobos ou inflammations du genre avant longtemps.

– Ne t'en fait pas, j'attendrai votre retour pour cela!

– Tss!

Je quitte Elso en hochant la tête. Décidément, elle a de ces sorties!

Sur le Chemin des Cendres menant à l'ancien repère du Tigre, mon transmetteur vibre et chantonne pour attirer mon attention. Je m'immobilise. Comme chaque signal est différent, je sais déjà que le message m'arrive en droite ligne de la Station.

– Darin', quelle nouvelle me vaut le plaisir de ton appel?

– Salut, Octa. Tout simplement la même que celle que je viens de communiquer à Tani : rendez-vous est donné demain, dans la Trotteuse!

– Ah! Bigre! Voilà qui fait tout drôle, même quand on s'y attend! Eh bien, nous essaierons de ne pas oublier et de nous présenter sans nous tromper de jour.

– C'est cela, oui : très comique, en effet! Au plaisir de pouvoir déguster tes blagues en ta présence, je te salue, mon cher ami.

– À demain ma commandantissime!

Sourire en coin, je reprends la marche.

Me voici rattrapé par le soir, des moutons roses se sont mis à brouter ce qui reste de bleu dans le ciel. Les reflets orangés s'imposent progressivement alors que le Manoir me cache dans son ombre.

Par un rapide bilan de la journée, j'estime avoir pratiquement vu toutes mes relations encore actives au Village. Je suis sur les rotules quand je passe la vieille porte en bois dur et massif du Manoir. Depuis l'entrée, j'aperçois Tani qui discute avec Rolsar, alors qu'ils cheminent dans le corridor menant à la cafétéria. Je n'ai pas la force de les héler.

En fait, il n'y a pas que la lourdeur de mes jambes. Autre chose me pèse : je me sens presque un peu triste d'être fatigué de rencontrer des amis. Il s'agit probablement d'une mélancolie paradoxale, car je devrais plutôt en retirer une joyeuse énergie. Mais il y a tant de gens adorables qui se succèdent à la chaîne; c'en deviendrait une corvée... et ça ne le devrait pas.

CHAPITRE DEUX

Plongeon

Nouveau départ

Avec Tani, lessivés, mais emplis du sentiment du devoir accompli, nous nous sommes effondrés sur notre lit dès le retour chez nous.

Je me souviens seulement de la tendresse d'un bras, de la douceur incomparable d'une peau glissant sur mon épaule. Puis, plus rien qu'une suite de rêves.

Ce matin, par contre, enlacés sous la couette et bien détendus par une nuit parfaitement reposante, nous avons retrouvé toute notre énergie. Son visage tout près du mien, j'observe les petites rides que ma si charmante reine s'est mise à collectionner. Elle est si craquante, tout en prenant de l'âge. Je me demande si elle n'est pas en train de s'embellir encore davantage.

En lui mordillant l'oreille, je constate que sa patte-d'oie gauche, celle qui est juste vers mon œil, se plisse. Elle doit sourire, sans doute.

Tani murmure :

– Octa. Je crois que nous devrions nous lever, déjeuner et filer à l'aéroport avant que le pilote de la navette ne vienne nous tirer du lit de force.

– Oui. D'autant que nous allons bientôt revoir notre grande petite. Il ne faudrait pas qu'il décolle sans nous!

– Ça ne risque pas d'arriver. N'oublie pas que, même si l'ambiance a diamétralement changé dans la Station, l'organisation y est encore basée sur une discipline bien établie. Allez, viens! Il se pourrait que nous n'ayons pas le temps de déjeuner, avant qu'on nous traîne à la navette manu militari!

Comme en cette période de Lune Six le climat est doux, j'envoie le duvet rejoindre le dessus de la malle de rangement, à trois mètres du lit. Laissant ma gazelle dans toute la splendeur de sa nudité. Au lieu d'en tirer parti, je bondis du lit et attaque sauvagement la poignée de la fenêtre pour l'ouvrir en grand. Il faut profiter de cette superbe météo pour abondamment aérer la chambre et faire fuir une éventuelle torpeur résiduelle. Tani mime les vierges effarouchées, mais ne tient pas son rôle très longtemps. Elle est sur pieds en moins de deux. Le rayon entrant du soleil matinal joue au voyeur coquin en soulignant les courbes suggestives de ma reine.

Diantre! L'invitation à rejoindre la Station nous donne du ressort.

Ayant suivi l'idée de Zin', j'ai installé le "bain-cascade". Le principe mélange celui du bain et de la douche; un genre de bassin penché, en quelque sorte. Un ruisselet tiède coule en circuit fermé. L'eau filtrée est pompée dans un réservoir chauffant situé dans un double plafond, au-dessus de la "baignoiretoboggan". Tani est moi, profitons brièvement de cet excellent prototype.

Toutefois, malgré son côté amusant et très agréable, je doute que cette invention reste longtemps en place. C'est manifestement perfectible et, surtout, il faudrait une salle de bain construite en fonction.

Reposés, propres et rassasiés, nous voici enfin prêts au départ.

* * *

Par réflexe, nos pas nous mènent d'abord vers l'esplanade située au pied du Manoir. Distraits par notre discussion, nous nous rendons compte tardivement des changements qui ont eu lieu pendant nos nombreuses absences.

– Bigre! Tani, par habitude nous sommes en train de vouloir prendre l'ancien ascenseur des navettes, alors qu'il a été démonté voilà plus de deux Lunes.

– Conditionnés, Octa, nous sommes conditionnés : il faudra qu'on nous soigne!

– Heureusement que le chemin n'est pas opposé à celui qui mène au hangar.

Nous nous sourions. Main dans la main, nous allongeons le pas et bifurquons pour rejoindre la galerie principale. Du plastique neuf a remplacé celui jaunissant, devenu cassant et partiellement opaque, qui avait fait son temps.

Les changements ont été rapides et efficaces. Le premier système qui permettait d'éloigner les hurlements des réacteurs était ingénieux, mais compliqué et nécessitait beaucoup d'entretien. Depuis peu, avec l'optimisation par l'hélium maintenant abondant, il est plus simple de maintenir la plateforme de décollage des navettes en suspension de manière permanente, et d'utiliser les petits dirigeables d'exploration pour y transborder les passagers et les marchandises.

Tani et moi arrivons enfin aux abords du lieu de notre rendez-vous.

À l'approche de la place d'atterrissage, n'importe qui peut aisément deviner que le jour est important. Il y a du monde actif aux préparatifs, c'est évident. Les bruits de voix, de poulies et autres manutentions sont révélateurs.

Au travers des bâches de plastique, on distingue, plus qu'on ne voit, bouillonner une foule affairée. Tout se confirme au moment d'écarter les lamelles du passage menant vers l'extérieur du tube.

L'ardeur à l'ouvrage est si intense que toute crainte d'être en retard s'évapore. Pendant un instant, j'ai même l'impression que nous allons pouvoir demeurer invisibles pendant longtemps avant d'être repérés, voire confortablement s'asseoir et siroter tranquillement une verveine; illusion vite infirmée :

– Tonnerre, vous en avez pris vos aises!

Je sursaute :

– Carlonicum, salut! Il me semble pourtant que rien n'est encore prêt et que nous aurions pu rester couchés une heure de plus.

– Au contraire mon ami, au contraire. Cette agitation n'est due qu'au rangement final et démontre que tout est en place. Allez, les tourtereaux, sautez dans ce dirigeable et oust : en route pour l'aventure!

Nous nous exécutons, non sans avoir gratifié notre commandant préféré de grandes accolades.

Visiblement, Carlonicum sous-estime toujours mes capacités morphopsychologiques. Il joue au joyeux copain relax. Ses gestes et ses sourires se veulent primesautiers, mais en réalité, son estomac est noué par la peur de ne plus jamais nous revoir, et il se retient de pleurer...

* * *

Paradoxalement, le trajet Terre-Station me paraît aussi court qu'interminable, et je suis persuadé que Tani doit éprouver le même genre d'impression. Le silence règne dans l'habitacle de la navette, mais les pensées sont en ébullition. Zin', Zin', Zin'... Ma petite princesse occupe toute ma cervelle! Comment est-elle, maintenant? Comment a-t-elle évolué? Comme je me réjouis de la resserrer dans mes bras!

Puis, il y a enfin le "clic-tac" étouffé de l'amarrage.

En arrivant à la Station, j'y trouve l'ambiance assez similaire à celle laissée sur Terre aux abords du Grand Hangar : ici, comme là-bas, tous voudraient ardemment pouvoir se sentir décontractés, mais personne n'y parvient. Tout n'est que grouillement frénétique dès notre sortie du sas des visiteurs.

Est-ce la dimension du projet en cours, ou celle imposante du nouveau vaisseau, ou seulement l'idée des distances que parcourront ses occupants, qui chiffonne à ce point tout le monde? Le voyage vers Mars avait aussi provoqué quelques incertitudes, mais en comparaison, la nervosité paraissait presque imperceptible.

D'ici quelques Cycles, la Lune et Mars seront peut-être considérées comme des banlieues du Village ou du Manoir. C'est pratiquement déjà le cas en ce qui concerne la Station OSP-01! En sera-t-il, un jour, ainsi également pour les lointaines planètes extrasolaires?

Une voix familière, quoique légèrement différente de celle de mes souvenirs, m'extirpe de mes réflexions :

– Ils sont là! Ils sont là!

Une immense chaleur me remplit les entrailles. J'entends Tani rire à côté de moi, en même temps que je vois une fusée passer le virage du couloir et foncer sur nous. La traînée du réacteur n'est autre qu'une longue chevelure grisonnante.

– Zin', ma puce!

Je suis aux anges.

Durant un instant extrêmement bref, ma reine et moi entamons un geste qui nous était si familier depuis des années; celui de mettre un genou à terre pour accueillir notre fille dans nos bras. Fichus réflexes, car Zin' n'a plus du tout la taille qui correspond à l'exercice!

Comment, diantre! a-t-elle pu grandir si vite?

Si j'en crois l'air incrédule de ma douce, je ne suis pas beaucoup plus étonné qu'elle de voir arriver une adolescente. Les larmes à fleur de paupière, je ne peux m'empêcher de lâcher :

– Bigre, Zin', n'aurais-tu pas exagéré sur ta consommation de vitamines?

Elle n'est pas peu fière, notre bougresse. Se retenant de se jeter immédiatement dans nos bras, elle ralentit et prend une posture de danseuse étoile pour faire un tour sur elle-même, avant de continuer sa course pour franchir les quelque quatre mètres qui nous séparent encore.

– Eh bien! chers parents, voilà ce qu'il en coûte de laisser son enfant grandir loin de soi! Oh! Cela n'a rien d'un reproche, soyez rassurés. Vous vous doutez bien que je n'avais rien d'une fille livrée à l'abandon!

Après que nous nous sommes serrés tous les trois dans une multiplication inexplicable de paires de mains, Tani attrape les épaules de notre princesse, et, à bout de bras, l'observe admirative.

Comme cela dure assez longtemps, je ne peux m'empêcher de lâcher :

– Oui, Tani : "heureusement qu'elle a beaucoup pris de toi"! Allez, ma belle, c'est bien ce que tu penses, non?

– Que tu es bête, Octa : pas du tout!

Mais, les deux femelles, très complices, se jettent des regards entendus et pouffent.

Je me tourne vers l'assistance.

– Vous voyez? Vous êtes tous témoins, n'est-ce pas? Elles sont bel et bien en train de se liguer contre moi. À deux contre un : je n'ai aucune chance!

Dans les rires d'un public ravi, Darin' qui suivait sa protégée intervient :

– C'est plus fort que vous : où que vous alliez, il faut absolument que vous distilliez quelques plaisanteries; et, je l'avoue, c'est tellement sympathique!

Le reste de la journée, légèrement décalée en comparaison au rythme du Village, se passe en collation, briefing, visites diverses dans le vaisseau avec son déluge d'explications techniques, deuxième collation. Ensuite, on nous remet une soirée de discussion, et, finalement, un retour en famille à nos appartements orbitaux. Pff! enfin!

Zin' ne se rend pas compte que, pour ses parents, il est encore beaucoup trop tôt pour se coucher.

Tous les trois, nous nous astreignons à dormir en calmant individuellement notre surexcitation, ou notre manque de fatigue, par un moment de méditation.

* * *

Ces quatre derniers jours d'entraînement intensif m'ont, paradoxalement, presque fait oublier que le jour du départ était si imminent.

Maintenant, il ne s'agit plus d'un exercice! Nous allons quitter notre système solaire, alors que nous ne savons rien du fonctionnement de l'élément le plus mystérieux et important de la mission : le "moteur à modulation quark". Cette appellation est très certainement erronée, mais personne n'a trouvé mieux.

Chaque membre de l'équipage est à son poste. Certains confirment point par point les détails de leur check-list. D'autres revérifient les données de vol, jettent un œil sur les témoins lumineux, ou attendent simplement confortablement installés dans leurs sièges.

"Nous ne savons pas où nous allons, mais nous y allons" est devenu notre leitmotiv.

Depuis ma place, je ne vois pas le premier rang, celui des commandes du vaisseau. Avec Zin', nous sommes en train de palabrer sur les effets du voyage sur le caractère des personnes, quand Erdezan' s'approche. Il a quitté le pilotage et arpente le couloir central, entre les groupes de fauteuils. Alors qu'il arrive à notre niveau, je l'interpelle :

– Bigre! L'ex-lieutenant devenu capitaine abandonne son poste? Qu'est-ce à dire : le départ est retardé?

Zin' et moi le regardons éclater de rire. Il se calme pour nous répondre :

– Ah! Vous n'avez pas été attentifs, ça va vous donner de mauvais points!

Zin' fait la moue.

– Pas d'accord! Et pourquoi, d'abord?

– Parce que, mes braves, cela fait déjà un bon moment que nous sommes partis. He! He! Ne faites pas cette tête. La pesanteur artificielle prouve son efficacité : elle a dynamiquement compensé les effets de l'accélération et de la perte d'attraction de la Station.

Nous restons sans voix, et Erdezan' en profite pour ajouter :

– Tani est aux commandes et ne sera remplacée que d'ici quelques heures. Comme nous n'en sommes qu'au début de la prise en main, il vaut mieux ne pas essayer d'aller la voir. Par conséquent, ayez du bon temps, et armez-vous de patience. Votre chouquette vous reviendra bientôt. Je vous laisse, mais, si vous voulez, vous pouvez aussi venir avec moi : je vais me tirer un café et, ensuite, passer à la planification pour vérifier la synchronicité entre notre position et les coordonnées de vol.

– Bigre! Avec plaisir. Amusant, d'ailleurs, que l'expression "se tirer un café", typique du Manoir, se soit si rapidement généralisée... vraiment marrant.

Zin' est la première debout. Comme je suis plus proche du couloir, elle me fait bien comprendre son impatience. Sa principale motivation n'est sûrement pas de courir à la cantine, j'opterais plutôt pour son intérêt croissant à l'égard de l'aspect technique évoqué par Erdezan'. Personnellement, je suis le mouvement avec plaisir, surtout attiré par la première proposition du capitaine. Depuis ma première dégustation au Manoir, en compagnie du Tigre de Papier, je n'ai cessé d'apprécier les subtilités et variantes de ce breuvage de fèves grillées.

La cafétéria a les mêmes caractéristiques que celle du voyage de Mars. Elle ressemble à celles du Manoir ou de la Station, à quelques détails près. Le mobilier, la vaisselle ou tout récipient a son système de sécurité. Que cela soit par aimantation, par fixation dans une niche, ou tout autre moyen, aucun objet ne peut provoquer le moindre dégât en cas d'apesanteur, d'accident de décompression, de changement gravitationnel brusque, etc.

Pendant le voyage vers Mars, quelques soucis mineurs nécessitaient quelques améliorations et l'équipage avait pris soin de les noter.

Avec nos consommations sous couvercles, nous cherchons une table de bonne compagnie et c'est très amusé que je repère une présence passablement incongrue en ce lieu : le Tigre.

Que peut bien avaler un androïde dans une cafétéria?

J'ai beau savoir qu'il n'est pas le vrai Tigre, il m'est impossible de ne pas ressentir de l'affection pour son sosie robotisé.

Plongé dans l'étude d'un livre, il ne nous voit qu'au moment où nous nous installons autour de lui.

– Pardonnez-moi, ce n'est pas de l'impolitesse, mais le langage que nous recevons des étoiles est si bizarre qu'il absorbe presque toute mon attention. J'essaie de le comprendre, mais plus je cherche et moins je parviens à y découvrir une structure. Heureusement, je crois avoir trouvé une piste.

Ma princesse s'exclame en même temps que moi :

– Ah?

– Je me suis souvenu d'un livre de ma bibliothèque... enfin... de la bibliothèque de mon original, celle du Manoir je veux dire. Son titre est "LE guide du tourisme intergalactique". Il s'agit d'un ouvrage qui devait passer pour fantaisiste lors de son édition, mais qui mentionne et explique partiellement comment traduire un langage nommé "intergalacte standard". Étrangement, ce sont les mêmes caractères que ceux gravés sur l'artefact qui avait suivi le navire revenu de Mars. Or, ils sont rigoureusement identiques à ceux qui nous sont envoyés par les inventeurs du fameux module de transport installé dans les entrailles du vaisseau. Cette similitude conjuguée m'a rappelé ce livre. Cette piste n'est pas forcément la plus crédible, mais le concept pourrait me servir de base de travail.

Le Tigre nous regarde en silence.

Il est amusant d'observer l'exactitude des mimiques reproduites par le Tigre d'Acier. Il se donne l'air d'être chagriné par son incompréhension. Or, il ne peut avoir cette émotion. Son cerveau bionique est simplement en train de calculer, de comparer des clefs de décryptage, en toute neutralité.

D'ailleurs, le fait qu'il ne parvienne pas à déchiffrer le code du langage extraterrestre est en soi une indication importante. Peut-être la preuve que la solution n'est pas à chercher dans la logique, mais...

Un flash éclate dans ma tête :

– Bigre! Voilà justement la réponse au mystère : on ne peut pas "comprendre" ce langage, on ne peut que le ressentir!

Le Tigre modifie les traits de son visage, pour présenter celui de l'ahurissement le plus total :

– Mais, Octa, ceci est impossible... Jamais une civilisation ne pourrait fonctionner sans un idiome parfaitement structuré.

Je le regarde, à mon tour, en exagérant un peu mon rictus malicieux :

– Qui te dit que les émotions n'ont pas leurs constructions propres? Hey, Tigre, évite de te faire surchauffer les circuits! Peux-tu simplement exclure qu'une communication utilisant directement les émotions soit imaginable?

Un ange passe, suivi d'une scène des plus originales.

Le Tigre peut même se montrer théâtral : il se lève, et pointe un index accusateur sur ma personne.

– Tu... tu as déjà lu ce livre, n'est-ce pas?

– Non! Déduis-tu ceci du fait que j'aurais deviné une hypothèse qui y est exprimée?

– Exactement! C'est d'ailleurs le côté fantaisiste de cet ouvrage.

– Il ne l'est, à tes yeux, que parce que le concept ne t'est pas accessible. Cela ne signifie pas que l'idée soit particulièrement absurde. Crois-tu que les habitants de l'Ancien Monde, avec leur modèle de société, auraient pu accepter de vivre comme au Village, simplement en prenant les choses par un autre bout? Non! De la même manière que tu ne peux pas comprendre qu'un langage soit basé sur un échange d'émotions, eux ne pouvaient pas comprendre que l'on puisse tout baser sur des relations désintéressées. Comme pour toi, c'était une de leurs certitudes absolues : cela ne pouvait pas fonctionner.

Zin', qui n'a pas manqué une miette de la conversation, sourcils froncés, intervient à son tour.

– Papa, je trouve cette idée formidable! Vous réalisez combien de barrières pourraient tomber? Je ne connais aucune langue qui n'ait pour défaut d'être souvent mal interprétée. Mais, si l'on pouvait directement communiquer nos émotions, aucun malentendu ne serait plus possible. Tout le monde pourrait se comprendre. Mais... Tigre? Tigre, que t'arrive-t-il?

Mais l'intéressé s'est rassis. Immobile et figé, son regard voilé est comme perdu au-delà des parois de la cafétéria.

Erdezan', qui ne peut s'attarder plus longtemps, se lève pour honorer son rendez-vous de planification. Il chuchote, comme gêné par cette drôle de panne d'androïde :

– J'y vais... vous me raconterez! Zin', veux-tu assister à une discussion technique maintenant?

Zin' est livide.

– Non... non! Je vais rester encore un moment. Le Tigre m'inquiète. Si tu es d'accord, je viendrai te rejoindre un peu plus tard.

Le capitaine Erdezan' quitte les lieux, le front plissé. Quelques autres personnes ont tourné leurs regards dans notre direction, arborant une mine interrogatrice.

Une main rassurante posée sur l'épaule de ma princesse, je me penche vers un Tigre qui n'a plus rien d'humain. Sa placidité trahit sa plasticité.

Doucement, je murmure dans son oreille, dans l'espoir de rétablir une connexion qui aurait pu lâcher :

– Tigre, il faut que tu comprennes l'étendue du problème. Le fossé entre une réflexion parfaitement argumentée et une conscience éveillée est si énorme, que personne ne peut sérieusement jeter un pont entre les deux rives, car elles ne font pas partie du même univers. Ce sont deux dimensions qui ne peuvent être directement reliées.

Il y a une réaction, comme si l'on ressoudait le contact entre deux fils électriques. L'automate reprend une texture plus vivante et m'attrape le bras.

– Pourtant, Octa, il doit bien y avoir une manière de l'analyser et d'en inscrire les principes de base. Un peu comme cela a été tenté dans ce livre, mais avec plus de précision.

– Libre à chacun d'essayer... mais à quoi bon? Il y a une approche mentale, comme la tienne, et il y a une osmose "expéri-mentale". Une expérience vécue peut être bien trop subtile et complète pour lui chercher des explications verbales. Les mots, dans bien des cas, sont souvent insuffisants.

Le Tigre me regarde dans les yeux. J'y lis de la compréhension. Ça y est : il a sûrement trouvé un raisonnement logique susceptible de fonctionner en adéquation avec sa programmation.

– J'y suis : il s'agit d'une autre définition de ce que l'on appelle "l'intelligence".

À ce stade, connaissant les limites de la robotique, je me lance dans un exposé plutôt à l'attention de qui voudra l'entendre :

– Pour moi, l'intelligence est un outil de la conscience. Elle est la manière de pouvoir la rendre utile dans un univers matérialisé. Par après vient l'intellect, qui lui, est au service de l'intelligence. Mais, contrairement aux croyances d'avant la Grande Destruction, il n'en est pas le maître. L'intellect doit être comme un marteau : dès que l'on pose l'objet sur un établi, celui-ci n'est pas supposé continuer de frapper quoi que ce soit. Les pensées doivent se taire lorsque l'on veut "ressentir". Il y a des millions de connaissances que l'on peut avoir et utiliser sans perdre de temps en laborieuses cogitations purement cérébrales. Dans de nombreuses circonstances, agir consciemment implique une réaction immédiate qui ne peut se permettre un détour par un dédale de réflexions. Parfaitement ressentir quelque chose est, souvent, la seule manière de pouvoir vraiment la connaître. Toute formulation ultérieure ne sera qu'une tentative maladroite de transmettre une partie de ce qu'elle est, ou était. Au mieux, on pourra léguer une fraction d'une réalité. Au pire, ce ne sera plus qu'un message totalement dénaturé.

Zin' réfléchit, le nez dans sa tasse de tisane. Tous semblent songeurs. Le Tigre est probablement en train de faire du rangement dans ses circuits et je m'apprête à terminer mon fond de café, quand une étrange vibration traverse la cantine.

Cela me fait penser à l'onde d'un gigantesque gong, qui serait pourtant silencieux, ou à une suite d'immenses bulles de gaz en expansion dans un liquide visqueux.

Quelque part

La voix de Tani résonne dans tout le bâtiment :

– Mes amis, tout le monde à son poste : Il semblerait que notre invité mystère, le provisoirement nommé "moteur à modulation quark", se soit réveillé. Comme nous ignorons tout de sa manière de fonctionner, il serait préférable que personne ne reste dans une position non sécurisée.

Par réflexe, je prends Zin' par la main pour filer rejoindre nos places.

– Papa, je ne crois pas que ce soit nécessaire.

Pourtant, ce n'est pas elle qui retire sa menotte, mais moi qui la lâche. Tout en avançant dans le couloir, Zin' se retourne avec un gentil sourire.

– Bigre! Bien entendu... les manies paternelles.

Le sol envoie une légère secousse et ma fille se met à courir tout en réagissant à mes derniers mots :

– L'amour paternel, c'est ça, et c'est bon à prendre!

Quand nous arrivons à nos sièges, quelque chose a déjà changé dans la pièce. Pendant que les sangles se ferment et nous assurent de ne pas quitter involontairement nos places capitonnées, les lumières semblent plus tamisées en diffusant d'étranges nuances de couleurs. Tout à l'avant et en dessus du cockpit, les écrans supposés nous montrer les étoiles n'affichent plus rien... mais vraiment plus rien. Ils ne sont pas noirs, ni blancs, ni gris. J'y vois ce qui n'est pas sensé pouvoir se produire sur des moniteurs, quel qu'en soit le type!

Au moment de faire la remarque à haute voix, et demander à Zin' si elle constate la même inexplicable manifestation de vide total, des signes y surgissent un à un, pour former des lignes de glyphes extraterrestres.

$$\sqcup V \sim \sim = \supset \wedge \ddagger \ — \not{A} = \sqcup = \wedge \varnothing \not{A} \sigma \ddagger$$
$$\not{A} \cdot \sqcup \sim \ddagger \ \mathcal{G} \sim \wedge \cdot V \supset \ddagger$$
$$+ \smile = \sqcup \cdot \wedge$$

À côté de moi, Zin', parfaitement calme, mais les yeux rivés sur cet étrange message, dit simplement :

– Ce sont des coordonnées, c'est sûr.

– Fichtre, ma fille, comment peux-tu l'affirmer?

– Ça me paraît évident : nos hôtes ont enclenché leur système de transport et nous informent vers où nous allons. Je ferais exactement pareil, si je devais emmener des touristes en visite.

Je suis épaté et ne trouve rien à rétorquer à son raisonnement. Le comble, c'est que je suis presque certain qu'elle voit juste!

De toute évidence, il s'agit de la même symbolique que celle gravée sur l'Oracle de Ak — ainsi baptisé par le Tigre — découvert précédemment et qui avait précipité la construction du grand vaisseau intersidéral. Je n'ai pas de souvenirs précis des soi-disant traductions que le Tigre m'avait montrées dans le fameux livre traitant de l'intergalacte standard, mais il me semble reconnaître celui supposé marquer le passage d'un texte à un chiffre.

Comme le Tigre d'Acier est intégré à cette mission d'exploration, il aura certainement déjà tenté une transcription. Je me réjouis d'en discuter avec lui à la première occasion.

Les écrans s'éteignent un bref instant, avant de reprendre leur fonction normale. On revoit des étoiles, mais aussi quelques astéroïdes assez proches.

La voix de Tani résonne à nouveau dans les haut-parleurs :

– Eh bien! les amis, nos appareils sont apparemment déréglés, si bien que nous ignorons où nous nous trouvons. On ne peut que présumer avoir fait un bond assez conséquent pour atteindre un objectif précis. Il est probable que les signes affichés tout à l'heure sur les moniteurs de pilotage en soient les coordonnées.

– Aïe! Zin', doucement! Inutile de me casser une côte. Je constate que ta mère est arrivée à la même conclusion que toi. Ça n'est pas une raison de laisser ta fierté te pousser à mutiler ton père. Et voici ma petite peste qui ne trouve rien de mieux que de pouffer. Tu exagères!

Nous rions tous les deux.

Le besoin de diluer les tensions accumulées dans les derniers instants crispants doit être général. L'atmosphère se détend, discussions animées et plaisanteries fusent. Dans les moments d'incertitude, l'humour est un excellent moyen de relâcher un début de surpression.

Entre temps, l'équipe aux commandes a entrepris des manœuvres : l'engin pivote lentement sur son axe vertical. Après un tourbillon d'étoiles, la caméra de proue révèle une nouvelle surprise. Sur le moniteur principal de la salle, une immense planète d'un azur laiteux vient manger un bon quart de la surface de l'écran.

La voix de Telk résonne. Fort de son expérience de pilotage pour Mars, Telk est assis au poste de second. Il annonce calmement :

– Le vaisseau est à proximité d'un corps gazeux, apparemment de faible densité, malgré sa taille impressionnante. Sa gravité n'influence pas notre trajectoire. Par contre, de nombreux débris, peut-être d'un satellite disloqué, orbitent autour de cette baudruche bleue. Nous sommes guidés vers ce qui semble être, au premier abord, le plus gros des morceaux de roche.

Telk interrompt ses commentaires durant un bref instant, avant de reprendre:

– C'est bien cela, nous nous dirigeons vers ce caillou, apparemment le moteur auxiliaire alien contrôle l'opération. La surface de l'objet présente des détails troublants : on y distingue des séries de trous qui sont illuminés de l'intérieur. Attendez, je vais afficher les images de l'agrandissement sur le deuxième moniteur.

Le vaisseau s'approche de l'astéroïde qui enfle sur les écrans. Les distances sont trompeuses quand il n'y a aucun repère, aucun élément connu pour comparer. En réalité, c'est vraiment une immense roche, peut-être de la moitié de la taille de la Trotteuse. Elle doit tourner sur elle-même, car notre navire peut rester en orbite géostationnaire au-dessus d'un des "trous" ovales. Les intervalles parfaitement réguliers entre les fosses excluent la possibilité qu'elles puissent être le fruit de simples impacts météoriques. Les perforations s'avèrent également trop lisses pour être accidentelles. La masse minérale semble avoir été forée avec une gigantesque mèche et les excavations sont toutes dirigées dans le même sens.

Le son, du fameux gong géant, résonne une nouvelle fois dans les entrailles du vaisseau et dans les miennes, y propageant une micro-ondulation étrange, alors que je sais très bien que rien n'est supposé exister, dans ce navire, qui pourrait produire ni bruit ni effet semblable dans aucun endroit du bâtiment.

Autour de moi, je constate le même étonnement sur tous les faciès.

– Bigre! Ça vient sûrement du dispositif extraterrestre de transport!

Zin' tourne son visage vers moi. J'y reconnais la mimique des grands jours, ce mélange de curiosité et de friponnerie surexcitée qui reflète parfaitement son caractère. Avec son sourire typique, elle me répond :

– Je ressens cela comme un message qui nous invite à y aller!

– Tss, tss, ma fille : tout doux! Il n'est pas question que tu descendes là-dessus.

– Mais j'ai treize Cycles, tout de même. Je suis presque adulte!

– Presque, ma chérie... précisément "presque", vois-tu? Et c'est justement ce "presque" qui change la donne!

Brièvement, quelques commentaires fleurissent de toutes parts.

Coupant court à tout échange d'arguments, une expédition est annoncée dans la salle et une liste d'exploratrices et d'explorateurs s'affiche. La visite du grand satellite rocheux est donc déjà organisée!

Sans surprise, j'y vois mon nom. Tout naturellement, celui de Zin' n'y figure pas. Bras croisés, et, la mine renfrognée, elle accuse le coup. Par contre, je vais y aller sans Tani. Apparemment, elle va rester membre du groupe chargé des commandes du vaisseau. Erdezan' est responsable de l'équipe conduisant les opérations qui seront menées sur l'astéroïde.

D'ailleurs, ma reine a laissé Telk prendre sa place, le temps de venir m'embrasser. La douceur a toujours ce pouvoir magique et irrationnel de mettre un baume de sérénité en toute circonstance. En plus, Zin' bénéficie de l'attention d'une mère hors pair, puisque Tani l'invite à la rejoindre au poste de pilotage. Ma fille sera assise, durant toute l'opération suivante, entre sa maman et Erdezan'. Ce privilège efface tout regret de l'esprit de Zin'. Pensez: être placée aux premières loges est toute une aventure en soi!

Pendant que je descends aux cales pour m'y équiper d'un scaphandre et de l'attirail de prospection, je me demande comment nous — lons procéder pour coordonner nos allées et venues vers et sur le mystérieux bout de rocher. Comment respecter un programme si l'on doit se fier à des minutes qui risquent de constamment varier? Depuis le premier effet de "gong extraterrestre", les horloges, serties d'origine de lieu en lieu dans les parois du vaisseau, ont commencé à afficher n'importe quoi! Si elles se contentaient de ne plus être synchronisées, il aurait suffi que toute l'opération se base arbitrairement sur l'une d'elles. Or, le navire est entraîné, malgré lui, à suivre une sorte de rail intemporel qui provoque des dérèglements insensés. Par quel phénomène bizarre les indications peuvent-elles non seulement différer d'un voyant à l'autre, alors que leur contrôle est supposé être centralisé, mais, en plus, changer la durée des minutes?

Par conséquent, il se pourrait que le voyage aller-retour, globalement, ne fasse pas forcément les onze à quinze Lunes prévues, au bout du compte. À ce stade, nous savons être à la merci du fameux moteur alien. Par contre, une expédition décidée par nous comporte plus de risques. Nous ignorons tout des conditions réelles qui règnent aux alentours du caillou. La quantité de nos réserves d'oxygène et la synchronisation, entre l'arrivée de la navette sur le rocher et le retour au vaisseau mère, sont de l'ordre du vital!

Je repense à Tani, à son baiser d'encouragement, et hausse les épaules.

Bah, tout ira bien!

PARTIE 2

CHAPITRE TROIS

Salut les amis

Contact

Octa, Cycle 148, Lune 7 ou 8, jour incertain

Bien que n'étant plus sûr de la datation, j'inscris néanmoins quelques observations et réflexions.

Je suis sur le court trajet qui me ramène auprès de Tani et Zin'. Il est intéressant, d'ailleurs, que j'aie eu le réflexe de prendre mon carnet, et que mes pensées aillent en premier lieu à ma petite famille. Je me demande comment je parviendrai à traduire, par écrit, toutes les émotions et les impressions vécues sur le gros caillou percé.

Qu'y a-t-il de plus troublant que d'arpenter un terrain transformé par des êtres venus d'une planète autre que celle de nos origines?

À peine la navette posée, nous avons procédé aux contrôles mutuels routiniers de nos combinaisons et de nos équipements. Mais à l'ouverture de la trappe externe, l'étrangeté de la situation a été frappante. Personne ne peut comparer la surface de cet astéroïde à celle de la Lune ni à celle de Mars.

Premier élément marquant : tout un réseau de chemins entrecroisés est creusé dans la roche. J'ai vu, dans les archives de la Station, des images de passages semblables sur notre vieille planète. Mais ils n'étaient pas tracés dans la même matière dure. Avant la Grande Destruction, les gens se servaient de chasse-neige pour créer des voies piétonnes aussi lisses et régulières, quand une région entière se trouvait plongée au plus profond des anciens hivers. Certains chantiers d'Avant mettaient en œuvre une machinerie titanesque pour modeler les paysages. Mais, sur cet astéroïde de roche compacte, les chemins creux donnaient l'impression d'avoir été évidés d'un simple coup de spatule à pâtisserie. Incroyable. Aucune trace de gravats aux alentours, comme si l'on avait fait disparaître la matière superflue en la liquéfiant.

Quoi qu'il en soit, nous nous sommes immédiatement séparés en quatre équipes de trois. Chaque groupe a suivi l'excavation qui paraissait partir en droite ligne dans la direction d'une des ouvertures lumineuses les plus proches.

Je m'attendais à déambuler avec plus de légèreté que sur la Lune. Or, étonnamment, l'attraction était presque équivalente à celle de Mars. Comment un corps céleste de cette dimension peut-il présenter une masse suffisante pour pareillement influencer la pesanteur? J'en saurai davantage quand les échantillons de cailloux ramenés par Kalia auront été analysés.

Nous avons rapidement atteint notre objectif, et cela n'a fait qu'augmenter l'aspect extraordinaire de la situation. Il s'agit bel et bien d'un tunnel cylindrique, d'un diamètre de presque quatre mètres, creusé en pente dans la surface ! La déformation ovale est donc logique, vue depuis au-dessus. Deux signes sont sculptés dans la pierre du sol, de part et d'autre de l'entrée. Les bords surplombants l'ouverture sont protégés par un bourrelet de roche vitrifiée. Quels que soient les artisans de l'œuvre, la sécurité n'a pas été oubliée!

Les parois du tube sont finement annelées, comme marquées par un outil de forage. L'aspect brillant m'a d'abord fait craindre un risque de glissade. En bon curieux, mais très prudemment, j'ai voulu tester et ai posé le premier pied en début de pente, tout en exerçant un frottement de semelle. Contre toute attente, la surface s'est avérée antidérapante.

Comme les quatre équipes étaient constamment en contact par transmetteur, chaque étape accomplie par les uns aidait les autres à aller de l'avant. Ainsi, sommes-nous presque tous arrivés au même moment dans des endroits similaires : les grottes les plus énigmatiques qu'on ait jamais vues!

La première question qui m'est alors venue à l'esprit a été :

Sont-ce des feuilles ou des pétales séchés? Les membranes blanchâtres accrochées aux parois excavées contrastent, par leur aspect organique, avec l'environnement exclusivement minéral. Quelqu'un a cherché à créer un semblant de caverne naturelle, mais les innombrables alcôves, de dimensions diverses, démentent cette possibilité. Elles sont visiblement toutes creusées artificiellement pour offrir des espaces protégés. Des éléments fibreux, relativement fragiles et aux formes aléatoires, sont restés collés aux pourtours et devaient, à l'origine, recouvrir les cavités aménagées d'une sorte de rideaux. Ces niches, presque toutes garnies de ces étranges lambeaux, se comptent par dizaines, voire centaines, car nous ne nous sommes pas risqués à partir plus au fond de cette caverne.

Les scaphandres, avec leurs gants épais, ne permettent pas de palper et ressentir les matériaux saisis. Toutefois, une explication m'est apparue telle une évidence : ces membranes sont des résidus de chrysalides!

Je n'en ai pas la preuve scientifique, mais tout cela me fait penser aux tardigrades de Mars et leurs incubateurs, ou à un lieu de ponte. SI cela était le cas, je me demande quelle allure peuvent avoir des êtres vivants éclos dans ce type de vivier.

Il faudra quelques heures, après notre retour d'exploration et notre passage en décontamination, pour en avoir le cœur net.

* * *

Après le passage sous la douche, suivie des tests de contamination, je retrouve Zin' et Tani qui me rejoignent à la cafétéria. J'y suis arrivé en compagnie des onze téméraires visiteurs de l'étrange couveuse.

Ma fille, remontée comme un ressort, frétille de curiosité.

– Wow! Papa, c'était comment d'être là-bas?

– Bigre, ma chérie, juste surprenant! Mais il serait un peu ardu de te raconter toutes les impressions et les idées qui m'ont traversé sur le moment. Le plus simple est que tu assistes au débriefing qui va suivre cette petite collation.

* * *

La salle de contrôle est le seul endroit doté d'autant de sièges et susceptible de contenir la plupart des voyageurs.

Ténerdac et Tani sont debout, devant les fauteuils de pilotage occupés par Telk et Erdezan', pour nous faire face.

Assis au deuxième rang, avec Zin' et mes onze co-explorateurs, je dois faire un gros effort de concentration pour ne pas manquer une miette de la masse d'informations, d'observations et d'hypothèses qui déferlent.

Ténerdac insiste sur les implications de ce premier contact indirecte avec nos potentiels voisins interstellaires. C'est lui aussi qui nous communique les résultats des analyses biochimiques effectuées sur les échantillons de roche et de lambeaux fibreux ramenés du caillou. En clair, nos trouvailles ont été examinées et révèlent qu'il s'agit bien de tissus organiques. Il n'a donc fallu que quelques heures, après notre retour de promenade, pour en avoir la confirmation.

Tani, à son tour, prend la parole pour faire part des quelques réflexions qui ont mûri parmi les occupants du vaisseau, pendant que les membres de l'expédition crapahutaient sur l'astéroïde.

Plusieurs idées émergent d'un bref échange entre l'équipe scientifique, et mon groupe. Celle qui revient le plus fréquemment suggère que nous sommes les invités d'une visite guidée et, en préambule, on nous a montré une caverne d'éclosion!

Comme nous ignorons tout de notre position dans l'espace, l'effort de confiance à fournir est d'ores et déjà du domaine du record. Logiquement, rien n'indique que nos hôtes ont l'intention de nous laisser dériver jusqu'à notre mort dans l'immensité de l'univers. Mais nous ne pouvons en avoir aucune certitude. Dans les faits, et notre cher Tigre d'Acier est affirmatif sur ce point, les stellaires ont mis à disposition un outil qui fonctionne. Par conséquent, leurs projets n'ont probablement rien de belliqueux. Pour l'instant du moins, ils n'ont aucune envie de nuire, de quelque manière que ce soit.

Chamboulé comme je le suis actuellement, alors que j'ai été confronté "seulement" à des restes extraterrestres sur un caillou, je n'ose songer au choc qu'aurait provoqué une rencontre directe avec des êtres d'outre-étoiles!

Je me sens d'emblée reconnaissant que nous ayons affaire à des intelligences faisant preuve de psychologie.

Comme l'artefact propulseur semble désactivé, on peut raisonnablement imaginer qu'il va y avoir une suite. Un nouveau coup de gong, probablement, pour nous transporter ailleurs. Cette hypothèse est des plus plausibles, car, autrement, nous serions déjà entraînés sur le chemin de retour.

La manière de procéder des stellaires me turlupine, cependant. J'ai l'impression que cette visite du Caillou Percé n'est qu'un premier test, ou une leçon destinée à des novices, voire à des élèves de classe enfantine. Il y a, certainement, davantage en jeu. On nous prend gentiment par la main, pour un voyage éducatif. Et, j'en suis sûr, très délicatement mené par des enseignants soucieux de nos sensibilités.

La séance prend fin. La fatigue en profite pour s'emparer de ma personne. Je regarde mes collègues du caillou et constate que je ne suis pas seul dans mon cas. Il y a quelque chose d'hypnotique dans mon état, une sensation d'être téléguidé. Y résister : en aucun cas! Je crois que cela fait intégralement partie du concept. Les stellaires travaillent sur de nombreux niveaux, semble-t-il.

Je me tourne vers ma princesse au même moment où ma reine m'attrape par la taille.

– Bigre! Mes chéries, j'espère que vous n'imaginez pas que je satisfasse tout de suite vos envies de connaître les détails de l'aventure, parce que je tiens à peine debout. Il faut que j'aille me coucher fissa.

Tani prend son air moqueur :

– Petite nature!

Le sourire flagada, qui se dessine vaguement sur mon visage, tente de la convaincre que j'ai bien compris sa plaisanterie.

Elle lève le sourcil.

– Oui, je sais, Octa, ça ne se voulait pas très subtil. Viens, je vais te servir de béquille!

Zin' s'empresse de m'attraper le bras de l'autre côté.

Et c'est ainsi flanqué de mes deux fées, qu'est sauvé de l'effondrement un mâle épuisé... enfin : c'est une image.

À peine déshabillé, et allongé, qu'un cocon imaginaire m'enveloppe. Je m'endors avec l'impression d'être entouré de plusieurs entités pleines d'empathie. Il émane d'elles une incroyable sensibilité. Pourtant leurs aspects, bien que vus comme au travers d'une vitre dépolie, sont si divers et exotiques. La plupart n'ont pas une allure comparable à l'humain...

* * *

Au moment de me lever, je constate que cette sorte de léthargie n'a pas touché que les explorateurs du caillou.

Les membres de l'équipage que je croise dans le couloir, et même les pilotes et copilotes à leur poste, ont un air légèrement hébété.

Avons-nous tous fait un rêve identique, ou similaire?

Zin' vient s'asseoir à côté de moi, dans la salle de commande.

– Dis-moi, ma chérie, as-tu, toi aussi, vu de drôles de gens en t'endormant?

Elle me regarde avec ses beaux grands yeux.

– Oui, et je suis bien contente que tu en parles. C'était flou. Mais qu'est-ce qu'ils étaient sympathiques!

– Bigre! À mon avis, si nous avons tous trempé dans le même bain, cela pourrait bien signifier que nous n'allons pas tarder à en rencontrer physiquement.

Nous restons silencieux. Cet instant me permet de cogiter tranquillement.

Il n'y a aucun moyen de communiquer avec la Terre, ou la Station. Premièrement : parce que nous ignorons dans quelle direction envoyer un faisceau et deuxièmement, quand bien même nous le saurions, le message mettrait peut-être des centaines de milliers de Cycles pour parvenir à destination.

D'ailleurs, qu'aurions-nous vraiment à dire? Aucun occupant du vaisseau ne pourrait déjà formuler quoi que ce soit de véritablement consistant!

La manière par laquelle nous sommes propulsés parmi les étoiles est un mystère pour tous. Toutefois, j'ai ma petite idée à ce sujet. Il est probable que le déplacement ne se fasse que par brefs bonds successifs. Très souvent, je ressens un début de dissolution de mon être, à l'instar d'une EMI. Sommes-nous téléportés? Serait-il trop pénible, pour nous autres, voyageurs interstellaires novices, de faire de trop grands sauts d'un coup? Cette façon est-elle usuelle, pour nos hôtes, ou n'est-ce destiné qu'à ménager des passagers inexpérimentés? On peut imaginer que ce serait trop fort pour certaines personnes. Mon hypothèse, basée sur mon intuition, est que le "moteur" extraterrestre nous fait franchir les parsecs à raison de plusieurs bonds ultras rapides par minutes, tout en prodiguant quelques minuscules pauses en alternance.

Qu'en pense Zin'?

Mais, je n'ai pas le temps de me tourner vers elle pour le lui demander.

Car, à cet instant précis, les moniteurs changent de couleur pour céder la place à une nouvelle série de symboles. Sans regarder ma fille, je m'exclame à haute voix :

– Bigre, pourquoi ne nous donnent-ils pas une traduction lisible? Ils devraient suffisamment nous avoir étudiés pour connaître notre langage!

Encore un microvertige.

Droit devant, les images projetées sur les écrans du poste de pilotage présentent un panorama inouï. Plusieurs grands globes, étrangement rapprochés, tournent gentiment sur leurs axes. Le vaisseau doit se trouver en plein système planétaire, mais l'étoile qui illumine ces mondes doit se cacher à bâbord, dans un angle qui ne nous permet pas de la voir.

Cette scène paisible disparaît et, le temps d'une inspiration, est remplacée par une étonnante parodie de bande dessinée, comme nos ancêtres en produisaient sur Terre!

Les personnages et les décors sont stylisés de façon caricaturale. À dessein, j'en suis persuadé. "Ils" ne veulent pas nous choquer et, comme on le ferait pour de petits enfants, la réalité nous est montrée de manière ludique et quasi humoristique.

Il n'en demeure pas moins que ce qui nous est dévoilé est très impressionnant. On pourrait supposer qu'il s'agit de l'œuvre d'un artiste à l'imagination délirante, tant les formes de vie et les situations présentées sont absolument incroyables!

Ces extraterrestres sont indéniablement des maîtres en pédagogie. Des centaines de concepts extraordinairement exotiques deviennent parfaitement acceptables.

Combien de temps cela dure-t-il? Aucune idée! Quoi qu'il en soit, une autre ondulation, ressentie dans les tripes, m'indique qu'un nouveau saut a eu lieu.

* * *

Octa, Cycle 148, Lune et jour inconnus

Dans l'Ancien Monde, il existait une expression saugrenue, souvent utilisée dans des moments spécialement indéfinissables : surréaliste. Je n'en connais pas l'origine, mais tout me laisse croire que notre expédition interstellaire est entrée dans une phase qui pourrait bien être considérée comme "surréaliste".

Quand quelqu'un lira mes notes, sans baigner dans ce contexte si particulier, j'espère qu'elle ou il parviendra à se faire une idée correcte du puzzle.

Mais ça ne sera sûrement pas si simple!

Je profite de ma pause, assis au minuscule pupitre vissé au mur du dortoir familial, pour aligner quelques mots.

Voici la situation :

Personne, dans l'équipage fait de Gris et de Villageois, ne sait plus qui s'adapte au langage de l'autre. Sont-ce les ETs qui ont appris le terrien, ou est-ce le contraire? Quoi qu'il en soit, une sorte de compréhension intuitive mutuelle est en train de prendre forme. SI seulement le Tigre pouvait nous aider grâce aux Lunes qu'il a passé, penché sur le vieux livre traitant de "l'intergalacte standard".

Or, notre compagnon d'acier et de plastique est dernièrement devenu un centre de préoccupation supplémentaire.

Comme si nous manquions de surprises, ou de sujets de réflexions, un autre souci vient s'ajouter aux bizarreries : le Tigre ne réagit plus et reste assis là tel un automate désactivé. Ce mutisme peut sembler anodin au profane, mais les implications sont plus graves qu'il n'y paraît. Il faut rapidement brancher le Tigre, par un câble, sur une source d'énergie externe; car ce sont ses vêtements en fibres piézoélectriques qui, par les mouvements du robot, chargent ses batteries. Le raccordement est un bricolage improvisé. On n'aurait jamais dû en arriver là, puisque l'idée d'une panne d'androïde n'a, jusqu'ici, jamais été envisageable! Le Tigre doit forcément subir un blocage inédit. Actuellement, personne n'est disponible pour lui être d'un quelconque secours. D'ailleurs, faute d'équipement d'analyse spécialisé, nul ne peut savoir si le Tigre n'est pas simplement paralysé par une forme de saturation de ses circuits logiques.

Heureusement, la qualité du voyage ne cesse de s'améliorer. La confiance règne, et les fameux bonds sont presque devenus familiers.

L'équipage reconnaît les signes avant-coureurs précédant la mise en marche de l'artefact. Le pseudo-moteur réagit de manière autonome, personne dans le navire n'a la moindre emprise sur son fonctionnement. Par

51

contre, nous sommes prévenus par le mot "kwi", accompagné de sa prononciation, qui s'affiche chaque fois sur les transmetteurs.

Ça y est : quelque chose a déclenché le processus de télédéplacement. Je me demande quelles calligraphies se dessinent actuellement sur les écrans du commandement. Le vaisseau est sur le point d'être aspiré par de nouvelles coordonnées. C'est fort, et cela dure plus longtemps qu'à l'accoutumée, cette fois-ci... Je commence à halluciner et je suis sûr que c'est ce que vivent tous les occupants du bâtiment.

Nous quittons l'habituel...

Mon authentique et précieuse plume à encre me glisse de la main et tombe au sol.

Je fonds! Comme lors de la tentative d'empoisonnement de Dolcat, dans la Station, la non-matière s'empare de ma conscience. Il n'y a plus de "je", mais une pseudo entité encore capable d'expérimenter la fusion de toutes les perceptions en une sorte de Big-Bang à rebours... Tout l'univers... plusieurs univers glissent et se tordent. C'est "délicieux", "grandiose", bien que plus rien ne soit suffisamment existant pour l'affirmer...

Cela devient trop intense et va au-delà de tout.

Sophocratiquement vôtre

Ce sont les exclamations qui me ramènent dans l'univers matériel.

Mon premier souci est de savoir comment se portent tous les autres passagers.

Le Vaisseau, avec tous ses occupants, vient de se rematérialiser. Bien qu'on ne puisse "s'habituer" à une EMI, même partielle, il est probable que ma conscience ait plus de facilité à encaisser le choc. Tout en récupérant ma capacité à accepter une identité, je perçois la pointe d'arrogance inhérente à ma précédente pensée. Pourquoi, sous prétexte d'avoir déjà vécu une expérience similaire, devrais-je automatiquement être favorisé lors d'une rematérialisation? Diantre : toujours ce principe d'un "ego à l'affût", prêt à regagner son millimètre de retard sur la connaissance de l'Instant!

Bien qu'on puisse croire que tout a été totalement chamboulé, on retrouve un univers, réel ou fictif, comme les souvenirs entendent nous le présenter. Me voici donc assis à mon pupitre intégré au mur. Je ne suis pas tombé. Le transfert ne laisse aucune trace, aucun indice. Seulement une superbe plume et un peu d'encre sur le sol, à côté de mon pied droit.

Ma manche m'appelle.

En fait, la voix de Tani résonne par le transmetteur que j'ai habilement fixé à mon vêtement :

– Vient vite Octa, tu ne dois pas louper ça!

– J'arrive, ma reine.

Il ne me faut pas deux minutes pour atteindre le poste de commandement. Le brouhaha, qui m'avait ramené à cette réalité, s'arrête net, juste au moment où je rejoins Tani et Zin'. C'est une petite foule médusée, qui reste là, le regard figé sur les écrans frontaux.

Je n'en crois pas mes yeux. Jamais, au grand jamais, je n'aurais imaginé voir ceci un jour.

Ce sont des êtres vivants. En arrière-plan, passent lentement des lunes, des planètes de toutes dimensions et teintes. Je compte dix-neuf individus, mais pas un ne ressemble à un autre. Il y en a même trois qui sont immergés dans leur bocal. Plusieurs ont des physionomies compréhensibles. On peut distinguer des yeux, un faciès et des membres qui rappellent certaines caractéristiques humanoïdes... mais un peu en désordre, selon les notions terrestres.

L'image change, comme s'il y avait un caméraman. Un zoom, suivi d'un travelling latéral de gauche à droite, montre les êtres plus en détail. Pris en portrait, plusieurs personnages, les moins étranges, les plus similaires possible à des spécimens qui pourraient nous paraître familiers, du groupe, s'adressent directement à nous.

La caméra, si c'en est une, s'arrête pour cadrer un individu qui ressemble à un axolotl, avec sa peau translucide qui laisse deviner ses organes vitaux.

– Boujonre jè doa dirr bokou.

Un frémissement traverse le poste de commandement.

Réussir à se recentrer et écouter son discours, sans être complètement liquéfié par les émotions, n'est pas facile. Qu'une pareille rencontre provoque un maelström dans ma tête n'a rien d'étonnant! Diantre! Nous allons avoir un débriefing carabiné, tout à l'heure. C'est certain.

Avec une voix douce et paisible, il s'essaie dans notre langage d'une manière partiellement maîtrisée.

– Exprimage dur plu tarr mieu. Tou bi-in aotro rencontr. Mè mieu contakt rèv. Pa pör tou bi-in.

Et les écrans s'éteignent.

Ils se sont montrés. Ils ont estimé que nous étions prêts!

Suite à cette pensée, une immense fatigue me prend par surprise. En fait, cette torpeur est identique à celle qui avait assommé l'équipe d'explorateurs du Caillou percé.

Normalement, nous devrions tous être complètement exaltés, surexcités, la salle ne devrait plus être qu'un indescriptible charivari... Au lieu de cela, nous voici tous flagadas. Comme tout le monde, je n'aspire qu'à aller m'effondrer sur ma couchette pour piquer un grand somme.

Avec ma reine et ma princesse, en deux ou trois clins d'œil, nous sommes déjà écrasés sur nos matelas.

* * *

Tout est splendidement doux. Je ne reconnais ni les odeurs ni les rumeurs ambiantes, pourtant, cet exotisme m'est si familier.

Je me sens chez moi.

Deux imposantes lunes diaphanes honorent l'horizon de leur présence. La planète qui m'accueille doit être ancienne, car les reliefs sont arrondis. Au loin, les monts les plus élevés ont perdu leurs arêtes depuis des millénaires. Le paysage est sublime, avec des teintes d'une subtilité indescriptible, à la fois plus pastel et plus vives que sur Terre. Je crois discerner, de-ci, de-là, quelques éléments rajoutés qui pourraient être des habitations.

– C'est beau, n'est-ce pas, Octa?

Je ne suis pas seul, et l'étrangeté du personnage assis à mes côtés ne m'étonne même pas.

– Ah! Oui, bien sûr, tu sais mon nom... En effet, cette planète est splendide, cher Kiaka-Tosaa.

– Tu vois, tu me connais aussi déjà. C'est normal : les rêves ouvrent bien des portes.

– Est-ce que, si ce n'était un songe, il me faudrait un scaphandre pour survivre en ce lieu?

– Non. En réalité, nous sommes sur un monde qui serait viable pour tes semblables. Bien qu'une période d'adaptation serait probablement nécessaire pour s'y sentir parfaitement à l'aise.

– Je vois.

– Mais c'est d'autre chose dont nous devons parler, car nous nous trouvons tous à un tournant important de nos histoires. Tout d'abord, je dois exprimer mon ravissement et mon admiration à l'égard des survivants de la Terre. En réalité, il est extrêmement rare que des crises, telles que celles qu'a connues votre avant-dernière civilisation, aient une suite aussi heureuse. J'avoue que les observateurs ont été agréablement surpris de la manière dont les rescapés ont su renaître du désastre!

Dans plusieurs autres cas, et il y en a des dizaines, les populations belliqueuses ont logiquement été terrassées par leur propre bêtise. L'incapacité de modifier leurs comportements leur a été fatale. Au mieux, elles s'en sont sorties avec de la chance, simplement parce qu'un concours de circonstances indépendant de leurs activités a œuvré en faveur de la survie. Mais, même ces cas boiteux sont rarissimes.

– La providence a aussi joué son rôle sur ma planète. Nos hypophyses particulièrement développées ont privilégié une amélioration de l'empathie. Cela a été déterminant.

– Probablement. Mais des choix ont bel et bien été pris en toute conscience. Chaque population est intrinsèquement exceptionnelle, mais pas forcément dans le sens le plus positif. À l'instar de la tendance qu'a connue l'humanité à se reproduire de manière exponentielle. Attitude suicidaire incompréhensible, il faut bien l'admettre. Le fait que tout espace, aussi vaste soit-il, peut être rempli à terme est pourtant une évidence logique.

Heureusement, vous avez modifié les paradigmes qui avaient cours chez vos ancêtres. Maintenant, vous êtes des individus à part entière, conscients qu'il existe une sagesse à découvrir en soi-même. La barbarie tribale, marquée du sceau de la violence et de la quête futile, et néanmoins destructrice, du pouvoir, est enfin sortie de votre programmation.

Comme les autres planètes peuplées d'êtres accomplis, vous avez opté pour la sophocratie pour que ce soit la connaissance de soi qui mène la danse et non les croyances. Vous savez la faiblesse des idées, des théories communautaires, des mouvements d'opinions et avez remplacé tous ces leurres par la force de la sensibilité naturellement présente dans chaque être vivant. C'est le pas le plus important que des créatures puissent faire pour atteindre l'Intelligence.

Si tu le veux, Octa, tu pourras visiter des millions de mondes sur lesquels existent des individus libres et indépendants, grâce à leur mode de vie basé sur l'empathie.

Très touché, je passe une jambe par-dessus la sorte de tronc couché qui nous sert de banc, pour me tourner complètement face à Kiaka-Tosaa.

– Dis-moi, en fait, nous ne parlons pas la langue de la Terre, n'est-ce pas?

Sur ce qui doit être son visage, le pli, qui se forme par la torsion de la large fente de sa "bouche", est un sourire.

– Bien sûr que non. Toi, et tous ceux de ton vaisseau, vous êtes en voie d'apprendre ce qu'un de tes ancêtres a appelé "l'intergalacte standard".

– Bigre! – Même cette expression qui m'est pourtant très personnelle est traduite — Comment se fait-il que vos enseignements n'aient pas été utilisés pour stimuler l'amélioration de l'humanité?

– Toutes sortes d'ingérences ont été expérimentées, il y a très, très longtemps. Or, toutes ont démontré que les influences externes se révèlent néfastes au bout du compte. L'évolution ne peut venir que de l'intérieur de chaque individu. On ne peut pas "rendre intelligent", l'intelligence est une éclosion intime. Elle doit être découverte par chaque entité consciente, en soi-même, pour soi-même, pour réellement exister.

Nous pouvons observer, éventuellement nous protéger.

– Vous protéger?

– Oui, certaines civilisations peuvent s'avérer dangereuses. La Terre n'est pas la seule planète à avoir connu la gangrène de l'expansionnisme. Certaines *cultures avaient acquis les technologies leur permettant de se déplacer bien au-delà de leur système solaire. D'ailleurs, le générateur de vers que nous vous avons mis à disposition est une de ces vieilles technologies utilisées par une ancienne population colonisatrice.*

– Vieille? Ancienne? Tu veux dire qu'actuellement vous faites mieux que ça?

– Bien entendu! Cette manière de se mouvoir selon des règles spatiales est un archaïsme. Contrairement à un principe paraquarkien, il ne permet que des voyages limités. De plus, cette technique n'apporte presque rien sur le plan de la réalisation de l'individu. Une personne belliqueuse le restera, même après de nombreuses traversées de trous de vers intercosmiques. Par contre, en utilisant les translateurs, un être expérimente sa mort. Ensuite, en se rematérialisant, il intègre parfaitement la notion de la relativité absolue. Cet état de conscience empêche de parcourir les galaxies avec des projets agressifs. Le translateur sera la prochaine phase. Et tu pourras probablement bientôt en profiter!

– Pourtant, j'ai revécu plusieurs liquéfactions, dans le vaisseau...

–... Sûrement dû à un précédent. Mais, malgré ce fait, il faut procéder par étapes. Je dois rester prudent dans ma manière de t'abreuver de renseignements! Le risque de saturation, en ayant à digérer trop rapidement de nombreux concepts exotiques, est élevé. Bien que tes expériences personnelles privilégient l'ouverture, faire connaissance avec l'ensemble Tarl' demande un minimum de préparation.

Il y a tant à transmettre!

– Fichtre! Je te crois sur parole. Parce qu'en ce moment je sature déjà un peu, là.

– N'aie aucune inquiétude, tu feras encore d'autres rêves, et les occasions de creuser le sujet ne manqueront pas!

Kiaka-Tosaa change d'attitude. L'ambiance est en train de passer en mode "au revoir". J'en ressens du regret.

– Mais, qui viendra me rendre visite, la prochaine fois?

Un nouveau pli, de la grande fente qui lui sert de bouche, me rassure.

– Ce devrait être moi. Empathiquement, je reste le plus adéquat, semble-t-il. Toutefois, il est possible que, par appel d'affinité, un individu différent se synchronise aussi avec tes besoins.

– Bigre! Alors, à bientôt, peut-être... Actuellement, je sens que je suis sur le point de me désynchroniser.

Effectivement, la scène se floute.

Brève transition, avec un chouïa de vertige en prime, et... j'émerge progressivement de mon songe!

S'agit-il d'une simple impression? Pourtant je suis à nouveau sûr qu'il en va ainsi pour tous les occupants du navire.

Une excitation quasi enfantine me submerge : je me réjouis de partager, avec les autres, les récits de nos rencontres fantasmagoriques!

Après un balancement de mes jambes hors de ma couchette, me voici assis sur le rebord. Tani et Zin' ont fait de même et, tous les trois, nous nous regardons d'abord en silence.

S'ensuit une irrésistible éruption émotionnelle. Tout en essuyant nos larmes de joie, nous éclatons de rire et nous serrons dans les bras.

Debout, avec nos trois nez qui se touchent, nous ne sommes pas loin de l'extase. J'en profite pour admirer les yeux pétillants de mes deux amours.

– Bigre! Quelle révélation! Qui as-tu rencontré, Tani?

– Un stellaire très humanoïde m'a expliqué, entre quelques millions d'autres choses, une partie de leur technologie; notamment celle relative au stockage de données sur de l'ADN de synthèse. Cette méthode, ils l'utilisent depuis des millénaires, alors qu'elle n'avait qu'à peine été découverte, peu d'années avant l'effondrement de la dernière période de l'apogée scientifique sur Terre, et encore, elle n'en était restée qu'au stade de balbutiements.

Zin' pouffe, avec ses cheveux qui viennent me chatouiller le cou.

– Mon mentor s'appelle Lokra-ömi et il est vraiment rigolo! Nous avons longuement disserté à propos des conditions de vie sur diverses planètes, ainsi que de la manière de s'entendre malgré les immenses différences morphologiques, neurochimiques et environnementales, en autres. Oh! Si fascinant! Si fascinant... c'est incroyable!

Nous nous sommes rassis pour laisser un petit espace entre nous, afin de mieux nous regarder mutuellement. La princesse continue :

– Pendant que Lokra-ömi distillait ses explications, il changeait tout le temps d'aspect pour s'adapter au sujet. Par moments, ceux où il devenait franchement comique, il resculptait sa physionomie en tentant de me ressembler. À plusieurs reprises, il m'a encouragée à le toucher. J'ai pu sentir qu'il n'y avait pas que son apparence qui se modifiait, mais aussi sa texture! De gélatineux, il pouvait passer à une dureté quasi minérale. Je serais prête à parier qu'il faisait le clown exprès. L'humour semble être un outil pédagogique universel, parce que, malgré la légèreté du ton, il ne m'a parlé que de choses très sérieuses.

Lokra-ömi m'a raconté l'histoire de la Grande Migration, qui a eu lieu il y a des centaines de millions de nos Cycles. Il semblerait qu'une réédition de cette opération soit en préparation. Ce n'est pas une mince affaire, car cela consiste à déplacer des billions d'habitants de dizaines de millions de planètes. Cette Grande Migration ne s'effectue, à chaque fois, que lors d'immenses cataclysmes intersidéraux; comme celui d'un mélange des deux galaxies. Ceci va justement se produire d'ici peu, dans quelques milliers de nos Cycles : une fusion de deux nébuleuses est en passe d'anéantir des myriades de civilisations, dont les nôtres.

Un nouveau moment de silence s'installe. Puis, sans plus prononcer la moindre parole, nous nous levons. En nous tenant par une main, nous filons au centre de commandement.

Mon premier constat, en retrouvant mes co-voyageuses et co-voyageurs, le voici : leurs yeux ont grandi! On peut lire de l'émerveillement sur tous les visages. Toutefois et contrairement aux précédentes confrontations, ce style de rencontre intime et personnalisé imprègne l'atmosphère non pas d'une surexcitation, mais d'une quiétude très particulière. Plus qu'une quiétude, il règne de la sérénité, ici.

L'enthousiasme est intériorisé. Chacune et chacun baigne dans un état de compréhension qui lui est propre. Et pourtant, intuitivement, on peut ressentir un concentré d'osmose, comme un fil invisible, qui nous relie à une pure conscience.

Il y a du surréalisme dans l'air : on vaque à ses occupations, on passe à la cantine, on échange quelques sourires, voire des paroles, comme si de rien n'était, comme s'il n'y avait aucun contraste entre la profondeur de l'expérience et la superficialité d'un environnement matériel. C'est, du moins, ce que peut observer une personne au courant de l'énormité du paradoxe que cela implique.

Mon cœur se remplit d'un immense sentiment de gratitude; non pas à l'égard des extraterrestres ou d'une quelconque "énergie supérieure", mais simplement d'exister. Car il n'y a d'expérience que s'il y a un réceptacle pour l'accueillir... et j'ai la chance d'en être un!

Une sorte de tremblement de joie profonde me traverse, de haut en bas et de bas en haut. Mon corps devient une preuve qu'un monde matérialisé vaut la peine d'être vécu. Au bord de l'extase, je me sens telle une caméra magique filmant les couleurs multiples et changeantes que prennent les émotions les plus subtiles.

Une fois de plus, je suis témoin d'une forme de perfection que nulle analyse ne pourrait définir, qu'aucun processus mental ne saurait même capter.

Le plus incroyable demeure dans le fait que chaque Individu a le potentiel d'en expérimenter l'incomparable plénitude!

Par quel bonheur y a-t-il eu un Village habité par des gens si réceptifs?

Par quelle faramineuse chance suis-je né précisément dans cette phase de l'évolution des terriens?

C'est fantastique!

* * *

Octa, Cycle 148, probablement Lune 8 ou 9

Nous sommes tous sur un nuage... interstellaire. Une magie particulière a transformé nos rapports. Non seulement, la découverte de l'existence d'une foule de civilisations extraterrestres nous place à l'aube d'une nouvelle ère pour l'humanité, mais en plus, l'expérimentation de la réalité de la relativité universelle nous lie par l'augmentation de nos consciences.

Très concrètement, la rencontre, avec des êtres vivants à des parsecs de notre planète, et qui ont développé des sociétés également basées sur l'empathie, est simplement au-delà de ce qui pouvait être imaginé... et encore moins espéré.

Les Tarls', comme ils ont choisi de se faire nommer, considèrent les qualités empathiques comme l'indice par excellence de la maturité d'une population.

Bigre! Les lectrices et lecteurs, qui, dans mon futur, se pencheront sur les comptes-rendus de cette période, comprendront que l'humanité aura fait un bond impensable : celui d'entrer dans la phase la plus marquante de son histoire!

Établis sur des dizaines de millions de planètes, depuis des milliers de générations, des centaines de milliards d'habitants ont opté, individuellement, de vivre selon la même conscience que celle qui ne s'est développée au Village, que depuis peu. La sophocratie fonctionne parfaitement sur tous ces mondes-là, naturellement et à la perfection, je peux vous le garantir. Oh! Sur Terre, il y aura sans doute encore de nombreuses barrières à franchir, ou à démonter... Mais, comme vous êtes excellents dans le domaine du recyclage, je ne me fais aucun souci quant aux choix que vous prendrez : vous réussirez aussi bien que nos nouveaux amis intergalactiques!

CHAPITRE QUATRE

Édifiant!

Conseil d'ami

Une toute autre dynamique s'est installée dans le déroulement des fins des huit de service. Il n'y a pas si longtemps, on prolongeait, parfois plus que de raison, les moments précédents nos périodes de repos. Or, depuis la rencontre avec nos mentors, la tendance s'est nettement inversée. Nous aimons toujours autant nous voir les uns les autres, quelques instants, autour d'un jus ou d'une tisane, mais nous ne traînons plus avant d'aller nous coucher. Nos "rêves" ont pris, il faut se l'avouer, une certaine importance!

Comme tout autre occupant du navire, je me réjouis de retrouver mon ET de contact. Kiaka-Tosaa m'est bien sympathique, mais rien ne me garantit que ce soit lui qui réapparaîtra dans mon prochain songe.

L'impatience étant faite pour être contenue, je profite de mon passage devant les portes du couloir des chambres pour frapper à celle de Cozo-Iril. Il fait partie du même huit de repos, et je sais qu'il a plus de verveine en stock que moi, puisque son équipe est formée d'une majorité de Gris. Selon mes observations, les Gris sont généralement moins amateurs de cette tisane typiquement villageoise.

À peine ai-je heurté au panneau, qu'il s'ouvre sur un Cozo, presque nu et me gratifiant d'un large sourire.

– Salut Octa! Que puis-je pour toi?

Derrière lui, je vois passer Mirn'-Tali, guère plus vêtue, arborant un angélisme tout aussi épanoui que son compagnon. Elle me fait un joli signe amical, avant de disparaître du côté des couchettes.

– Diantre! Navré de vous déranger de manière si inopportune, mais ma petite famille n'a pas jugé nécessaire de se rationner en thé. Aurais-tu quelques feuilles de verveine à me donner?

– Hum! Tu en voudrais une, ou deux?

Cozo ne s'attend pas à une réplique de ma part. Il a fait sa blague machinalement et se contente de partir sur la gauche, là où se trouve le coin récréatif. Il revient avec une jolie boîte en papier plié.

– Tiens! C'est avec plaisir. On en boit rarement, j'en ai juste gardé un peu pour ici. Passez une bonne soirée avec Tani et Zin'... et une excellente nuit, aussi!

Avec toujours le même air ravi et coquin, accompagné d'un clin d'œil, il referme la porte.

Ainsi donc, ils se sont enfin décidés à mieux se connaître, les deux. Cela faisait déjà un moment qu'ils se tournaient autour. Le plus drôle, c'est de voir Cozo, un Gris résident permanent de la Trotteuse, porter un langota. Ce sous-vêtement est, à l'origine, un attribut caractéristique des mâles et hermaphrodites villageois. Le souvenir de la mimique d'étonnement que cette pièce de tissu avait provoqué sur le visage de Tani, quand elle l'avait découverte sur moi, me fait sourire. Parfois, des petits détails insignifiants peuvent marquer les esprits à vie!

En arrivant à mon dortoir, j'y retrouve Zin' assise à la table amovible, en train d'écrire dans son journal personnel, et Tani debout, sur le point de poser une bouilloire sur la chaufferette. Je les embrasse, tout en exhibant la boîte que Cozo m'a donnée.

– Eh bien! Je vois que je ne suis pas le seul à avoir pensé à notre verveine, malgré les circonstances...

Ce soir, aucune folie de nos corps. Tisane bue, ablutions faites et couchettes colonisées.

Tous les occupants étant à l'horizontale et inactifs, la lumière s'éteint d'elle-même.

* * *

– Salut Octa. Content de te revoir.

– "Kadri", Kiaka-Tosaa... C'est bien ainsi qu'on le prononce?

– Tout à fait, mon ami, tout à fait!

– Où sommes-nous, à présent?

– Nous voici sur Tinatak, une lune de Soornzè-Oklö, qui n'est autre que ce grand globe qui se lève à notre droite. Tu pourrais la définir comme "terroïde", tellement les conditions de vie y sont parallèles à celles existant sur ta planète natale. D'ailleurs, la végétation et la faune y sont très comparables, également. Ce milieu biologique est principalement basé sur le carbone, à l'instar de la Terre.

– Aux parfums qui flottent dans l'atmosphère, on peut facilement s'imaginer des plantes bien garnies en fleurs. Ça sent bon!

– Oui. Toutefois, et ce malgré la possibilité de contracter le temps, et avant que nous devions nous quitter, passons immédiatement aux quelques renseignements que je voudrais te transmettre.

– D'accord, je t'écoute. Mais, cela n'empêchera pas mes yeux et mon nez *de collecter d'autres genres de connaissances.*

– Surtout, ne t'en prive pas! C'est prévu ainsi.

En fait, à quelques détails près, nous sommes installés de la même manière que lors de notre première rencontre : assis sur un tronc couché. Toutefois, sa texture est différente et le sol, tout autour, est garni d'une grande variété d'herbes affichant des coloris plus proches de l'orange que celle de nos prairies, la plupart des brindilles sont munies de feuilles composées rappelant de la dentelle. Le banc naturel est d'une essence très lisse, parcourue de fines fibres teintées de gris et de verts tendres. Il ne s'agit pas d'un arbre tombé en voie de se transformer en humus. C'est encore vivant, je le sens, comme si cela se développait ainsi, exprès pour qu'on s'y assoie. Un siège fort agréable au demeurant.

J'observe Kiaka, à ma gauche, qui s'apprête à prendre la parole. Malgré sa physionomie si peu humaine, je devine, sur ses traits, qu'il fait un effort de concentration conséquent pour me faire un discours aussi succinct et précis que possible.

– Lors de notre première rencontre, j'ai noté ton étonnement quand je t'ai parlé de l'aspect désuet du système de propulsion mis à disposition des terriens pour venir nous rejoindre.

– Fichtre, désuet au point d'être des centaines de Cycles en avance sur les inventions les plus perfectionnées et abouties en usage avant la Grande Destruction!

– Les habitants de la Terre ont suivi une évolution assez lente. Le manque d'initiatives personnelles, de stimulation aux idées nouvelles et d'esprit collaboratif n'y est sûrement pas étranger. Mais, les sciences que nous avons acquises ne sont pas apparues du jour au lendemain, non plus.

Bref, pour commencer, plusieurs anciennes civilisations ont développé des technologies selon des concepts assez similaires. Cela s'est passé, il y a longtemps, alors que ces mondes ne se connaissaient pas encore. Mieux, ils ne concevaient pas l'existence d'une vie en dehors de leur système solaire. Mais tous sont arrivés à la même conclusion : l'univers entier est énergie. Il n'est pas utile d'aller chercher des ressources transformables pour en fabriquer. Par nature, un Big Bang est la naissance de la pluralité. Une fois le mécanisme de la dualité enclenché, il y a automatiquement un bouleversement incessant. Toutefois, simultanément à une multiplication continue, tout ce qui a été divisé aspire à se réunifier, pour retrouver sa forme originelle : l'un. Normalement, dans cette tentative, les énergies cosmiques sont constamment en train de vouloir s'équilibrer, par un jeu de régénérescence naturelle. Évidemment, les cycles Créations-destructions n'en sont que plus actifs, c'est d'ailleurs la raison pour laquelle l'univers parvient à maintenir son apparence matérielle. Or, tous ses microrééquilibrages génèrent des milliards de réactions. Celles-ci sont présentes partout, à tout moment et dans toutes les dimensions fréquentables qui nous sont connues. Transposée dans votre manière de concevoir les déplacements, on pourrait dire que c'est une source inépuisable de carburant.

– Mais, sur Terre, l'exploitation continuelle des énergies a provoqué des catastrophes. Votre utilisation de ces ressources ne pourrait-elle pas, à terme, nuire à l'équilibre de l'univers?

– Non, parce que chaque déséquilibre que nous pourrions engendrer créerait une nouvelle contre-réaction pour réparer le désordre. Mais, cela ne se peut pratiquement pas, car nous ne faisons qu'employer les perturbations existantes sans les modifier.

– Le mouvement perpétuel, en quelque sorte.

– Oui, si le type actuel d'univers demeure. Bien entendu : cette "perpétuité" est toute relative. De toute manière, même cette méthode est de moins en moins sollicitée.

– Tu veux dire que, chez vous, l'on voyage presque plus parmi les mondes?

– Que faisons-nous, en ce moment? Nous sommes en contact, mais aucun de nous ne s'est déplacé pour venir ici.

– Les trajets sont remplacés par des rêves!

– Il s'agit de bien plus que de rêves, en l'occurrence. Mais ceci est un tout autre chapitre et fera l'objet d'une prochaine rencontre.

– Le vaisseau interstellaire serait déjà obsolète?

Ma remarque semble l'amuser, et son glouglotement inimitable doit tenir lieu, chez lui, d'un rire.

– Pas tout de suite, non. Plusieurs trajets d'exploration, nécessitant laboratoire et systèmes de mesures, le rendront utile de temps à autre. Vous verrez bien. Mais, passons maintenant à un sujet, plus délicat : la Terre et l'embryon d'une civilisation véritablement intelligente.

Kiaka, dans un moment de silence, prend une attitude qui peut être interprétée comme "grave".

J'en profite pour changer de position. Malgré les micro-ondulations générées par quelque activité biologique de notre siège, mes fesses me réclament de l'attention! À califourchon sur le cylindre, j'attends. Son profil de *semi-batracien se détache contre les lueurs bleutées d'un fond de ciel légèrement nuageux. Je m'égare dans l'observation des détails du paysage. Enfin, mon mentor lâche un soupir presque humain.*

– Il faudra prendre garde, car sur Terre vous ne vous êtes pas tous rencontrés. Il y a encore plusieurs populations qui vous sont inconnues. Toutes n'ont pas évolué vers la modération! Nous avons pour principe de ne jamais intervenir dans le développement des sociétés. Cependant, j'ai le droit de te prévenir : la sagesse peut rendre fragile et démuni face à la brutalité qu'engendre la bêtise. Tout le monde n'est pas riche d'empathie! Sur ta planète, vous n'allez pas manquer d'être aux prises avec des rencontres problématiques. Il ne faudra compter que sur votre ingéniosité et n'attendre aucune aide extérieure à votre système solaire.

Son visage semi-translucide se tourne vers moi, et son expression passe d'ombrageuse à souriante :

– Mais, vous connaissant, vous n'en aurez même pas besoin. Je suis sûr que vous saurez trouver la meilleure parade qui soit aux dangers à venir! Je ne t'en dirai pas davantage. Nous allons bientôt nous revoir!

Ses affirmations me laissent pantois. À peu de chose près, c'est exactement ce que j'ai noté dans mon journal l'autre soir! Je vais lui faire la remarque, mais la communication en restera là...

... Car, ça y est : je ne voudrais pas déjà partir! J'aurais encore tant de questions. Mais je me sens glisser... glisser... Zut! Me voici en train de me réveiller sur ma couchette à l'intérieur du vaisseau.

Le Tigre d'Acier

Voilà plusieurs nuits que je n'ai plus de nouvelles de mon ami extraterrestre. Je n'en suis pas véritablement inquiet, juste gêné par la singularité qui imprègne l'atmosphère. Comme si le manque d'échanges exoplanétaires modifiait la substance même de l'air que je respire. Au fil des discussions avec les autres occupants du vaisseau, l'impression dominante sur laquelle tous s'accordent, concernant la suite du voyage, est que le trajet de retour est amorcé. J'aurais aimé que Kiaka me le confirme.

Bien sûr, malgré cette ambiance particulière, tout continue à parfaitement fonctionner. Aussi, comme je viens de terminer l'enregistrement de mon compte-rendu, je m'empresse de céder mon siège à Telk. Cela fait un moment déjà que je rêve de partir à la chasse au café, dans l'espoir qu'une gorgée du breuvage magique me remette les idées en place. En chemin, les minis-vertiges succèdent aux croisements de collègue dans la coursive menant à la cantine. De toute évidence, le "moteur" extraterrestre nous tricote une série de sauts.

Le parcours pour arriver à la cafétéria me paraît interminable. À croire qu'à force de traverser des vers cosmiques, le bâtiment s'est allongé!

Enfin, j'atteins la pièce de toutes mes convoitises.

Que de délicieuses odeurs! celle de galettes fraîchement cuites et, surtout, celle du café. Il y a du monde.

Amusé à la vue du Tigre assis en ce lieu de consommations, aussi diverses qu'inutiles aux besoins d'un androïde, je m'empresse de me saisir de ma tasse bien chaude, pour aller le rejoindre à sa table.

– Salut Tigre, qu'es-tu en train d'étudier dans une cafétéria?

– Bonjour Octa. À vrai dire, je pense à ce qui est à ma portée.

– Qu'entends-tu par là?

– Depuis quelque temps, j'ai de la peine à analyser et stocker mes observations. Il y a une quantité phénoménale, et passablement illogique, de changements de comportements de la part de tous les occupants du vaisseau. Je cherche à en trouver la cause et le sens. J'ai pensé à un éventuel virus, à une possible ingestion d'un produit perturbateur, ou la diffusion d'un gaz euphorisant tel qu'on en utilisait au Manoir. Mais, rien ne correspond. Je n'arrive pas à mettre le doigt sur ce qui est à l'œuvre ici. Peut-être est-ce de nouveau une situation irrationnelle liée à ce domaine émotionnel qui vous est si familier. Objectivement, qu'il y ait un effet psychologique dû à la rencontre avec des extraterrestres est compréhensible. Mais, le fait étant acquis, et après le premier choc, il n'y a aucune raison pour que cela agisse simultanément sur les attitudes de tous les individus.

– Ah, Tigre! Tu restes, chaque fois, bloqué par ton impossibilité à ressentir.

– Octa, si je le pouvais, je serais probablement en proie à une immense inquiétude pour tout l'équipage.

– Non, Tigre, si tu pouvais simplement ressentir quoi que ce soit, non seulement tu comprendrais totalement qu'on puisse nager en pleine irrationalité en ce moment, mais tu y participerais joyeusement... un cerveau, aussi brillant que puisse être le tien, n'y parvient pas. C'est normal!

–... Et incompréhensible, justement! n'est-ce pas une faiblesse?

– Ça n'est pas exclu. Mais l'univers n'est-il pas construit sur la fragilité?

– Oh! Oui, tu as raison. La physique l'explique aisément. Toutefois, je ne vois pas le rapport entre l'émotion et l'univers. J'ai une "conscience" intellectuelle. Je suis l'androïde qui connaît non seulement tout du Tigre, de ce qu'il a accumulé dans sa mémoire durant sa vie, mais bien plus encore qu'il n'aurait eu l'occasion d'intégrer. Je comprends comment simuler les expressions, en fonction du vécu de mon original, mais je ne fais que me synchroniser avec des schémas. Le regret étant une émotion, je sais que je devrais en expérimenter les effets en ce moment même. Or, le mental ne peut accéder qu'à la pensée. Aller au-delà n'est pas dans mes attributs. Dans une certaine mesure, mes données pourraient être beaucoup plus complètes si je pouvais leur ajouter cette dimension abstraite. En attendant, j'emmagasine simplement toutes les connaissances possibles en supposant que cela pourra toujours rendre service. Peut-être, certains humains pourront-ils même en retirer de ces fameuses "impressions" enrichissantes?

– Hum! C'est probable, en effet. Par contre, tu n'as pas ton guide du tourisme intergalactique avec toi. Où en es-tu dans tes études du langage qui y figure?

– Dans un véritable cul-de-sac! Il y a bien une certaine logique, mais elle est manifestement basée sur un concept terriblement flou.

– Je ne veux pas te décourager... enfin, si cela pouvait se produire, mais j'en connais assez pour savoir pourquoi tu n'y arrives pas : il s'agit d'un mode d'échanges purement émotionnels entre les personnes. En fait, il n'y a pas vraiment de "traduction" qui puisse fidèlement reproduire les messages provenant des mondes qui les transmettent.

– Mais, c'est impossible, Octa. Une civilisation ne pourrait absolument pas fonctionner avec un langage pareil. On ne peut rien construire sans avoir un idiome parfaitement structuré!

– Et pourtant, nous voici en contact avec des habitants qui vivent et évoluent depuis des centaines, voire des milliers, de générations sur des centaines de millions de planètes qui continuent leur chemin à merveille. Je crois que tout ceci n'est qu'une question culturelle. Il est probable qu'un cerveau, né et mûri en étant baigné dans la perception des émotions, est tout à fait apte à se passer d'un langage de synthèse, imposé par un entourage défini.

– Octa, ce que tu dis là est intéressant, mais difficile à accepter. D'autant que, pour moi, cela signifierait qu'il ne me sera jamais possible de converser avec les nouveaux amis des étoiles. Il faudrait que j'apprenne l'intergalacte standard, et que je tente d'entrer en contact avec eux en adoptant une tout autre manière d'appréhender l'univers.

– Il n'est pas inconcevable que tu y arrives un jour, comme tu parviens actuellement à simuler la joie, la tristesse et l'étonnement. Peut-être existe-t-il une forme de mimétisme, laquelle, à force d'accumuler les échanges, pourrait te permettre d'accéder à une certaine maîtrise d'un langage apparemment illogique.

Ma fascination devant ce Tigre d'Acier ne pouvant pas se "faire de souci", mais qui en singe si parfaitement la mimique, est restée intacte. Sa programmation donne d'excellents résultats et son côté paradoxal me force à sourire.

Le pli aux coins de mes lèvres subsiste en voyant s'approcher Telk et Kalia.

– Venez vous asseoir avec nous! Salut, les amis, vous êtes en pause après, ou avant de prendre du service?

Telk s'appuie sur mon épaule en prenant place et Kalia en fait de même sur le Tigre, en tirant la chaise à côté de la sienne. Les pieds magnétiques, avec leur volonté de fer, crissent leur refus de léviter.

Kalia s'assoit avec une drôle de grimace.

– Pardonnez-moi. Ces chaises sécurisées : je ne m'y ferai jamais! Bref. Pour répondre à ta question, Telk et moi sommes en chemin pour le pilotage, et tu vas avoir la joie d'accueillir Tani à votre tablée, dès que nous l'aurons relayée. Le temps de boire un jus, et hop, on y va!

Au risque de laisser le Tigre à son sort, dans sa solitude à ne pas pouvoir suivre la discussion, une rapide conversation glisse inévitablement dans le domaine émotionnel. Les sujets ne tournent qu'autour des impressions cumulées pendant nos divers contacts avec les extraterrestres et leurs variantes.

Autodiscipline oblige, nous devons brutalement mettre un terme à nos échanges, le moment étant venu de changer d'équipes au poste de commande.

J'ignore où se trouve Zin' en ce moment, mais je me réjouis d'accueillir Tani... même si, en attendant qu'elle arrive, je dois être astreint à la corvée de cafés. C'est un exercice sacrificiel auquel je veux bien me prêter!

* * *

Octa, Cycle 148, peut-être en Lune 9, j'ai compté 4 jours depuis mon dernier contact avec Kiaka-Tosaa

Quand Tani est venue me rejoindre à la cafétéria, je n'ai pas pu m'empêcher de me lever pour l'embrasser et la serrer dans mes bras. Tout mon être n'avait qu'une envie : me sentir collé contre elle et ressentir le flux de tonnes d'amour passer de l'un à l'autre. Elle a ri, et m'a repris les lèvres de plus belle. Dans cet instant, je me suis demandé si nous n'étions pas devenus plus sensibles que jamais auparavant.

Par la même occasion, j'apprends, de la bouche de ma reine, que Zin' est en pleine hyperactivité, allant d'une salle des machines, près de la poupe, au laboratoire de biologie de la proue, en passant par la plateforme de pilotage. Elle est prise d'une frénésie éclectique qui laisse présager qu'elle pourrait ne pas tarder à égaler le Tigre dans ses connaissances.

L'enfant va dépasser ses parents, c'est certain!

En fin de période de "jour", Zin' nous a rejoints au dortoir. Elle devient une vraie "demoiselle", selon l'ancien langage que j'apprécie tant dans les vieux livres que j'affectionne de lire. Nous ne l'avions pas vue à la cafétéria, au moment du repas du soir, car elle est restée pique-niquer aux ateliers de Contrôles et Réparations, avec l'équipe chargée de vérifier le bon fonctionnement des combinaisons spatiales.

Aujourd'hui, il me semble avoir ressenti plusieurs vertiges. Je me demande quelles distances nous avons parcourues jusqu'à présent. Cette suite de microétourdissements, pourrait-elle signifier que le vaisseau chemine vers la Terre en évitant les détours ? Je n'en ai aucune idée. Cela n'a pas tant d'importance, de toute manière. Ma confiance est totale, quoiqu'il arrive, je sais qu'on ne nous veut aucun tort.

Maintenant, nous allons nous coucher. Tous trois, espérons retrouver nos mentors respectifs dans notre sommeil.

L'impression est étrange. Je me réveille avec la certitude de n'avoir pas rêvé. Je n'ai aucun souvenir d'un songe de rencontre ni de rien en rapport avec le sommeil tel que je le connais. Pourtant, il s'est produit quelque chose. Je me rappelle une sorte de brume, quelque chose de dense, sans être désagréable pour autant.

À mon côté, je sens la chaleur de la hanche de ma bien-aimée. Plus loin, j'entends la respiration de Zin'. Tous les trois, en même temps, nous nous redressons partiellement, appuyés sur un coude. Nos regards interrogatifs se croisent. Dans la chambre, depuis les autres alcôves de repos, quelques faibles bruits nous parviennent. On perçoit bien quelques soupirs légers, froufrous de tissus et divers frottements. Une atmosphère inaccoutumée de simultanéité flotte dans l'air, comme si l'on nous avait tous débranchés, en un seul geste, d'un même appareil.

Avant de pouvoir nous dire quoi que ce soit, la voix du Tigre résonne dans le haut-parleur intégré au-dessus de la porte :

– Ah! Vous vous décidez enfin à quitter votre léthargie! Bonjour à tout l'équipage! J'ai failli vous placer tous, à titre préventif, en caissons de Leehrmind. Mais ne connaissant pas la durée de voyage restante, j'y ai renoncé. Vous étiez comme atteint d'une maladie cataleptique, à se demander si vous n'étiez pas tous victimes d'une pandémie fatale, par la faute d'un quelconque virus exoplanétaire. Je n'ai même pas pu me risquer à vous soigner, car vous ne présentiez aucun symptôme répertorié. Les analyses n'ont montré aucun signe d'infection ni le moindre trouble physique grave. Le plus étrange, dans votre état, est le contraste saisissant entre le ralentissement de vos fonctions organiques et votre hyperactivité cérébrale. Les neurones étaient dans le rouge, je vous assure : du jamais vu!

Je tiens aussi à vous préciser que vous avez été hors service pendant vingt-six jours. Entre-temps, le vaisseau a continué sa course. Nous devrions atteindre la Station dans environ treize jours. Cela dépend si l'engin extraterrestre nous offre un dernier bond ou pas. À mon avis, la distance devrait être trop courte pour tenter un saut quantique. Toutefois, il m'est impossible de juger de la finesse des calculs dont nos hôtes sont capables.

Je regarde Tani. Mon air doit certainement être aussi éberlué que celui dessiné sur son visage.

– Bigre! Vingt-six jours! Comment se fait-il que le chemin de retour soit si long?

Nos camarades de chambrée font preuve d'une plus grande réactivité que nous trois, ils forment une série de grappes vers la sortie. Sont-ils impatients de se déverser dans le couloir, pour rejoindre leurs postes? Je ris sous cape à cette idée. On est loin d'une crise de zèle! En réalité, chacune et chacun a envie de se défaire d'un peu de son immense paquet d'étonnement, et d'échanger leurs impressions. C'est naturel. D'ailleurs, c'est joyeusement que nous les croiserons avec une intention similaire.

Tani me prend le bras, tout en s'adressant au groupe le plus proche, manifestement nageant en pleine perplexité :

– Je me demande combien de parsecs auront été parcourus pendant que nous étions plongés dans notre état second.

Erdezan', qui est le premier à commander l'ouverture, se retourne en posant le pied dans la coursive :

– Allons nous renseigner. Je vous propose un arrêt à la cafétéria. Grâce au Tigre, nous aurons droit à un débriefing exceptionnel, j'en suis persuadé. Dès lors, les équipes pourront se former, et la répartition des postes être fixée.

Tigre, puisque tu nous entends, pourrais-tu continuer à nous instruire au sujet de cette "panne de personnel"?

– Bien sûr, puisque je suis le seul à pouvoir le faire. Il y a de la matière, croyez-moi. Il en est passé des étoiles pendant que vous étiez tranquillement à vous reposer. Heureusement, je ne connais pas la fatigue!

Un androïde avec un programme humoristique : on aura tout vu!

Pendant que le Tigre nous livre son rapport, notre groupe se mélange à ceux émergeant d'autres dortoirs. Cette convergence inhabituelle d'individus, preuve d'une interruption dans l'organisation, s'écoule jusqu'à la cantine, canalisée telle une rivière en crue. Les machines à café n'ont qu'à bien se tenir!

* * *

Octa, Cycle 148, Lune 10, jour 19, au soir

Voilà : nous retrouvons nos marques. Le contact par transmetteur fonctionne à nouveau entre la Station, la Terre et le vaisseau. L'accostage devrait avoir lieu dans moins de trois jours.

Ce voyage interstellaire n'aura duré, finalement, qu'environ deux Lunes; soit le cinquième du maxima prévu.

"Seulement", pourrait-on dire. C'est une preuve supplémentaire que la

quantité ne fait pas la qualité!

Comment va-t-on réussir à raconter tout, ou du moins l'essentiel, de ce que nous avons appris en si peu de temps? Comment vais-je pouvoir relater l'historique et sa cascade d'événements avec suffisamment de détails? Sans parler de ce que je n'arrive pas encore à réaliser. Car, pendant mon immersion dans cette mystérieuse brume, il s'est produit autre chose. J'ai l'impression d'un savoir beaucoup plus profond, sans parvenir à le faire monter à la surface. Peut-être s'agit-il d'un ensemble de connaissances qui ne se révéleront qu'à un moment précis, ou dans des circonstances spécifiques. Ça n'est pas une certitude, mais une simple sensation.

Ceci donnerait du fil à retordre à ce cher Tigre d'Acier. À son sujet, d'ailleurs, il a parfaitement mené la barque à lui tout seul. Sa maîtrise de l'organisation, son efficacité, ainsi que son aptitude à exécuter les multiples opérations de front, poussent à l'admiration. Même les galettes fraîchement rôties étaient au rendez-vous à notre sortie de léthargie, c'est dire! Il est probablement l'androïde le plus perfectionné qu'il y ait jamais eu dans l'histoire de notre monde.

Tiens! Je me demande si les interstellaires fabriquent et utilisent des robots, eux aussi? Avoir de nouvelles relations exoélectroniques d'égal à égal, ça pourrait être sympathique pour le Tigre!

CHAPITRE CINQ

Retour plein de surprises

À l'abordage!

Un scénario a jailli, dans l'euphorie générale, qui a gagné les cœurs de tous les membres de l'équipage.

Qui en a eu l'idée en premier? Je ne saurais le dire. Quoi qu'il en soit, nous voici tous en train de nous déguiser en flibustiers.

Dans l'abondante collection de livres du Tigre, au Manoir, plusieurs rayons sont occupés par des ouvrages traitant de navigation. Parmi les titres, les plus feuilletés ont trait à la piraterie. Ces anecdotes ont, manifestement, fait forte impression sur les lecteurs assidus que nous sommes presque tous. Le projet de faire une farce à notre débarquement à la Station a été embrassé, avec enthousiasme, par tout le monde.

Les déguisements improvisés n'ont pas la prétention de refléter une quelconque vérité historique, bien entendu, mais un paquet d'acteurs est déjà devant la porte du premier sas. Ils se cherchent des grimaces, retenant leurs fous rires, tout en brandissant divers outils d'entretien en guise de sabres de combat.

Le vaisseau est arrivé dans sa phase de synchronisation des pinces. Excité comme un gamin, j'entends les fixations se refermer.

Bref moment de silence.

Le passage s'ouvre, et, dans l'euphorie des retrouvailles, les pirates attaquent en hurlant : "à l'abordage, et pas de quartier!" C'est amusant, car nous avons pris soin de recouvrir les caméras, et de la musique, diffusée à fort volume, a parfaitement sauvegardé l'effet de surprise.

Manifestement, les occupants de la Trotteuse ne s'attendaient pas à ça!

L'ambiance ne laisse aucune chance à un accueil protocolaire, même informel. L'anarchie règne dans toute sa splendeur, balayant toute "bonne et due forme" au passage. C'est la folie! Mais, personne ne s'en plaint... pour l'instant du moins, car du coin de l'œil je vois une Darin' plutôt pensive et dans la retenue.

Il est possible, et probablement à juste titre, qu'elle se demande dans quelle mesure nous sommes encore sains d'esprit. Elle doit bien réfléchir aux suites que peuvent entraîner les chocs psychologiques que nous aurons encaissés durant notre mission particulièrement spéciale.

Peut-être craint-elle même que nous soyons contagieux, tellement tout le monde s'y est mis. Zin' est debout sur une table et crie : "feu! feu!" Tani et Erdezan' font mine d'avoir des boucliers, pour se protéger des coups d'épée imaginaires. Les autres ne sont pas en reste et s'investissent à fond dans leurs rôles respectifs d'attaquant ou de défenseurs.

Est-ce du pur défoulement, ou une manière de ne pas être dépassé par les émotions? Quoi qu'il en soit, je me mets en retrait, pour passer d'acteur impliqué à caméraman. Ce faisant, tout en réfléchissant aux résurgences éventuelles d'atavismes génétiques, je me glisse aux côtés de Darin', qui semble avoir pris cette attitude dès le début.

Silencieux, je repense au déroulement de mon existence, depuis l'arrivée des Gris au Village, jusqu'à maintenant.

Dans l'existence, chaque expérience marquante peut bouleverser la perception que l'on a de son environnement.

Ici, c'est flagrant. La Station avait été, pour moi, l'occasion de découvrir un univers d'un exotisme extrême, tant tout y suivait des règles incroyablement rigides. Par la suite, quand l'Ordre a pris fin et que les individus ont pu reprendre leurs évolutions personnelles, le chemin vers de nouvelles amitiés est devenu une aventure en soi.

Pourtant, aujourd'hui, la rencontre avec des êtres incommensurablement différents de tout ce que j'aurais pu imaginer provoque un énorme glissement émotionnel. Je suis désarçonné, décalé... blasé?

Est-ce qu'à force de gravir les échelons du fantastique, le retour à une situation qui est objectivement restée extraordinaire peut paraître presque banal?

Est-ce la raison qui nous pousse à inventer des scénarios clownesques?

Apparemment oui!

Ça en est quasi choquant. À tel point que je me réjouis du prochain et, heureusement, inévitable débriefing!

Que l'on ait la possibilité de faire les fous ensemble, ou de se retirer pour trouver le silence en soi par une profonde méditation, le but n'est autre que de se libérer d'un grand nombre de tensions et de perturbations intérieures. Or, il ne faut pas croire que tout peut être réglé en deux coups de cuillère à pot. Du moins dans mon cas, et certainement aussi dans celui de chaque protagoniste du voyage interstellaire. Le contraire m'étonnerait.

La capacité d'adaptation de l'humain a beau être extraordinaire, des changements de paradigmes si immenses n'ont rien d'anodin!

* * *

Octa, Cycle 148, Lune 10, jour 23, à mi-journée

C'est en reprenant mon carnet de notes, ici dans la Station, que je ressens l'ampleur des changements qui se sont opérés, en moi. L'équipage du grand vaisseau a été aspiré dans un tourbillon de nouveautés qu'il faudra réussir à assimiler. C'est énorme! Ma conscience en est presque aussi stimulée que lors de mon expérience d'EMI!

L'accès à des dimensions si inattendues et la multiplicité des connaissances emmagasinées en si peu de temps remettent en question l'ensemble de mes bases identitaires. Le fait d'être une entité relative m'est familier depuis ma petite enfance. Mais, être face à la réalité matérielle de la relativité, d'avoir opéré des aller-retour répétés, par des moyens physiques qui dépassent l'entendement, est un sacré morceau à avaler pour un ego. On a beau savoir comment surmonter certaines limites, dans le cas présent, cette infime partie de mon moi se trouve en ébullition à force de ne pas arriver à y récupérer ses billes!

Bref, passons à un compte-rendu plus terre à terre.

Ce matin a eu lieu LE débriefing.

Évidemment, comme les données détaillées sont à disposition de tous, les sujets ont été traités en résumé, et j'inscris, ici, une version encore plus écourtée et succincte.

• Pendant notre virée parmi les étoiles, Darin' et le commandement, ont continué de recevoir régulièrement les messages des ETs. Selon les dernières analyses, les Stellaires ont officialisé leur souhait de garder le contact avec les humains.

• À la surprise de tous, Darin' cède la direction de la Station à Telk du Village, avec Kalia Aatsib comme Cheffe en second. L'ancienne Commandante Générale va rejoindre Carlonicum au Manoir, où tous deux pourront enfin réaliser leur passion commune.

• Plusieurs membres du grand voyage se sont proposés et vont former une équipe spécialisée dans la communication extraterrestre. Ténerdac, Karnil, Yotanis, Yofalia et Lenida, entre autres, en font partie.

Quelques autres points de détail ont été soulevés. Toutefois, pour tous les habitants de la Station et les quelques Villageois présents, l'essentiel à relever est simple : une nouvelle ère s'ouvre une fois de plus, et elle est de taille!

Les messages seront probablement de plus en plus souvent échangés entre humains et interstellaires. *Ces derniers s'évertueront à utiliser le langage terrien, comme ils l'ont tenté avec l'équipage du Grand Vaisseau.*

Mais, à terme, n'allons-nous pas réussir à pratiquer l'intergalacte, comme le pense le Tigre?

Il se pourrait bien que Zin', d'ici quelques Cycles, se mette à converser avec les étoiles. Après tout, c'est ce qu'elle essayait déjà de faire il y a longtemps, quand assise sur mon épaule, elle levait ses petits doigts vers le ciel pour aller chatouiller tous ces jolis points brillants.

Dire qu'elle aura bientôt quinze ans, qu'elle est peut-être amoureuse... C'est l'adolescence : la période clef de l'éveil ou de l'endormissement de l'individualité. Selon mes lectures, avant la Grande Destruction, la phase entourant les quinze Cycles d'âge marquait l'adoption de l'attitude qu'allaient prendre les personnes pour le restant de leur existence : soit ils développaient leur sens critique et soignaient leur vigilance, soit ils se fondaient dans la masse et acceptaient les dogmes imposés.

Heureusement qu'actuellement, l'Individu est respecté dès sa naissance!

À propos d'individus, je me réjouis de mon retour au Village, et d'y revoir ses habitants.

Les pieds sur Terre

Tani s'est assise sur mes genoux, avec un bras par dessus mes épaules. Ses yeux gris balayent la surface des toits et observent, plus loin, les diverses activités autour de la Bibliothèque.

– Tu avais bien choisi ton endroit, Octa. Installé sur ce tuyau, on peut vraiment voir presque tout ce qui se passe.

– Ma reine, il y en a plus à regarder aujourd'hui, crois-moi! À part le Manoir, qui est trop haut et masqué par cette butte, tout était à portée de vision. Maintenant, le labyrinthe a été déplacé. Sa paroi Est, est cachée par les hangars des dirigeables, dont on ne distingue plus que le premier. La population a augmenté et les maisons récentes se sont ajoutées aux anciennes, au sud et à l'est. Heureusement que l'on a découvert de nouveaux territoires habitables. Il serait dommage de devoir renoncer au respect de l'espace individuel.

– La promiscuité est un fléau, j'en conviens. Toutefois, je ne crois pas qu'on en arrivera à ces extrêmes. De plus, comme tu le dis, les contrées environnantes s'assainissent. Certaines, plus lointaines, sont même propices à une installation immédiate. Comme les transports ne sont plus un problème, il n'y a pas trop de soucis à se faire.

Je regarde le ciel. Un petit vent frais vient chatouiller mes reins.

– Bigre, trésor! Tu es légère comme une plume, mais il n'en demeure pas moins que les fourmis commencent à m'envahir les orteils. Je crois que nous devrions rentrer. Le soir arrive et, si ce n'est pas Zin' qui nous prépare le repas, je devrais m'y mettre. La chaleur de la cuisinière me fera un bien fou!

– Une plume, une plume; si j'en étais une, je te chatouillerais le nez.

En descendant la Colline du Réservoir, avant d'atteindre les arceaux du couloir le plus proche, je vois encore quelques Villageois, Manoiriens, Gris et Verts, planter des piquets pour une nouvelle serre. Mon cœur se réchauffe, malgré la morsure typique du vent de cette fin de période chaude : ces individus de toutes origines ont trouvé une dynamique à géométrie variable, permettant à chacune et chacun, quelle que soit sa provenance, d'évoluer en harmonie selon son rythme et ses aspirations propres.

Dans le tunnel principal, je lâche la main de Tani pour cueillir un bouquet de verveine. La réserve de thé séché diminue vite, quand on reste stationné quelque temps sur Terre. En me redressant, je regarde ma reine onduler dans le couloir. Je prends soin de faire de petites enjambées, pour ne pas la rejoindre tout de suite. J'ai envie de m'accorder un moment, rien que pour admirer ses formes, ses cheveux qui se balancent, sa manière quasi divine d'avancer sur les copeaux du chemin. Ma seule crainte serait de me réveiller et de devoir constater que tout ceci n'est qu'un rêve. Comment est-il possible de rencontrer une femme aussi splendide? Qu'ai-je fait pour qu'elle se soit intéressée à moi?

Elle se retourne et m'achève de son merveilleux sourire.

Extraordinairement, j'y survis!

Nous atteignons le sas de notre demeure, celle qu'Holt m'a donnée malgré lui, quand il avait disparu du Village pour aller habiter, secrètement, le Manoir.

Fichtre! Il s'en est passé ces derniers Cycles!

En entrant chez nous, nous retrouvons Zin', avec Mars sur son épaule droite. Mars est notre araignée "domestique". Notre princesse l'a nommée ainsi à cause de sa couleur ocre-orangé. Cette Mygale est devenue un poil plus grand que ma main. Elle est inoffensive pour nous, mais nous débarrasse efficacement des mouches et moustiques. Nos nuits en sont bien plus agréables. Il faut dire que la vie semble plus foisonnante de jour en jour, ce qui correspond, logiquement, aux observations faites dans la nature où que l'on aille. Ça n'est pas sans risque : les animaux infectés sont également en augmentation. Cette bestiole à huit pattes mérite bien sa place chez nous!

Zin' a déjà fini de préparer le repas. Tani va vite prendre son bain-douche et je mets la table.

– Comment s'est passée ta journée, ma fille adorée?

– Hum! Voyons, voyons... Je crois que je pourrais la qualifier de superbe, en fait. Ce matin, j'imaginais la partager en deux parties. Mais, arrivée au laboratoire de biologie, je me suis tellement enthousiasmée à l'étude des échantillons ramenés du Grand Voyage, que j'en ai oublié le goûter de mi-jour. Figure-toi que certaines bactéries extraterrestres pourraient servir à fabriquer un plastique qui se réparerait tout seul en cas de perforation ou de déchirure!

– Bigre! C'est passionnant. Dire qu'en rentrant, j'étais justement à penser à tous les incroyables changements qui sont survenus ces derniers Cycles. Mais là, tu en rajoutes encore une couche! Autre chose, ma chérie : es-tu passé au Mur? Où en est-on dans l'organisation de nos prochaines journées?

En voyant l'expression que me renvoie Zin', je réalise ma bourde. Bien entendu, ma fille la corrige :

– Papa! Tu sais bien que cela ne se fait plus avec des dés dans les cases de l'ancien Mur. Attention aux méfaits de l'âge.

– Fichtre! Bien sûr. Je voulais dire : de quoi a l'air le Panneauorganigramme? Y a-t-il des tâches pour lesquelles il manque sérieusement de la main-d'œuvre? Car si ce n'est pas le cas, je vais encore profiter de deux ou trois jours pour glaner quelques cancans.

– À vrai dire, j'ai été aspirée dans mes activités avant même d'avoir pu jeter un œil sur le Panneau. Mais je crois que ma chère maman arrive. Peut-être a-t-elle vu le programme?

Tani nous rejoint. Elle sent bon le savon de fleurs.

– Je vous ai entendu. En fait, il n'y a rien de spécial. Comme nous sommes beaucoup plus nombreux, au Village, les travaux vacants sont vite pris en main. De plus, avec notre escapade extraterrestre, nous devons rattraper notre retard en termes de dégustations de verveine!

Nos rires éclatent pendant que nos doigts partent à la conquête des victuailles qui garnissent la table.

La conversation va bon train, pendant que la vue de mes deux fées adorées me ravit et que je me délecte des excellents plats cuisinés par notre fille.

* * *

Octa, Cycle 148, Lune 10, jour 28, à potron-minet

Non seulement Zin' a d'excellentes dispositions de conteuse, mais en plus, elle a une capacité hors normes à emmagasiner des quantités phénoménales de renseignements.

Tani et moi avons passé toute la soirée restante à écouter les dernières nouvelles de la planète, que notre fille a réussi à glaner.

Nous savons, maintenant, que des ballons-sondes sont envoyés en exploration bien plus loin qu'auparavant, sur des territoires qui ne correspondent pas à la trajectoire orbitale, même élargie, de la Station.

Les caméras ont enregistré des vues d'immenses surfaces aquatiques, mais également de nombreuses ruines vers le nord. Les images prises révèlent autant de végétation luxuriante que de structures délabrées. Certains restes d'anciennes villes ne reposent plus sur un sol horizontal. Les imposantes armatures et les éoliennes marquent une légère inclinaison du terrain, probablement due au soulèvement d'une partie de la plaque tectonique sur laquelle reposent les vestiges.

Pendant que le Grand Vaisseau gambadait d'étoile en étoile, des dirigeables flottaient au-dessus du paysage terrien. Des Villageois sont arrivés au Bord du Nord. Ils ont découvert un rivage qui n'aurait pas dû y être. Preuve est faite : les cartes retrouvées dans les archives du Manoir ne valent plus grand-chose. De toute évidence, l'actuel Nord n'est plus celui tracé sur les vieux documents. La plupart des ports qui y sont indiqués ont été engloutis depuis longtemps et très peu de terre émerge encore de la surface océanique. Par contre, ils ont constaté l'existence d'une immense île, qui ne figure sur aucun plan, au nord-nord-est. Ils l'ont nommée Le Dos de Chameau, à cause de sa forme.

C'est passionnant, et je compte bien aller me renseigner au Manoir au plus vite. Les prises de vue doivent pouvoir y être visionnées.

* * *

Rien de tel que quelques galettes de protéines du Village pour commencer une journée!

J'en avale quatre et pars, en allongeant le pas, en direction du Manoir. En chemin, je rejoins un groupe d'amis qui vont dans la même direction.

– Salut, Sari, Samo, Yesso, Dirad et Lirsan'Tsudi, vous montez aussi au Manoir?

Samo me passe le bras sur l'épaule.

– On dirait que tu viens par hasard. Mais nous, nous sommes convoqués!

– Tiens! Et pour quelle mystérieuse affaire?

Ils se mettent tous à rigoler. C'est Lirsan' le Gris qui reste le plus sérieux :

– C'est au sujet d'une prochaine expédition sur l'île du Dos de Chameau. Tu n'en as pas entendu parler?

– Ah, mon cher Lirsan', si tu savais à quel point ma boîte crânienne déborde d'événements qui ne sont toujours pas complètement digérés! Je crois bien avoir fichtrement atteint les limites de mes capacités cognitives. He! Ne riez pas, les amis : ma calebasse va vraiment finir par exploser! Mais, pour répondre à ta question : oui, partiellement, Zin' a évoqué cette fameuse île découverte au nord.

Sari et Samo m'entourent de leurs bras et m'entraînent de plus belle en direction du Manoir. Notre groupe quitte la protection de la galerie plastifiée pour emprunter le vénérable Chemin des Cendres donnant directement sur la grande entrée.

Hasard ou destin, il n'en demeure pas moins que je me retrouve au cœur d'une nouvelle initiative villageoise. En arrivant dans le vaste hall principal, celui d'où l'on peut monter à l'étage par les deux immenses escaliers de bois massif sculpté, le nombre impressionnant de personnes présentes indique clairement qu'il ne s'agit pas d'une broutille.

– Bigre! On a, ici, pratiquement tous les individus les plus téméraires du Village, il me semble.

D'un regard gentil, mais néanmoins suggestif, je signifie à Sari qu'elle-il n'a plus besoin de m'agripper. Elle-il fait la moue, et se remet bien droit-e. Sans transition, Sari rebondit sur mon commentaire :

– Il y a, sur Terre, encore plein de choses importantes à faire. Nous sommes prudents et celles et ceux qui peuvent procréer ont beau faire attention de ne pas exagérer comme nos ancêtres, il faut prévoir de créer de nouveaux espaces habitables. Et il est...

Sari ne peut pas continuer sa phrase. Les brouhahas s'arrêtent d'un coup. Carlonicum vient d'apparaître au centre de la rambarde du premier étage. Il a l'air en pleine forme, ce qui me réjouit beaucoup.

Sans attendre, celui qui a gardé quelques vieux réflexes d'ancien commandant général de la Station, certainement à son insu, s'adresse à l'assemblée sur le ton d'un meneur de troupes.

– Très chers amis, une fois de plus, je constate la promptitude de votre réaction. Encore l'effet de la vivifiante et légendaire curiosité qui anime chaque personne du Village... et de la contamination bénéfique qui a atteint celles et ceux qui y sont liés. Merci d'être venus!

Carlonicum laisse les rires et les applaudissements se dissiper.

– Comme la plupart en ont déjà été informés, il est ici question de l'île du Dos de Chameau. Toutefois, et contrairement à ce qui était prévu, les dernières révélations nous obligent à totalement revoir notre copie : Il n'est plus envisageable de s'approcher inconsidérément de ce territoire.

Un moment de silence interrogateur s'installe. Puis, Carlonicum continue :

– Vous n'ignorez pas que la Trotteuse a perfectionné ses ballons-sondes et que leur rayon d'action est indépendant de la trajectoire de la Station qui les expédie pour filmer la surface terrestre. Or, il s'avère que l'île fraîchement découverte n'est pas déserte.

Un brouhaha s'élève, mais Carlonicum n'en tient pas compte et poursuit.

– Oh! Ne vous enthousiasmez pas trop vite. En analysant les images reçues, il est clair qu'il ne s'agit pas d'une poignée de survivants, pétris d'intentions pacifiques, et désireux d'établir des liens amicaux avec leurs semblables. Non seulement sont-ils plusieurs centaines occupés à la construction de grandes embarcations, mais ils sont abondamment armés. De toute évidence, c'est une peuplade guerrière qui s'apprête à traverser le détroit qui les sépare du continent. S'ils sont déterminés à conquérir de nouveaux et vastes territoires, on peut estimer qu'ils pourraient atteindre la côte pour entreprendre des razzias, dans tout le Nord, d'ici moins d'un Cycle. Comme ils n'y trouveront rien de très intéressant, ils vont pousser plus loin vers le sud. Le risque qu'ils envoient des éclaireurs jusqu'aux abords de nos cultures est certain. Ça n'est qu'une question de temps.

Carlonicum lève le bras pour rétablir le calme.

– Les prises de vue, bien que collectées d'une distance prudente, indiquent qu'après avoir accosté, les habitants de l'île feront leurs déplacements exclusivement à pied. Par conséquent, même si par un curieux hasard ils marchaient droit sur le Village, il leur faudrait plus de deux Cycles avant d'arriver dans nos contrées, après avoir dû traverser des zones passablement toxiques et parsemées de grandes ruines.

Comme nous ne connaissons pas leurs intentions, nous n'allons pas chercher à entrer en contact avec eux. Au contraire, il serait préférable qu'ils ne soupçonnent pas notre existence. La Station continuera à les surveiller de loin, et nous tiendra au fait de leurs déplacements en temps réel.

Quoi qu'il en soit, nous devons trouver un stratagème capable de nous prémunir de toutes mauvaises surprises. Je vous propose de former des groupes de réflexion dès aujourd'hui. D'ici dix jours, les porte-parole de chaque équipe reviendront au Manoir, en vue d'élaborer un plan d'action.

Autour de moi, chacune et chacun ayant ses affinités et connivences, les grappes humaines se rassemblent rapidement. J'en profite pour rejoindre l'ex-commandant-général à l'étage. Il m'attend en haut de l'escalier.

– Octa, mon cher Bigre! Pas trop chamboulé par la succession des événements?

– Ah, Carlonicum, ça n'arrête pas, dirait-on! En fait, je suis venu visionner les dernières prises de vues planétaires envoyées de la Station. Mais, si tu as le temps, avec tant de bouleversements qui se croisent, j'apprécierais ton assistance. Tes commentaires me seront sûrement plus utiles qu'une suite d'images qui défilent.

– Avec plaisir, Octa. Toutefois, ne crois pas réussir à faire le tour des nouveautés en un seul jour!

Son bras sur mon épaule, il m'entraîne dans son bureau. À la contemplation de la paroi du fond totalement recouverte d'écrans, je sais d'avance que la dernière affirmation de mon ami n'est pas surfaite.

* * *

Le soir venu, je retrouve Tani chez nous.

Elle m'accueille en me serrant dans ses bras. Son baiser amoureux me remplit instantanément, des pieds à la tête, d'une tendre chaleur.

– Salut Octa-le-Bigre! Carlonicum vient de m'annoncer qu'il t'a enfin lâché la bride. Quant à moi, j'ai passé ma journée à donner un coup de main à l'atelier du verre. Les fours et les becs Bunsen sont allumés depuis hier et pour les trois jours à venir. Ce matin, j'ai croisé Imati, qui a remplacé Telk comme éminence dans le domaine. Quand il m'a dit que le Labo a besoin d'éprouvettes, de flacons et d'alambics, je n'ai pas hésité à essayer de souffler et mouler cette curieuse matière. Regarde, puisque j'étais occupée sur place, j'ai profité d'y confectionner un plat, une carafe et cinq coupes à pied au fil de la deuxième moitié de l'après-midi.

– Diantre! Je vois, d'après tes œuvres, que tu n'as rien à envier aux dons artistiques du nouveau commandant général de la Station. C'est vraiment du très joli travail... et ses couleurs, fondues en spirales, sont juste superbes! Il faudra que Telk y jette un œil.

– Merci. J'avoue que mes premiers essais ont été assez désastreux. Je ne pensais pas que cette matière puisse être si capricieuse, tantôt trop liquide et l'instant suivant déjà durcie... et quelle chaleur! Et toi, mon roitelet, qu'as-tu à me raconter? Car ce faisant, je n'ai entendu parler de la réunion du Manoir qu'en fin de journée.

– Hum! J'ai été nettement moins créatif que toi. Je n'ai fait qu'assister à un exposé. La situation est assez complexe, en fait, et des mesures doivent encore être trouvées. Il se trouve que l'île du Dos de Chameau est habitée, et il semblerait bien qu'une peuplade aux instincts belliqueux risque de nous tomber dessus dans deux Cycles environ. Connaissant les braves du lieu, les idées vont germer dans de nombreuses têtes ces prochains jours. Il ne fait aucun doute qu'une solution sera imaginée d'ici peu.

PARTIE 3

CHAPITRE SIX

Besoin de tactique

Subterfuge

Octa, Cycle 149, Lune 1, jour 6, au soir

Il règne un froid glacial depuis presque une Lune. Il y a même eu de la neige, pour la seconde fois depuis l'histoire du Village. D'après les textes d'Avant, ce phénomène était normal pendant cette période de Cycle. Ceci confirme les dernières études météorologiques : le climat terrestre reprend ses droits. Les séquelles de la vieille pollution tendent à s'amenuiser avec le temps. Bientôt, nous aurons de nouveau des "saisons".

Pour celles et ceux qui s'activent, la découverte de l'ampleur du désastre qui a dévasté ces lieux est plus éprouvante que les bourrasques givrantes et la poussière. Les conséquences de la Grande Destruction sont à figer le sang des plus hardis. Ce sont des montagnes d'ossements humains, témoignage d'une implacable horreur, qu'il faut maintenant déblayer. Des gens ont occupé ces anciennes villes par centaines de milliers, voire par millions. Inimaginable!

Malgré la rudesse des conditions, les nombreux volontaires se relaient pour nettoyer et restructurer les sinistres ruines de l'antique cité du nord-est pour la transformer en un paisible hameau contemporain.

Les matériaux récupérés sont choisis avec attention, car il est important que notre installation paraisse habitée de longue date. Il faut qu'on puisse croire que les occupants qui s'y trouveront y ont résidé depuis des générations. Les éléments encore fonctionnels, de bonne facture et technologiquement intéressants, sont triés et chargés sur des transporteurs.

Loga a eu l'excellente idée d'utiliser la topographie pour élaborer un plan pour canaliser les intrus. Avec plusieurs éclaireurs, il est parti préparer une piste facile à pratiquer avec des charrettes. Depuis aussi loin au nord que peuvent parcourir les plus petits de nos dirigeables, sans être repérés par une éventuelle avant-garde des Nordiens, un chemin carrossable est tracé. Loga et son équipe vont étudier où poser les appâts et les diffuseurs... Car oui, les envahisseurs vont goûter aux bienfaits de l'ocytocine! Et ils en auront l'occasion durant des Lunes, pendant tout leur trajet, du début du creux du vallon boisé, au nord, jusqu'à l'arrivée aux ruines.

Machiavélique, pourrait-on penser. Mais, selon les observations, les visiteurs sont actuellement nettement plus dangereux que les disciples de l'Ordre.

Serions-nous devenus aussi tordus que le Tigre et le docteur Arbor Trandini?

Oh! Comme j'avais été choqué de leurs méthodes de conditionnement des gens grâce à des effluves chimiques, quand j'étais entré au Manoir les premières fois... Cela ne m'a pas empêché, peu de temps après, de préconiser l'usage de l'ocytocine par diffusion et mélangée à la nourriture, autant dans le Manoir que dans la Station!

Bon! Il faut savoir assumer ses contradictions. Dans le cas présent, et au vu de la nature des nouveaux arrivants, je ne vois pas quelle autre précaution pourrait être prise.

Il faut éviter que les envahisseurs soient trop agressifs, quand ils atteindront le faux village. "La violence étant le dernier recours de l'incompétence", selon un personnage d'une de mes lectures, toute confrontation brutale devra être bridée. Si le pire devait se présenter, nous devrons abaisser nos cartes et faire appel à l'armement de la Station... à titre symbolique, et uniquement pour impressionner.

Ce serait psychologiquement contre-productif. Mais je ne crois pas qu'il faudra en arriver là. Loga est un vrai génie créatif. On peut lui faire confiance, sur le plan stratégique et humain.

Ces derniers jours, je me suis attelé à la couture. Il faut des vêtements chauds, et des gants, pour les travailleurs qui s'acharnent à l'ouvrage loin de leurs douillettes demeures.

Alors que Tani pilote un dirigeable d'approvisionnement, en réalisant jusqu'à six aller-retour par jour, Zin' est restée sur place à plusieurs reprises. Elle est très motivée à apprendre les arcanes de la construction, puisqu'elle a son projet personnel en tête.

À la mi-Lune, nous serons les trois ensemble au Village.

Un peu de repos ne nous fera pas de mal!

Tiens, j'entends justement Tani entrer. La nuit étant bien avancée, nous n'allons pas tarder à nous coucher.

* * *

Un pétillement me réveille.

Ah! La senteur de ses cheveux : j'adore!

Cela doit faire un moment déjà que les oiseaux sifflent, dehors. Leurs manifestations sonores n'ont rien des chants joyeux des beaux jours de printemps ou de l'été. Elles sont aussi ternes que l'ambiance opaque qui règne ce matin. C'est probablement la raison pour laquelle mon émersion du sommeil a trouvé une tout autre source de motivation. La présence de ma reine, voici ce qui peut justifier d'abandonner les doux limbes pour rejoindre les brumes peu réjouissantes de la réalité météorologique!

Avec mon nez, toujours enfoui dans la grisante grisaille des mèches cendrées de Tani, je lui chuchote à l'oreille :

– Trésor, ma fée! Malgré les apparences et ton envie de dormir encore, un jour nouveau et une table couverte de galettes et de purée de fruits t'attendent.

– Hmmm! Pfff! Déjà... j'suis crevée... Je ne peux pas me lever maintenant.

– Pourquoi donc?

– Parce que je suis en train de rêver et... que c'est un rêve érotique!

Et, avant même que je puisse réagir, ma reine guerrière m'attrape, me tire et m'entoure de ses bras et de ses jambes musclées, me fait chavirer et rouler sur le lit, sous elle, pour terminer son... fantasme!

Je ne résiste pas, bien au contraire.

Quelques galipettes plus tard, nous décidons de reprendre contact avec la vie pratique. Une fois debout, habillés et relativement prêts à affronter la journée, nous descendons sagement les escaliers menant au rez.

Assis face à Tani, mon regard croise le miroitement coquin du sien. Nous sommes à table, et le repas matinal s'est passé comme dans un état second. Les travaux d'hier, et des Lunes précédentes me tiraillent encore le dos. Misère : que d'efforts fournis pour recréer, loin d'ici, un bourg factice qui ne servira peut-être pas plus d'une poignée de jours! Et il reste tant à faire.

Avant de repartir à nos tâches particulières, je tiens à aborder le sujet auquel Tani doit certainement souvent penser aussi.

– Ma très chère, quand vous vous êtes revues, Zin' et toi, sur le chantier du faux village, avez-vous eu l'occasion de parler du projet de notre fille?

– Très vaguement.

– Cela ne la chagrine pas trop de devoir attendre que cette affaire d'arrivants soit résolue, avant de pouvoir s'attaquer à son installation?

– Bien sûr. Elle aurait voulu que tout soit prêt pour ses dix-sept ans. Mais la possibilité de ne parvenir à ses fins qu'à dix-huit ou dix-neuf ans ne la traumatise pas outre mesure. Elle dit qu'elle apprend tellement tous ces jours, en participant aux travaux dans Grandville, qu'elle fera encore mieux que ce qu'elle avait imaginé au départ. C'est une brave fille!

– Oui, bigre, vraiment! Elle positivise admirablement.

– Tu sais compagnon, je suis bien contente de t'avoir agressé ce matin...

– J'en suis autant ravi que toi, crois-moi!

–... parce que ces prochains jours vont être particulièrement harassants et nous ne nous verrons probablement pas beaucoup! Comme je fais partie des pilotes les plus expérimentés, je vais devoir intervenir souvent et avec un grand dirigeable. Les vols en rase-mottes sont délicats, surtout en surcharge. Il faut que les plus grosses pièces soient mises en position au plus vite. Plus tard, les poches de gaz gonflées au maximum risquent d'être visibles de très loin.

– Bigre! Si les envahisseurs nous savaient équipés d'engins volants, notre plan volerait en éclat!

– Hum! Encore un de tes jeux de mots bancals. Mais, c'est juste : d'ici une dizaine de jours, nous devons avoir terminé les plus hautes tours de la pseudo-forteresse. Après cela, peaufiner le reste pourra être fait depuis le sol.

– Commencer de construire à partir du dernier étage, c'est plutôt inhabituel!

– Oui, mais ne t'inquiète pas : rien ne tombera sur la tête de qui que ce soit. Le matériel récupéré est de bonne qualité et l'ensemble de la structure sera d'une solidité à toute épreuve. Du moins, si les arrivants ne possèdent pas des missiles identiques à ceux de la Station.

– Fichtre! Quand on y pense, on aura créé près de quatre cents habitations en moins de deux Cycles : c'est énorme!

– Mais, nous sommes, il est aussi vrai, tous d'énormes génies du système D, voyons.

– Dans une Lune, après nos quelques jours de congé, j'irai prêter main-forte pour la construction de la bourgade autour du château. De la rigolade en comparaison du faux village. Je crois que Zin' participe déjà au tracé du futur labyrinthe, dont la bourgade est justement un élément.

– En théorie, tout pourrait être prêt d'ici à peine plus d'un quart de Cycle.

– Ce qui laisserait encore de la marge, en cas de retard...

–... Ou d'avance rapide de nos visiteurs. Mais, trêve de bavardage, Octa, fichtre, il faut y aller!

– Hey! Fichtre. C'est moi qui dois dire "fichtre"!

Je l'embrasse tendrement, sans attendre qu'elle ait quitté son fameux sourire mortel.

Vestes, châles, bonnets et gants sont vite passés. Dans le sas, nous sautons dans nos bottes de fibres cirées. D'un pas vif, nous empruntons le même couloir jusqu'au virage où se trouve la sortie menant, tout droit aux hangars des ballons, vers la gauche au Chemin des Cendres. Un signe de la main, avant de nous séparer, et je monte au Manoir. Déjà assez loin, j'entends Tani crier "Tout est prêt?", en direction du premier bâtiment, celui qui abrite les dirigeables les plus impressionnants de notre flotte.

C'est presque essoufflé que j'entre dans le grand salon du rez-de-chaussée, dans la pièce momentanément transformée en atelier de couture. J'y trouve Carlonicum, ce cher ex-commandant général de notre non moins vénérable satellite artificiel, ronchonnant, en train de farfouiller dans un tas de tissus chiffonnés.

– Alors, voici un chef suprême fort mécontent de ne point dénicher toile seyant à son habit?

– Ah, ça! Salut, Octa, tu tombes à pic. Quelle idée m'a pris de me porter volontaire comme costumier! Je suis supposé créer une fripe, qui ait l'air parfaitement primitive, destinée à un pauvre bougre. Mais, je n'arrive pas à me décider : il y a l'embarras du choix.

– Attends, je te fais une proposition : je m'occupe des fringues de misérables civiles, et toi, de ton côté, tu regardes si tu trouves de quoi faire des habits de mercenaires. Il me semble que ce serait plus logique que ce soit toi qui te charges des gardiens du château. C'est plus dans tes cordes martiales.

– Mais quelle merveilleuse idée : c'est évident! Là, tu me retires une épine du pied.

– Eh bien, fais attention de ne pas la compenser en te piquant les doigts avec ton aiguille! Si la place est libre, je m'assois vers toi.

– Avec plaisir! Et tu me donneras des conseils. Je ne suis pas un bricoleur né, comme vous autres, d'ici.

Autour de nous, hommes et femmes, Gris et Villageois, rient de bon cœur.

– Et que fait donc Darin', elle n'aime pas la couture?

– Ha! Ha! Avant-hier et hier, elle n'a fait que ça. Ce matin, elle en avait tellement assez, que je l'ai laissée à la communication.

– Ce faisant, elle t'a envoyé manier ciseau, fil et aiguille à sa place.

– C'est cela même... Tu te rends compte? Me traiter ainsi, moi, son commandant général!

– Ah, non : fini, ça! D'un, Darin' a été commandante générale après toi. De deux, tu es son compagnon, maintenant.

– Et alors, qu'est-ce que cela change?

– Dorénavant, vous êtes en couple : il y a le partage des tâches!

Autour, les rires éclatent de plus belle.

Il faut dire que Carlonicum s'évertue à prendre une expression, exagérément offusquée, du plus bel effet comique.

Toute cette petite comédie se joue pendant que nos doigts, comme mus par une volonté propre, saisissent des tissus, les coupent et les cousent sans relâche.

Une grande partie de la matinée se traduit, ainsi, par la confection de plusieurs pièces de costumes.

Carlonicum et moi ne pipons plus mot. Absorbé dans cette occupation comme par un mantra, aucun de nous deux ne remarque que quelqu'un s'approche d'un pas décidé.

Une main vient se poser sur mon épaule avec une ferme douceur. Sans regarder, je devine de qui il s'agit. Juste avant de me retourner, je demande :

– Darin', comment vas-tu?

Elle est rayonnante, et d'emblée je me souviens de la première fois que je l'ai aperçue, dans cette même maison, à la caféteria. De loin, je l'avais prise pour Tani, et cette ressemblance me frappe encore. Je continue à avoir l'impression qu'elle pourrait être sa mère, ou sa sœur aînée... voire sa sœur cadette, si elle a profité de moins nombreuses séances de leehrcryo que Tani... comment en être sûr?

– Merci, Octa, je vais très bien ici, en compagnie de mon couturier préféré. En fait, je suis descendue pour le distraire de son travail. Carl, il faudrait que tu viennes au bureau. Et puisque tu es là, Octa, ce serait bien que tu suives aussi.

Je prends Darin' au mot, en restant exprès quelques pas derrière le couple. Regarder Darin' et Carlonicum monter les escaliers en quart tournant en se tenant par la main est une image adorable qui me réchauffe le cœur. Dans OSP-01, cette attitude aurait fait scandale, lors de mon premier séjour!

En les voyant ainsi, joyeux, sympathiques et prêts, à tout instant, à commettre quelques clowneries conviviales, il est difficile de les imaginer au commandement de notre immense satellite artificiel. Et s'ils avaient été aussi tordus que ce cinglé de Yoser-le-révérend, remplis de la même folie des grandeurs, Carlonicum ou Darin' n'auraient eu qu'un bouton à presser pour détruire ce qui restait de vie sur la planète.

D'ailleurs, à ce sujet, il est probable que le premier réflexe d'un chef d'armée d'Avant aurait été de bombarder l'île du Dos de chameau dès la découverte de l'existence de sa population guerrière. Quelques missiles bien placés, et le tour était joué.

À cette époque opaque, on tuait d'abord, et discutait après!

Mais, nous voici à l'étage. Il est agréable de retrouver la souplesse des tapis anciennement réservés au Tigre. Chaque pas me renvoie à des myriades de souvenirs. C'est entre deux univers temporels que j'arrive au bureau de Carlonicum. L'aménagement me frappe immédiatement et me ramène dans le présent.

– Bigre! Qu'est-ce que ce chamboulement? Tous ces appareils empilés, ces armatures et câbles cachent complètement les merveilleuses boiseries. C'est horrible, Carlonicum!

–... Mais nécessaire, mon cher. Il a fallu bricoler en vitesse. Nous n'étions absolument pas prêts à communiquer avec des galaxies lointaines. Nos technologies sont nulles, comparativement à celles qu'il aurait fallu. Mais, en combinant des éléments de tous bords, et avec des bouts de ficelle, on y arrive tout juste. Visuellement, je suis d'accord que cela n'a rien de très glorieux, mais, malgré l'aspect, ça ne fonctionne pas trop mal.

Darin', les poings sur ses hanches, nous interrompt :

– Oui, et bien justement, les gars : taisez-vous et soyez attentifs!

Carlonicum et moi nous regardons, sans ajouter la moindre remarque quant à la posture de matrone théâtrale adoptée par Darin"; ce qui ne nous empêche pas de mimer deux enfants pris en flagrant délit de vol de biscuits.

Il n'en demeure pas moins que le rappel à l'ordre est parfaitement justifié : un haut-parleur se met à grésiller et, sur deux des écrans, des formes s'animent.

Juste à ce moment, Tani entre dans la pièce, essoufflée, probablement d'avoir différé son envol pour nous rejoindre.

Sons et images s'harmonisent. Les stellaires aiment la musique! Elle est étrange et suit d'autres règles que nos solfèges, mais elle a son charme. Un visage émacié, mélange d'humanoïde et de grillon, apparaît sur l'écran de gauche, alors qu'à droite des caractères, devenus presque familiers, s'alignent. Il me semble même réussir à en comprendre la teneur.

L'extraterrestre prend la parole dans un terrien étonnamment correct :

– C'est un plaisir de vous contacter. Moi, Diktao'ksati, ai la joie de vous annoncer votre changement de statut interplanétaire. La Terre n'est plus Ksèè, mais Adr. "Ksèè" signifie générateur de multiples nuisances, et "Adr", signifie contact avec individu agréable. Les progrès empathiques de votre population sont remarquables, et il est rare de passer de Ksèè à Adr! Un Intergalacte viendra chez vous, mais il faut attendre. Le problème de votre prochaine confrontation avec un groupe négatif est à résoudre avant. Une fois ceci réglé, un pont de communication directe sera installé chez vous. Les individus-émissaires Kossipalkino, et plus tard Do'kialota sont désignés pour aller au Village.

Carlonicum fronce des sourcils :

– Ami, ces émissaires auront-ils des besoins vitaux particuliers? Il n'y a qu'à demander et nous fabriquerons l'environnement qui leur sera nécessaire.

– Bonne pensée! Mais ce sera inutile : les deux sont à nonante-huit pour cent biologiquement compatibles avec les conditions terrestres. Nous restons en contact. Plaisir de vous revoir.

L'image du stellaire insectoïde disparaît, alors que les symboles du langage galactique demeurent encore visibles durant plusieurs secondes, avant de s'estomper progressivement, en même temps que l'exotique musique de fond.

On peut clairement considérer qu'il y a une volonté didactique à systématiquement nous familiariser à cette manière de transcrire les émotions. Qui sait, peut-être nos descendants l'adopteront-ils un jour?

Pendant que les techniciens s'activent devant les consoles, prennent des notes, enregistrent ou échangent leurs impressions, Darin', Carlonicum, Tani et moi, passons dans la pièce à côté. Nous choisissons les trois fauteuils les plus rapprochés les uns des autres. Darin' est la première à s'asseoir et soupire :

– D'où partait leur communication? La qualité était supérieure à celle en provenance d'OSP-01 lors d'un bon positionnement optimal! Que penses-tu de tout cela, Carl?

– À mon avis, ils se jouent des dimensions; ce qui oblitère la notion même de distance. Quoi qu'il en soit, ils en savent autant que nous au sujet des envahisseurs... sinon davantage.

– C'est fantastique! Mais je me demande ce qu'il voulait dire par un "pont de communication directe", alors que cette dernière conversation était parfaite.

Nous restons un moment silencieux et pensifs. Je profite de cet interlude pour réfléchir au principe des distorsions dimensionnelles. Une question me traverse l'esprit : le voyage interstellaire du grand vaisseau pourrait-il être dessiné sur une carte galactique, ou une telle tentative ne serait-elle qu'une absurdité?

Cette idée m'arrache un sourire : voici un sujet intéressant sur lequel débattre et philosopher!

Darin' fait claquer sa paume sur le large accoudoir de son fauteuil.

– Qu'à cela ne tienne, pour l'instant et sur notre minuscule planète, nous avons du pain sur la planche! Il faut avancer les travaux de transformation et de reconstruction avec célérité, afin de bénéficier d'un maximum de temps à répéter nos rôles et peaufiner les détails de la mise en scène. La mentalité des guerriers qui s'approchent doit être comprise et neutralisée de manière à ne laisser aucune place à des dérapages qui pourraient s'avérer dramatiques.

– Darin', ma très chère, je pense qu'il serait plus prudent d'évacuer les filles et les jeunes femmes bien avant l'arrivée des envahisseurs au faux village.

– Pourquoi si tôt Carl?

– Parce qu'elles seront une cible de choix et qu'il vaut mieux prévoir le pire. Convoitées par des gens peu scrupuleux, elles ne passeront pas inaperçues, et il sera difficile de les protéger sans s'attirer des représailles. Les filles seront parfaitement en sécurité dans la Station, et comme leur convoyage devra se faire à l'aide de transporteurs il faut s'y prendre à l'avance. Les navettes peuvent s'entendre et se voir de loin, de très loin.

– Très juste!

Je pouffe.

– Fichtre! À l'époque de l'Ordre, nous avons tout fait pour empêcher qu'elles soient emmenées dans la Trotteuse, et maintenant on fait le contraire. C'est plutôt cocasse! Mais c'est bel et bien ce qu'il faut faire, cependant. Et ma pauvre princesse, qui projette de s'établir à l'est, sur le nouveau terrain qu'elle a repéré, pour y construire sa propre maison...

Darin' me tapote sur la main, et, avec un sourire en coin, ajoute :

– Et bien, il faudra que ma nièce d'adoption attende un peu avant de s'y mettre. On pourrait en discuter avec elle, ce soir. Vous pouvez rester manger avec nous et Zin' vient nous rejoindre en rentrant du faux village. Qu'en pensez-vous?

La réponse est dans notre regard croisé. Mais Tani, avec un air faussement navré, annonce dans un soupir théâtral :

– Je vous en supplie, ne remuez pas le couteau dans la plaie. Vous savez bien que notre princesse adorée refuse de quitter le campement du chantier!

Debout à côté de ma reine, avec une attitude non moins cabotine, les épaules exagérément tombantes et la mine déconfite, j'ajoute :

– Pauvres de nous, parents abandonnés! À croire qu'elle ne nous aime plus!

– Pire que cela mon chou. Je dois aussi décliner l'invitation. J'ai des tonnes de marchandise à livrer à Grandville! Allez savoir quand nous nous reverrons enfin!

Darin' et Carlonicum, connaissant notre propension à la comédie, ne prennent pas la peine de chercher une réplique. Dans un grand sourire, et en levant simultanément les yeux au ciel, ils nous accompagnent à la sortie.

Au moment d'arriver vers l'escalier, pendant que la porte se ferme derrière nous, j'entends rire dans mon dos. Quelques paroles filtrent par l'ultime entrebâillement :

– Tss! Vraiment... ces deux-là...

Encore amusés par l'attitude des deux ex-commandants généraux, bras dessus, bras dessous, nous atteignons le perron donnant sur le Chemin des Cendres. Tani est emmitouflée dans ses nombreuses couches d'habits, alors que je frissonne dans ma tenue d'intérieur. Il n'en demeure pas moins qu'une longue embrassade s'ensuit, avant que je me décide à laisser filer ma reine. Tout en bas de la colline, à côté du grand hangar, son dirigeable l'attend, immense. Je lui fais un dernier signe juste quand elle passe derrière son monstre volant. Si fine, si jolie et croustillante, aux commandes d'un truc pareil: c'est inouï!

De retour à ma couture, je m'évertue à donner un aspect suffisamment loqueteux au costume que je porterai en présence des guerriers.

La fin de journée s'annonce. Toutefois, bien qu'assez fatigué, je me réjouis cependant de l'invitation à rester souper avec Carlonicum et Darin". Il est vrai qu'autrement, mon repas en solitaire se serait résumé à un vague pique-nique d'ermite.

La soirée est géniale, mais ne se prolonge pas au-delà du raisonnable. Tout le monde est positivement crevé!

Arrivé chez moi, le lit m'accueille avec une extrême compassion. À tel point que j'en oublie facilement l'absence momentanée de ma reine.

Conscient que, dès demain, une assez longue période de séparation commence, j'envoie mes plus douces pensées à mes deux chéries avec autant de tendresse que mon état de fatigue le permet, avant de partir gambader dans des songes, où épuisement et courbatures n'existent pas.

* * *

Octa, Cycle 149, Lune 1, jour 7 au matin

J'ai pu abandonner manteau, bonnet, écharpe, gants et bottes dans un sas déjà fort accueillant, comparé au vent glacial qui règne en maître à l'extérieur. Bien que la température dans les couloirs soit supportable, le climat piquant qui les entoure s'acharne et s'efforce de s'insinuer par le moindre interstice. Alors qu'ici, je suis englobé de bien-être. Le chauffage au gaz n'a pas flemmardé. Il a pris soin de maintenir une chaleur constante. Les murs enduits d'argile renvoient une douce tiédeur. L'air est modérément sec et les vêtements, dans l'armoire, le sont totalement. Un plaisir de profiter d'un bain-douche chaud, d'en sortir sans devoir grelotter et de s'envelopper dans ses habits. Comme je suis seul, le silence n'est que peu dérangé par le ronronnement des flammèches caressant la cuve d'eau.

En toute circonstance, il faut savoir apprécier les meilleurs moments.

En l'occurrence, la détente est d'autant plus essentielle que, pour les prochaines Lunes, les travaux ne manqueront pas de me réserver une rudesse à laquelle je ne suis que peu habitué. Fini le confort, les petits plats, la nonchalance et les douceurs, place aux exercices physiques dans le froid, aux courbatures, à de chiches repas, et au repos dans un minuscule cagibi d'à peine cinquante mètres carrés!

Passer d'un environnement interstellaire qui regorge d'empathie, à celui d'un village sciemment primitif afin d'y accueillir des personnes belliqueuses au possible, est une gageure magistrale!

Toutefois, prise comme une expérience inédite, la période qui s'annonce devrait apporter son lot d'enrichissements.

D'ici quelques jours, je verrai ma fille une dernière fois avant la confrontation avec les nouveaux arrivants. Le même jour, je n'aurai la présence de Tani plus que pendant le trajet du dirigeable qui m'amènera, avec les faux habitants de Grandville, à des centaines de kilomètres dans les profondeurs de l'Est. Comment tout cela finira-t-il? Nul ne peut le prédire!

Bien! J'atteins le bout de ma résistance au sommeil. Je vais poser ma plume.

Le moindre mal

Octa, Cycle 149, Lune 1, jour 29 au matin

Hier soir, lors de notre assemblée, plusieurs décisions ont été prises.

La première concerne notre aspect physique. Nous sommes tous en trop bonne santé!

En effet, à nous voir, personne ne croirait qu'un seigneur sans pitié envoie ses sbires pour régulièrement nous voler femmes et nourriture. Par conséquent, nous allons progressivement diminuer les rations. Dans l'immédiat, trop de travaux doivent encore être accomplis. Mais, dès que les bâtiments sont terminés, les quantités de galettes seront restreintes aussi. D'ici une lune, il ne faudra plus qu'il en reste une seule. Les visiteurs ne doivent rien savoir de nos ressources en protéines. Je me demande de quoi nous aurons l'air!

La deuxième est proposée de l'extérieur, du monde civilisé, en bref, du Manoir et de la Station. À titre préventif, un réseau de haut-parleurs sera installé dans les arbres de la forêt située entre Grandville et les contreforts délimitant la zone utile du Village. L'idée étant de diffuser des feulements et divers cris inquiétants, dans le but de décourager d'éventuels curieux à s'aventurer dans cette direction.

Suivent d'autres décisions. Entre autres, celle de déjà nous vêtir de nos frusques afin de leur donner une patine.

Pour ma part, je m'étonne d'être en proie à des sentiments si négatifs. Je n'y suis guère coutumier. Comme j'aime comprendre toute chose, et plus particulièrement ce qui concerne ma manière d'apprécier mon existence, il faudra que je creuse un peu dans mon for intérieur, ces prochains jours!

Je dois tirer au clair et résoudre l'énigme de mes variations d'humeur.

En attendant, je vais aller chercher conseil... auprès de Morphée.

En me levant ce matin, je retrouve mon sentiment de regret d'avoir dû laisser Tani au loin, et de ne pas me trouver chez moi avec elle. Pour me changer les idées, je partage mes pensées entre le souvenir des équipes de Villageois affairés à ranger les stocks de fournitures récupérées, et celui de l'aspect désastreux du quartier de l'ancienne ville en ruine, avant que nous nous acharnions à le transformer. Le groupe de bâtiments destiné à accueillir les envahisseurs est finalement, devenu une véritable œuvre d'art! Probablement, de toute l'histoire des survivants arrivés sur le terrain du Tigre, jamais une telle quantité de matériel n'a jamais été rassemblée, triée, remodelée et intégrée dans un projet aussi concret.

Toutes ces réflexions m'amènent à songer à tout ce qui me reste à faire ici.

Je déjeune en vitesse et file au chantier. J'utilise le terme "déjeuner" à dessein, parce que deux misérables galettes et un fond de thé tiède ne tiennent pas la comparaison.

Mais, passons!

Mon estomac encore gargouillant, pestant d'une si maigre pitance, je quitte mon domicile en claquant la porte derrière moi. En enfilade, au bout de la rue, j'aperçois les derniers dirigeables embarquer les larges panneaux solaires, les ultimes qui restent dans les parages.

Comme les poches de gaz pourraient être vues depuis une grande distance, je risque bien de ne plus contempler ces majestueux engins avant longtemps. J'en ressens déjà de la nostalgie. C'est un comble! Dans ma vie, il ne m'est que rarement arrivé de devoir à ce point lutter contre une pareille inclinaison à la lamentation.

Il faut se faire une raison et prendre les choses comme elles viennent, dit-on toujours.

Allez, Octa, ne rumine pas! D'ailleurs, me voici arrivé au turbin.

J'empoigne les montants de l'échelle et grimpe jusqu'au deuxième étage de la structure.

Corde en main sur cet échafaudage, je tire pour amener des fenêtres une par une. Ça pourrait être pire : la poulie a été huilée et ne grince plus, elle ne fait que miauler tel un matou en chaleur. Autre luxe : la météo s'est notablement adoucie, il ne neigeote plus et les cadres, récupérés sur les ruines d'un quartier luxueux situé à quelques kilomètres au sud, sont relativement légers. Comme la plupart de mes amis terriens, cela fait des dizaines de jours que nous trimons durement et je me réjouis sérieusement que cet épisode lié aux envahisseurs soit terminé!

Au lieu de sentir grimper ma mauvaise humeur, je préférerais pouvoir augmenter mon légendaire sens philosophique. Si je résume : je suis en proie à une profonde crise d'identification. L'influence de l'action et de l'environnement vital est en passe de prendre le dessus. J'en oublie l'essentiel de mon être. Comparé aux observations de mes vingt derniers Cycles d'existence, j'en serais au même stade de conscience que les personnes qui me faisaient pleurer de désespoir lors de mes premières visites au Manoir. C'est dire l'état entropique dans lequel je suis trempé jusqu'au cou!

Bigre! J'aimerais tellement revoir l'extraterrestre qui m'avait accueilli lors des voyages oniriques interstellaires. Voilà qui me ferait un bien fou!

Mais avant cela, il va falloir rencontrer des guerriers. C'est idiot, des guerriers : ça n'a pas de sens! Comment peut-il encore exister des êtres assez stupides pour ne pas avoir appris des leçons du passé? Mais, ont-ils même eu l'occasion d'en être informés?

J'interromps mes réflexions à la vue de l'imprudence du jeune Piola. Je me dépêche de le héler :

– Holà, Piola : stop! Il vaudrait mieux que tu ne te promènes pas directement sous les matériaux qu'on remonte. Un crochet, ou une poulie peut lâcher à tout moment. Il serait dommage d'avoir ta mort sur la conscience, alors que jusqu'ici, il n'y a eu aucun accident grave!

– Aïe, tout juste! Salut, Octa. Oui, merci de me réveiller. Surtout que nous sommes quasi au bout de nos peines. As-tu entendu les dernières nouvelles?

– Non.

– Ils arriveront, comme prévu, d'ici plus ou moins une Lune, par le chemin conçu par Loga. D'après Solin', les diffuseurs n'ont pas été repérés et ont fonctionné sans la moindre panne au passage des visiteurs. En principe, ceci devrait nous épargner une agressivité excessive. C'est probable, mais ils sont nombreux : trois cent soixante-huit, avec les enfants et les nouveau-nés. J'ai croisé Télis, Nijo et Solin' avant d'atteindre le chantier et il semble que l'ocytocine fait un effet très relatif sur la majorité des guerriers. Selon les observations au télescope, depuis la Trotteuse, une évolution dans les comportements est néanmoins perceptible.

– Bigre! Il faudrait que les envahisseurs respirent à pleins poumons sur la distance restante. Cela les empêchera-t-il de débarquer avec leurs grosses godasses blindées, alors que nous, nous devrons marcher sur des œufs durant toute l'opération? On verra!

– J'espère que tout ira bien. De toute manière, on ne peut pas augmenter les doses. Bon! Octa, je te laisse. Je vais donner un coup de main pour finir de fixer les éléments des toits sur les derniers cabanons de l'Ouest.

– Salut, Piola... et soit prudent!

Entre-temps, Parom' et Godi m'ont rejoint sur le deuxième étage de l'échafaudage. D'ici ce soir, toute la série de fenêtres sera posée.

Bien que je trouve le principe d'avoir des maisons collées les unes aux autres assez irrespectueux de l'intimité de chacune et chacun, ce faux village aura finalement de l'allure. Il faut absolument que les envahisseurs soient suffisamment impressionnés... sans l'être trop, afin que le plan puisse se dérouler sans accroc.

Ainsi passent des jours et des jours. J'en ai perdu le compte.

Comme chaque fois que les événements se suivent, multiples, touffus et intenses, le temps s'amuse à tromper son monde. Il prend le galop sans que l'on ait besoin de l'en prier, quand il devrait réduire sa voilure, et, sans prévenir, il se met à traîner lamentablement comme pour tirailler sur nos pauvres réserves de patience.

Au Village, je suppose que les ateliers de confection de costumes auront rapidement passé la main aux tâches coutumières et inhérentes aux nécessités individuelles, le plus simplement qui soit, et sur un rythme adorablement naturel. Ah, les veinards!

Ici, loin à l'est de mon lieu de naissance, un groupe d'habitation d'excellente facture a été recréé, sur de tristes vestiges, à marche forcée. Les maisons y sont maintenant solides et aussi agréables à l'extérieur qu'à l'intérieur, c'est un début de consolation... Mais, tout de même, n'avons-nous pas quelque peu exagéré?

Inspire... Expire... Octa. Tu t'es porté volontaire, et il faut assumer!

Tout ceci n'est que temporaire.

* * *

Octa, Cycle 149, Lune 2, jour 11 au matin

Aujourd'hui, je vais au jardin potager. Heureusement pour nous, ainsi que pour nos visiteurs, le rendement est bon. La pluie tombe régulièrement. Elle n'est pas acide. La nuit, il ne gèle plus. Autre bonus, les températures, loin d'être douces, acceptent de grimper sur leur échelle. Manifestement, le manque de nourriture affecte ma résistance au froid et même avec toutes mes guenilles sur le dos, je suis transi et grelotte sans arrêt.

En plus des frissons, mes articulations se sont mises à couiner au moindre effort. Je suis une loque! Ma seule consolation consiste en la certitude que mon état plaque merveilleusement au rôle que je dois jouer.

La terre était mouillée, lourde et frigorifique. J'ai craqué. La vingtaine de poireaux sortis de sol n'ont été qu'un piètre réconfort : cette malheureuse plante, malgré la faim, n'est pas très mangeable quand elle n'est pas cuite. Par contre, deux minuscules carottes, germinations tardives de la dernière récolte avant le froid, ont terminé leur croissance dans le creux qui me tient lieu de ventre. Ma seule envie étant de réchauffer mes phalanges, j'ai déposé les légumes dans le garde-manger collectif, et je me suis dépêché d'aller me réfugier dans mon atelier. Avec empressement, j'ai allumé le charbon du foyer de la forge pour me nourrir de son feu. J'en suis là, actuellement, debout et légèrement penché au-dessus des braises. Mes doigts endoloris, comme des antennes, aspirent la bienfaisante énergie des flammes.

Il arrive, dans certaines circonstances, qu'il ne faille pas grand-chose, pour passer de l'enfer au paradis!

Comme d'autres, j'ai mon rôle à tenir. Me voici costumé en pauvre artisan, au beau milieu d'un décor qui paraît plus vrai que nature. Il ne m'était encore jamais arrivé de me sentir si étranger dans un endroit. Le problème n'est pas géographique, mais purement psychologique. Je nage dans le faux. Jouer une pièce de théâtre, de temps à autre, est amusant. Ça n'a rien à voir avec un gros mensonge, comme celui-ci. L'idée même de ne pas pouvoir être soi-même, pour accueillir un groupe d'humains, est une monstrueuse aberration. Si seulement les Nordiens pouvaient se révéler être de braves individus, nous démontrer d'emblée qu'ils n'ont rien de barbare, que nous nous trompons totalement à leur sujet... Fichtre!

Durant les semaines à venir, plongé dans un pseudo moyen-âge de pacotille, je ne verrai ni Tani ni Zin'. Malgré cela, de penser à elles est une des techniques qui me permettent de me fabriquer le cocon de tendresse dont j'ai besoin pour ne pas devenir fou. Et il est parfaitement évident qu'elles ne peuvent pas être ici, avec moi. Elles sont typiquement le genre de filles qui auraient tout à craindre de se trouver à Grandville à l'arrivée des guerriers. Pour rendre l'environnement crédible, seul un petit nombre de volontaires jouent les conjointes, ou les mères et grands-mères des soixante-deux mâles supposés habiter les lieux. Elles ne sont, presque toutes, ni particulièrement jeunes ni spécialement attirantes.

Quant aux authentiques compagnes, il en va pour les autres comme pour moi : près du cœur, mais loin de tout le reste! Les communicateurs et détecs sont des technologies qui ne doivent apparaître, sont planqués. Il est impossible d'avoir les informations en direct. Pour le moment, chaque quatrième jour, une estafette fait le trajet à pied, depuis le Manoir jusqu'à mi-chemin sur la crête des Monts Pointus. Par la suite, un Grandvillien prend le relais. Combien de fois cela sera-t-il encore faisable? Si l'on s'en tient aux dernières nouvelles, les caméras de la Station ont récemment zoomé les environs du faux village, et découvert qu'une avant-garde de nos "charmants invités" pourrait déjà débarquer dans les jours qui viennent.

Honnêtement, je dois avouer avoir un peu le trac!

Personne ne peut aller sur le chemin, pour vérifier l'avancée des arrivants. Être surpris à surveiller l'accès à Grandville pourrait ruiner tous nos efforts. Il ne faut surtout pas qu'ils puissent se douter de l'existence d'un comité d'accueil. Nous devons nous résoudre à simuler des activités ordinaires, et attendre. Il faut donner le change, à titre préventif, car il est possible, voire probable, que des éclaireurs Nordiens soient déjà en train de nous observer.

Une bouffée salutaire d'optimisme me prend au ventre. Intérieurement, un sourire parvient à fleurir, car tout n'est pas aussi primitif qu'il y paraît. Cachés dans les parois, il y a les gaines, les tuyaux et quelques branchements camouflés. Ainsi, en cas de nécessité, cette bourgade pourrait rapidement être équipée de commodités semblables à celles du Village, et accueillir de nouveaux habitants. La population des survivants augmente, ne l'oublions pas.

On m'extirpe de mes pensées.

– Salut, Octa!

Avant de me retourner je reconnais la voix un peu chevrotante et éraillée de Dornali, doyenne des actrices du lieu.

Avec son sourire perdu au milieu des rides, elle est d'une beauté rayonnante. Je lui prends le panier des mains.

– Eh bien, Domali, quelle gentille attention : tu m'apportes un pique-nique!

– Oh! Pas que pour toi tout seul. Yesso vient nous rejoindre. Mais, n'aie crainte, Octa, il y a assez là-dedans, largement assez pour satisfaire nos appétits!

– Il va rester pour m'aider au jardin, ou veut-il continuer à fabriquer quelques chaises?

– Aucune idée, mon cher.

Dornali s'assoit sur le siège que je lui ai posé juste à côté du foyer de charbon. Il ne crépite plus. Toutes les braises sont rouges et répandent leur chaleur dans un rayon de près de deux mètres. Dornali soupire d'aise :

– Ah! Quel bien cela fait! Tu te rends compte de la chance qu'on a au Village? Je dois avoir été folle de me porter volontaire. Je crois que ce traquenard va s'avérer plus pénible pour nous, que pour ceux qui y seront piégés.

– Fichtre, oui! Mes impressions vont tout à fait dans ce sens, aussi!

Yesso nous rejoint pendant que je prépare un coin d'établi, en vue de partager un goûter en bonne et due forme.

Assis à grignoter, les remarques et constats ne font qu'étayer une même conviction : nous sommes tous passablement préoccupés par l'incertitude. Quand vont-ils arriver? Quelle sera leur attitude? Saurons-nous être adéquats? Notre conversation est, par conséquent, essentiellement axée sur ces sujets aussi brûlants que le charbon ardent, mais avec des effets inverses. Le charbon détend, alors que les doutes crispent!

La partie qui va suivre sera la plus désagréable du plan : l'attente.

L'efficacité, si appréciée par tout un chacun, a été investie à fond durant des Lunes. Or, maintenant, l'ennui menace de la remplacer. C'est pénible! Et on n'y peut rien!

La fin de journée est accueillie avec gratitude. Même si chacune et chacun peut douter d'en avoir suffisamment fait. Un repos est largement mérité, tout de même. Celui consistant à oublier sa lassitude!

Mon habitat, ici, est quatre à cinq fois plus petit que l'ancienne maison d'Holt où m'attendent Tani et Zin'. Les dimensions intérieures sont équivalentes à celles des pavillons réservés aux invités de passage au Village. Ceux dans lesquels les cinq premiers Gris avaient séjourné. Bien que largement suffisant pour y être à l'aise, l'équipement est minimaliste afin de ne rien laisser paraître de présomptueux, ni même d'enviable, aux yeux des envahisseurs. Ils ne sont pas censés trop apprécier les lieux. Le but reste qu'ils soient irrésistiblement attirés par le château.

À l'instar de la plupart des constructions de Grandville, mon deux-pièces est doté de plusieurs cachettes. De l'une d'elles, je sors mon carnet de notes et, tabouret sous les fesses, je m'installe à la minuscule table pour y poser quelques lignes.

Octa, Cycle 149, Lune 2, jour 21, au soir

La situation pose de nombreuses questions éthiques, en plus des défis inédits à découvrir au fur et à mesure des rencontres. Avant tout, ne pas tomber dans l'autoritarisme ni la condescendance. Nous sommes confrontés au risque de croire que nous sommes celles et ceux qui sont dans le "juste" et que cela nous donne droit à adopter une attitude paternaliste.

Se sentir "supérieur" a été une des plus courantes erreurs commises dans le passé humain.

Le plus difficile sera de trouver le moyen de se protéger des envahisseurs, sans pour autant les contraindre à suivre une voie autre que celle qui pourrait être la leur, s'ils avaient un poil plus d'empathie. Or, pour cela, il faudra bien que leurs hypophyses se développent un chouïa.

L'intelligence doit grandir de l'intérieur de chaque individu, elle ne peut être inculquée. Par contre, rien n'interdit de les motiver dans ce sens.

Nous ne pouvons pas simplement les enfermer dans une réserve et leur procurer tout ce dont ils ont besoin. Il est impératif qu'ils puissent évoluer par eux-mêmes, tout en recevant des informations de notre part. Comme le Tigre avait insufflé l'envie d'apprendre à mes ancêtres, en leur fournissant des coupures sélectionnées dans de vieux journaux, on peut imaginer trouver une méthode didactique que les envahisseurs pourraient apprécier.

Il faudrait aussi s'assurer que cette population sache lire et écrire. Car, pour l'instant, nous ignorons tout de leur culture et de leurs connaissances.

* * *

Combien de fois ai-je repris ce bout de tôle pour le taper? Cette simagrée dure depuis l'aube. Ma boutique est à deux pas de mon logis et ne doit pas regorger de trop d'objets finis. On pourrait croire que tout va pour le mieux dans le meilleur des mondes... à éviter! Donc, me revoici à cogner sur la même pièce depuis tôt ce matin.

Très vite, la première question qui s'est glissée dans ma tête a été : mais, comment se fait-il que je me sente si fatigué? Cela dure depuis quelques jours déjà. Et là, subitement, un possible début de réponse se fraie une voie dans mes neurones englués. Un premier mot s'impose : protéines.

Fichtre! C'est évident. Or, le fait que l'idée ne me vienne qu'à présent prouve que le mal s'est insinué de façon perverse. Sans m'en rendre compte, le cerveau s'est ramolli par manque de sels minéraux et vitamines qui lui sont essentiels pour fonctionner normalement. Le problème d'une nourriture saine ne s'était plus présenté depuis des générations. Malheureusement, en partant de zéro dans le développement de ce hameau, nos cultures n'en sont qu'à un stade embryonnaire, incapables de fournir une variété suffisante d'aliments. Même si les jardins ne vont pas trop mal, il nous manque les larves. Nos réserves de galettes ont disparu, et plus aucune livraison n'est envisageable en provenance du Village. De plus, pour coller au scénario prévu, nous ne sommes pas sensés être malins, astucieux, ou aptes à véritablement subvenir à nos besoins. Suggérer qu'il pourrait y avoir des échanges commerciaux est également exclu. Un transport, même à dos d'homme, autre qu'entre ici et le château, trahirait l'existence de tierces personnes, étrangères à la région.

Notre précarité volontaire doit correspondre à la mise en scène et présenter tous les signes d'un groupe soumis à une autorité externe, avec l'obligation de livrer des denrées à un grand et puissant seigneur dans sa forteresse, ainsi qu'à la soldatesque et aux serviteurs qui y vivent. Nous devons jouer notre rôle à fond... quand bien même cela nous affecte bel et bien. Nous sommes réellement affaiblis psychiquement. Physiquement décharnés et amaigris, nous ressemblons vraiment à un peuple opprimé!

Au Village, nous avons pris l'habitude d'un régime très riche en protéine. Actuellement, au contraire, notre alimentation est déséquilibrée, et nos organismes manquent d'énergie. Or, les quelques jours qui restent, avant l'arrivée de toute la tribu de voyageurs du Nord, ne vont pas non plus être de tout repos. Bien sûr, les travaux de construction sont terminés et le décor est parfaitement réussi. Néanmoins, en plus des occupations courantes, il faut aussi conserver sa capacité de concentration, car la préparation psychologique est toujours à peaufiner. Sur la place du marché, les colloques succèdent aux mises en conditions. Chacune et chacun doit être complètement autonome dans la justesse de ses attitudes et de ses réactions, lors de la confrontation avec les guerriers, quoiqu'il arrive. Nos nerfs devront tenir!

Nous simulons des dizaines de scénarios, tout en sachant que les événements pourront totalement diverger de tout ce que l'on pourrait imaginer.

Comme tout autre, je dois admettre que la peur existe bel et bien. Elle s'insinue graduellement, avec le petit rictus malicieux, voire sadique, d'un hôte insupportable cherchant à s'enraciner dans la durée. Il faut que je puisse composer avec elle!

Pour éviter le pire, il est nécessaire d'adapter son comportement à la situation. Fort du dicton "qui dort dîne", la tactique généralement adoptée consiste à se coucher le plus longtemps, et aussi souvent que les opportunités se présentent.

Une autre fastidieuse journée de préparatifs s'achève. Avares en gestes autant qu'en paroles, nous sommes quatre, assis autour de la table de la boutique de gilets de Godi. Les premiers vents tièdes du sud annoncent, enfin, une période plus tempérée. Les haies à baies ont retrouvé leurs feuilles et commencent à se couvrir de bourgeons de fleurs. L'ambiance, bien que relativement sereine, ne pourrait pas être qualifiée de particulièrement joyeuse. Tous, dans Grandville, se concentrent sur leurs rôles respectifs. Quand nous nous croisons, ou que nous buvons le thé en petits groupes, l'état méditatif de Chacune et Chacun est parfaitement perceptible. "Inspire... expire...", est notre devise. Après deux ou trois tasses, la fatigue est venue jeter son voile de torpeur sur notre tablée, laquelle rapidement se vide.

Octa, Cycle 149, Lune 3, jour 2, au soir

Nous avons tous besoin de trouver un minimum d'équilibre en nous replongeant, le plus souvent possible, en notre centre. Même s'il ne s'agit peut-être que d'un calme fragile avant un déluge de défis improbables.

Personne ne se débat plus avec son estomac ni ne gaspille ses forces en efforts inutiles, mais n'agit qu'avec une lenteur due à la nécessité d'économiser son énergie. Tels des ermites, nous nous contentons, chacune et chacun, de l'essentiel.

Toutefois, nous sommes tous suffisamment à bout pour avoir pris une décision commune. Pour tenir le coup, et uniquement dans la plus grande discrétion, nous pouvons enclencher nos transmetteurs pour de courts échanges avec le monde extérieur!

Cette bouffée de liberté a revivifié Chacune et Chacun d'entre nous. Personnellement, j'ai eu une impression de soulagement inouï. La faim, la fatigue et des tonnes de préoccupations se sont envolées d'un coup!

Malgré le risque qu'il soit déjà trop tard pour qu'une quelconque communication puisse encore se produire, je m'accroche à l'idée de réentendre la voix de mes chéries... Si l'approche des guerriers ne l'interdit pas.

D'ailleurs, l'enthousiasme prudent est assorti de conditions. Pour des raisons sécuritaires : les contacts seront soumis à autorisations spéciales données par des observateurs installés derrière un des télescopes de la Station. De plus, les appels ne sont permis qu'à sens unique. Nos transmetteurs sont réduits à ne fonctionner qu'en mode réception, exclusivement, et doivent être éteints en cas de proximité d'une oreille indiscrète. Il n'en demeure pas moins que la nouvelle vient colorier la grisaille dominante.

De fait, je me suis retrouvé, tout à l'heure, carnet et crayon en main, tout étonné d'être déjà en tenue de nuit. Bigre! Ai-je eu un blanc? L'accumulation de fatigue et la nourriture appauvrie me provoqueraient-elles des moments de somnambulisme?

Il y a plus d'une particularité qu'il vaut la peine de noter. Psychologiquement, je devrais pouvoir mieux assimiler les nouveaux paradigmes qui se présentent. Avec tout ce que j'ai vécu jusqu'ici, que cela soit lors de ma première incursion au Manoir, avec la découverte de l'intérieur de la Petite Lune et de ses occupants, ou par les rencontres avec les Luniens, puis des Martiens, et dernièrement des Intergalactes, je devrais être parfaitement blindé! Et j'en oublie que sur Terre, il y a eu la confrontation avec les Verts et leurs deux reines... Est-ce que l'arrivée des guerriers du Nord me travaille davantage à cause de leur agressivité ou à cause de leur nombre? Cette meute déclencherait-elle, en moi, une alerte particulière, une crainte d'être face à des personnes prêtes à redémarrer la machine infernale de la surpopulation? L'excuse ne tient pas. Les Gris, dans la Trotteuse, comptent plus de trois cents individus, là-haut. Le type de malaise qui me remue les viscères est

114

donc d'une autre nature.

Plus simplement, il se peut que je sois affecté par l'aspect exagérément fusionnel de notre actuelle organisation communautaire. Au Village, le fonctionnement est parfaitement spontané, contrairement à ici. Pourtant, sous l'influence des occupants du Manoir et de la Station, le "nous" s'est mis à remplacer le "on". Sans en avoir l'air, et assez insidieusement, cette nuance pourrait être le signe d'un retour aux moments sombres de l'humanité. Il serait dommage que les individus entrent dans une phase de dégénérescence collectiviste ouvrant les portes aux pires déviances identitaires. De nouveau, surgissant telle une ombre des erreurs de nos ancêtres. La peur de retomber dans les anciens travers d'un conformisme généralisé s'invite par le biais de mon subconscient. La perte d'individualité n'est pas que perceptible, elle est mortifiante! À Grandville, l'intimité fait défaut, mais pas seulement. Il manque cette disponibilité à rayonner de son harmonie personnelle.

Voilà! C'est cela : tout le monde est sous le poids de l'incertitude. Et ça nous bouffe de l'intérieur, nous coupe de l'Instant Présent, nous identifie aux circonstances!

Inspire... expire... Octa : recentre-toi!

Un filet de sérénité abreuve une partie du désert qui prenait forme en moi.

Avec le calme qui renaît en moi, je profite d'y retrouver de la tendresse aussi. Tani et Zin' me manquent. Bien sûr, elles auraient couru de bien trop grands risques en étant dans les parages. Selon les renseignements amassés, nos "invités" sont potentiellement d'une dangerosité exceptionnelle!

De toute évidence, si tous les survivants avaient été comme eux, il en était fait de l'humanité. Avec une pareille absence d'éthique et d'empathie, je doute que nous ayons pu aller au-delà de trois ou quatre générations. On se serait entre-tué, comme nos ancêtres... mais jusqu'au dernier, cette fois-ci.

Bon! Ceci étant écrit, je dois obéir à mes paupières. Il faut que j'aille me coucher.

* * *

Contre toute attente, ma nuit a été étonnamment reposante! Hier en fin de journée, il m'aurait été impossible de m'imaginer que je m'abandonnerais à un sommeil aussi serein et réparateur. Ni l'inquiétude de l'approche d'une période chargée de sombres menaces ni l'impatience frénétique de recevoir un appel de Tani, n'ont réussi à perturber la douceur de cette nuit.

Hum! Ce qui ne m'empêche pas, maintenant que je suis bien réveillé, d'être tenaillé par la faim. Avant de me changer, je jette un œil sur l'étagère de la cuisine. Ah! il me reste un fond d'huile et de la farine. Merveilleux!

À peine habillé, j'allume le feu dans le four à bois. Le temps de tirer une carotte de mon jardinet, de la râper, et de mélanger le résultat à deux poignées de farine, je trouve la plaque du potager assez chaude pour qu'elle se rende utile. L'huile de ma poêle est prête à accueillir l'unique galette de mon p'tit-déj.

Ce pseudo-repas n'est pas si mal en somme. Il faudra bien qu'il me ragaillardisse suffisamment pour que je puisse tenir jusqu'à la collation de mi-journée.

Assis à ma minuscule table, je réfléchis à la suite des événements, tout en mâchouillant méticuleusement ma pitance. Une tasse de thé d'ortie, avec ses fumerolles de vapeur dansante, me tient chaleureusement compagnie.

On ignore totalement si la plupart des arrivants auront, ou non, bénéficié de l'absorption de la proto-ocytocine diffusée sur leur chemin. Le souvenir de l'ambiance que cela avait provoquée dans le Manoir, lors de son occupation par les troupes de l'Ordre, m'arrache un faible sourire. Mais, je ne me fais pas d'illusions. Les spécimens qui vont débarquer cette fois-ci ne seront pas aussi faciles à attendrir! Il faudra, par conséquent, trouver une manière de leur enseigner un soupçon de philosophie, sans en avoir l'air, car on ne connaît rien de leur susceptibilité.

Comment éviter le risque, dans leur meilleur des cas, qu'en adoptant une nouvelle attitude, ils ne fassent pas l'erreur d'aller bêtement remplacer une série de certitudes par d'autres... pires que les précédentes?

Chacune et Chacun le sait, les documents anciens l'évoquent clairement, l'humain est allé très loin dans ce domaine, au point d'accepter de mourir pour des idées!

Vouloir se sacrifier pour des croyances, alors qu'elles ne sont que des fumées passagères, est un terrible gâchis à ne pas encourager.

Au Village, il n'en a jamais été question. Au fil de mes rencontres exotiques, je me rends compte que l'évolution, qui y a toujours été perçue comme parfaitement naturelle, tient quasiment du miracle dans certains cas. Quand un environnement est déjà imprégné de sagesse, comme cela est le cas au Village, il n'y a pas de véritables "leçons de philosophie" à recevoir. Par contre, dans la situation qui se présente, avec une immense horde de personnes imbibées de visions d'un monde bâti sur des valeurs et des certitudes extrêmes, une prise en main indispensable. Sans vexer les sensibilités ni paraître condescendante, l'opération va s'avérer délicate... et la responsabilité éthique est énorme!

Inspire... Expire... Inspire.

Allez, faut que j'y aille maintenant. Ne pas trop cogiter dans le vide et agir! Aujourd'hui, je dois continuer d'aménager mon atelier d'artisan réparateur. D'ici un quart de lune, la boutique doit être remplie d'outils et d'objets de toutes sortes, et sembler être en fonction depuis des Cycles.

La ruelle que je remonte me rappelle le chemin creusé par la rivière, dans les rochers, en contrebas du Village. Les maisons collées les unes aux autres, de chaque côté, sont comme ces falaises qui s'évertuent à laisser passer le moins de rayons solaires possible. Comparée à mon environnement normal, cette architecture est particulièrement exotique, mais pas forcément agréable. Pour fabriquer Grandville, il a fallu s'appuyer sur des fondations et des structures existantes. Je n'arrive pas à comprendre comment nos ancêtres pouvaient supporter de vivre ainsi agglutinés, en permanence.

Subitement, mes pensées sont interrompues par un choc émotionnel vertigineux : le vibrato de mon transmetteur se manifeste! Tellement absorbé par l'ambiance des lieux, l'implication du signal m'extirpe d'une réalité, pour immédiatement, et sans transition, me placer dans une autre dimension... dans "ma" dimension. Mon cœur bat la chamade. Je ne sais si je dois pleurer, rire ou rester pétrifié.

Inspire... expire...

Mon état de sidération n'a sûrement duré que quelques fractions de seconde avant que je ne reprenne pied, et passe à la phase suivant : de la pure joie!

Du doigt, j'accepte l'appel, et la douce voix de ma reine vient caresser tout mon être.

– Octa, mon courageux chéri, comment se passent tes journées à Grandville? Comment te sens-tu?

– Oh! Ma tendre fée, si tu savais comme tu me manques! Toi et Zin', j'aimerais tellement vous serrer dans mes bras! Ici, tout est si bizarre. Parfois, il arrive de me croire sur une autre planète. Il y a, dans le décor, tant de références aux sombres tribulations de nos ancêtres qu'il est difficile de ne pas succomber à des vagues de tristesse. Mais, bref, notre contact vocal est ce qui compte maintenant. De t'entendre est d'un incommensurable réconfort!

– Le ton de ta voix en dit long sur ce que tu endures. Tien bon, Octa, je t'en supplie! Je suis bien placée pour connaître l'intensité de ta sensibilité, mais le plus dur sera bientôt passé, je t'assure. Le dénouement est proche et nous pourrons, alors, nous embrasser autant que nous en aurons envie. Zin' est actuellement dans la Trotteuse. Elle ne peut malheureusement pas se joindre à cette communication, elle est dans la salle de contrôle et observe les événements par télescope interposé.

Quand Darin' m'a appris qu'il y avait des nouvelles à transmettre à l'équipe de Grandville, je me suis empressée de me charger de la tâche. J'avais bien trop besoin de pouvoir à nouveau parler avec toi.

– Bigre! Si tu savais ce que je voudrais te faire, en ce moment!

– Tss! Allons, trésor... Je dois te ramener à des préoccupations plus réalistes. Par sécurité, on ne peut pas abuser du temps de contact imparti. Voici les informations, donc : la Station braque un télescope sur les envahisseurs chaque fois que sa position orbitale le permet. Or, il semble bien que les guerriers soient en grande forme. Ils avancent plus vite que prévu.

– C'est à dire?

– Un premier groupe s'approche de Grandville et devrait arriver dans trois ou quatre jours. La meute au grand complet n'est plus très loin non plus, et va probablement débarquer d'ici une dizaine de jours, si elle maintient son rythme. Mais ils pourraient allonger le pas et, peut-être, avoir traversé la forêt avant.

– Fichtre! Piola et Parom' sont partis vers le nord-est, à faible distance du chemin. Ils font mine de cueillir des baies, pour ne pas être soupçonnés d'espionnage. Ils ne vont pas tarder à avoir le premier groupe d'arrivants en visuel. Ils devront la jouer fine, pour ne pas se faire repérer.

Un bref moment de silence s'installe pendant lequel mon cœur se fend. J'essaie de maîtriser ma diction pour clore le dialogue.

– Tani, ceci est probablement notre dernier contact avant la fin de l'exécution du plan. Il faut que nous nous fassions une raison, mais nous devons interrompre notre conversation. Il faut que je finisse de peaufiner l'allure de mon atelier. Embrasse notre puce. Je t'aime.

– Je t'aime et Zin' aussi, Octa, et je suis sûre que tout se passera bien. Plus qu'à peine une Lune, et tu reviendras me câliner au Village! Je t'embrasse. Je coupe le communicateur.

Le silence assourdissant qui suit, n'est que ponctué sporadiquement par quelques bruits d'outils, en arrière-fond. C'est incroyable, à quel point une relation amoureuse peut prendre de la place... une place énorme, qui laisse un vide indescriptible après la disparition du son de la voix d'une personne chérie: c'est inouï!

Comme hébété, en état second, je repars à la tâche.

De fait, je pourrais me sentir triste, voire abattu, mais cette situation est si spéciale, qu'au contraire, je la trouve... intéressante; fascinante, même.

Je me retrouve un peu. Bigre : l'univers des sensations est si vaste!

Entre-temps, j'ai atteint mon échoppe d'artisan à tout faire. J'ai du pain sur la planche. Les prochains jours ne vont laisser aucune place à la flânerie.

Octa, Cycle 149, Lune 3, jour 5, au soir

Plus aucun doute n'est permis, tout n'est pas prêt, pourtant un premier groupe d'envahisseurs arrivera demain avant le zénith. Heureusement, ils sont peu nombreux. Nous les garderons confinés dans la partie proche de la forêt, celle où tout est terminé. Nos derniers éclaireurs sont revenus et ont endossé leurs rôles respectifs. Ce sera, en quelque sorte, notre répétition générale.

Les cultures ont profité d'une météorologie idéale et les champs produisent un maximum de quinoa et de patates. Les plantations non protégées se développent de mieux en mieux. Il y a moins de dix Cycles, un jardin ou un carré de légumes en plein air aurait été impensable. Les pluies acides étaient trop fréquentes et terriblement corrosives. Grâce à ce revirement de situation, les terres se sont assainies sur de grandes surfaces. Elles sont si étendues, de nos jours, que nous savons déjà que seule une partie sera nécessaire pour subvenir aux besoins de la population planétaire et satellitaire. La fertilité des sols tombe à pic pour une raison plus immédiate : nous aurons de la nourriture en suffisance pour sustenter nos "chers invités". Toutefois, nous ferons en sorte qu'il y en ait juste ce qu'il faut. L'essentiel étant de nourrir leur envie d'aller chercher mieux ailleurs : au château du maître. Nous serions bien embarrassés s'ils venaient à trop apprécier Grandville et qu'ils décidaient de s'y établir à demeure !

* * *

Bigre ! J'en ai encore les frissons !

Pourtant, tout s'est bien passé.

Debout en bordure de forêt, je m'assure qu'aucun guerrier ne reste dans les parages. L'échantillon qu'il nous a été permis d'accueillir au faux village me donne froid dans le dos. Le pire : je suis sûr qu'ils faisaient un effort d'amabilité, en plus !

Pas étonnant que l'humanité ait failli s'autodétruire... Ces visiteurs sont, je crois, une caricature de ce qui devait se faire, dans le genre, avant la Grande Destruction. À tout peser, je me demande si Yoser, le révérend psychopathe, et sa clique de fanatiques n'étaient pas, comparativement, une joyeuse équipe de petits farceurs ! Avec les nouveaux envahisseurs, nous voici confrontés à une palette de comportements barbares aussi complets et sinistres qu'il est possible d'imaginer. Tout y passe : autoritarisme, discrimination, génocide et même cannibalisme. Un tel manque d'empathie ne peut exister qu'avec une hypophyse de la taille d'un grain de sable! On peut sérieusement douter d'une éventuelle guérison!

Par bonheur, leur incursion a été fort brève, étonnamment. Ils n'ont vu qu'une portion du quartier avant de suivre Dornali sous son auvent. Maligne, elle les a appâtés avec une promesse de repas abondant. Les cinq gars se sont goinfrés sans retenue, visiblement ravis d'un pourtant bien chiche buffet, même selon les critères plutôt modestes du Village. Dornali a sciemment préparé un menu minimaliste, en guise de test.

Ces gens ont l'habitude de l'austérité. Ils n'en seront que mieux attirés par les richesses et l'opulence supposées se trouver dans l'enceinte des fortifications des prétendus seigneurs des lieux.

À la fin de leur ripaille, en guise de remerciement, Dornali n'a eu droit qu'à une tape sur les fesses et quelques propos salaces! On pouvait craindre que cela ne s'arrête pas à ce stade.

Toutefois, la diversion de Dornali nous a probablement épargné passablement de désagréments. Aucun des guerriers n'a pu s'adonner aux horreurs dont ils aimaient se vanter. Des viols de jeunes filles à l'égorgement gratuit d'innocents, tout y est passé!

Finalement, et au soulagement de tous, cette sinistre équipée, prétextant la récupération de quelque gibier laissé suspendu dans la forêt, a tourné les talons. Les barbares se sont éloignés en marmonnant, piaffant et pétant.

Tétanisé par ce qu'une telle attitude implique, je reste un moment face au chemin qui s'enfonce dans la Forêt de l'Est, là où le groupe de soi-disant chasseurs vient de repartir.

Malgré mon vécu des douze derniers Cycles, et, de ce fait, ma capacité à mieux gérer mon hypersensibilité naturelle, il faut impérativement que je m'en retourne boire une bonne petite verveine, avec quelques amis, avant d'essayer de noter quoi que ce soit dans mon carnet. Il est certain que si je tentais d'écrire quoi que ce soit maintenant, je n'arriverais pas à me relire, tellement mes mains tremblent. Être témoin d'une pareille dégradation de la conscience, chez des individus supposés humains, demeure une confrontation particulièrement pénible.

Aussitôt les intrus disparus, toutes sortes de courts messages nous parviennent, par flash, par transmetteurs interposés. J'en suis surpris, car persuadé que tout contact avait été coupé après l'appel de Tani. Mais, quand j'en fais la remarque, Boza confirme que ceux-ci auront été les derniers. Tous les appareils électroniques, électriques, ou ayant un quelconque risque de trahir notre évolution technologique, doivent immédiatement rejoindre leurs cachettes, et y rester.

En attendant, je suis bien heureux d'être assis, là, avec Pita, Boza, Toki et Sojo à siroter ma verveine tout en discutant. Il faut profiter de l'absence d'oreilles importunes, pour parler de tout ce qui leur sera tabou d'ici peu!

Boza nous relate quelques nouvelles du Village.

– Il a fallu qu'ils déménagent la plupart des dirigeables dans le grand hangar. Vous vous rendez compte? En modifiant les ruines de cet ancien quartier d'Avant, nous avons récupéré tellement de panneaux solaires et de transformateurs de courant électrique, que le Village en a été submergé!

Sojo rigole :

– Ha! Bien entendu. Même en recouvrant tous les toits, moins d'un dixième en aurait été utilisé.

– Bigre! Et qu'aurions-nous fait de toute cette énergie supplémentaire?

Pita, qui se reverse une tasse tout en nous proposant de remplir les nôtres du regard, ajoute l'air pensif :

– Je crois qu'il y en a tellement que l'on devrait en poser un maximum sur la surface de la Trotteuse.

Dans ma tête, je me vois déjà dans mon scaphandre, en train de fixer des plaques sur le métal lisse du satellite. C'est un coup de mou, une fatigue soudaine, qui m'extirpe de mes rêveries. Le poids d'une réalité qui contraste singulièrement avec l'impression d'apesanteur à laquelle je pensais.

– Diantre, mes amis, je crois bien en avoir assez fait pour aujourd'hui! Je vous laisse. Il me semble que ma couchette m'appelle trop fort pour que je lui résiste.

Demain, il reste encore quelques finitions de haut vol à faire!

Quelques accolades plus tard, je passe dans la ruelle donnant à l'ouest. Elle est marrante, car bien que construite avec simplicité, on reconnaît la patte artistique et les lignes élégantes typiques du Village. Un brin de nostalgie vient brièvement me pincer le cœur, avec douceur toutefois; c'est à Tani et à Zin' que je pense. Je reporte mon attention sur le décor et ses caractéristiques architecturales particulières. Ici, les maisons ne sont pas séparées par de grands espaces. L'intimité et les espaces vitaux ont été sacrifiés aux impératifs tactiques : des passages dérobés permettent de se glisser d'un habitat à un autre de manière à fuir tout danger d'agression à domicile. Il est ainsi possible d'aller d'un bout à l'autre de la bourgade sans être intercepté. Sous mes pieds, un ancien réseau de tunnels autorise des séjours ou des déplacements secrets. Ces couloirs existaient déjà lors de la découverte des lieux. Ils ont été améliorés et les raccordements consolidés, pendant nos récents travaux de transformation. Pour y accéder, il suffit de soulever une couchette par-ci, ou un double fond d'armoire par-là. L'usage de ces trappes est, bien sûr, réservé aux situations d'urgence. D'ailleurs, seuls quelques habitats en possèdent une. Pour immédiatement profiter de ces voies de retraite, les maisons qui en sont pourvues ont leurs entrées et volets peints dans les tons rouges.

Il est satisfaisant de constater que, bien que l'on n'ait jamais eu d'autres véritables ennemis que les soucis météorologiques et environnementaux, nous parvenions à développer ce genre de stratégies de défense. Sur ces réflexions, j'arrive devant la porte de mon "doux chez-moi", laquelle est peinte en vert. J'entre sans attendre. De peur de manquer de force plus tard, j'extirpe mon carnet de notes de la cachette et m'assois à l'unique table à côté de la cheminée de ma cuisine. Le tabouret craque un peu; c'est du vieux mobilier miraculeusement retrouvé entier parmi les décombres, datant de la Grande Destruction.

J'inspire profondément et, feuillets ouverts, je saisis mon crayon.

Octa, Cycle 149, Lune 3, jour 9, au demi-jour

Ça y est, un premier contact a eu lieu aujourd'hui!

Un groupe de cinq éclaireurs, armé jusqu'aux dents, est arrivé à "Grandville" — nom que nous avons choisi de donner au faux village (l'ai-je déjà évoqué? Je ne sais plus). Les Nordiens, très méfiants au départ, se sont notablement adoucis quand Dornali leur a offert boissons, nourriture et gîte pour la nuit. Ils ont prétendu, dans un langage compréhensible, mais assez rudimentaire, qu'ils n'étaient qu'une équipe de chasseurs itinérants, loin de chez eux. Dans un premier temps, ils ont affirmé être désireux de retourner dans leurs foyers dès le lendemain. Il va de soi que nous avons joué le jeu, si bien qu'ils pouvaient repartir à tout moment sans qu'ils puissent soupçonner la moindre ruse de notre part.

Après un bref conciliabule et pour une raison indéterminée, les guerriers ont mis les voiles, le même demi-jour, contrairement à ce qu'ils avaient annoncé auparavant. Je privilégie l'hypothèse qu'ils aient jugé l'endroit trop agréable pour ne pas immédiatement en informer leurs congénères.

Ainsi : Les dés sont jetés!

Il n'en demeure pas moins que cet échantillon de barbares — il n'y a pas d'autre mot — a de quoi donner la chair de poule! S'ils sont tous aussi

brusques et grossiers, l'arrivée à Grandville de plusieurs centaines d'individus
du même acabit va être une affaire délicate, voire périlleuse, à traiter !

Je me console en pensant au groupe des cinq pseudo-chasseurs qui
retournent rejoindre leur armée : ils vont repasser par le chemin d'où ils sont
venus. Le parcours est truffé de diffuseurs d'ocytocine et de proto-ocytocine.
Ils bénéficieront, par conséquent, d'une triple dose de stimulant empathique...
c'est là un avantage !

C'en est assez. Je crois que je suis en train de décompenser. Déjà, la lutte
pour garder mes paupières ouvertes me vole la force nécessaire à tenir
correctement le crayon. Il me reste tout juste assez d'énergie pour ranger mes
documents dans leur cachette et me traîner à ma couchette. Je m'y écrase
tout habillé.

Une dernière tentative de me maintenir éveillé, pour réfléchir un petit
moment à la situation, s'évanouit dans les méandres oniriques du sommeil.

* * *

Aussi bruyants qu'un vieux transporteur à réaction, on pouvait entendre les
envahisseurs bien avant de les voir.

Ces gens-là doivent être terriblement sûrs de leur invincibilité, pour oser se
déplacer avec si peu de discrétion.

L'apparition de la meute, à la lisière de la forêt, ne pourrait pas être qualifiée
de particulièrement réjouissante. Nous connaissons Chacune et Chacun notre
rôle, pourtant la foule qui s'approche, comme une coulée humaine en
désordre, a de quoi faire douter le meilleur comédien de ses talents
d'improvisation. Toutefois, dès que la horde de guerriers est à portée, le
spectacle commence comme prévu.

Dans une liesse générale splendidement orchestrée, simulée par une équipe
d'actrices et d'acteurs hors pair, l'accueil subjugue les arrivants dès les
premiers instants. La mise en scène est parfaite, le jeu convaincant.

Les barbares sont entourés et adulés en sauveurs, et, de toute évidence,
ceci les enchante. En plus des vivats et des nombreuses marques de
bienvenue, boissons fruitées et galettes qui leur sont offertes à profusion. Le
cumul des attentions et des signes de sympathie transforme rapidement leur
incrédulité en euphorisante autosatisfaction. En d'autres termes : ils sont
littéralement désarmés !

Manifestement dépassés par le caractère inhabituel de cet accueil, les guerriers, jusqu'ici toujours craints où qu'ils aillent, se laissent emporter dans des farandoles et des accolades délirantes. Femmes et enfants sont emmenés par des mains amicales, et se voient intégrés dans des rondes. Les hommes, invités à boire, manger, rire et chanter, en oublient leur arsenal sur les chariots parqués en bordure de Grandville.

Parmi les arrivants, un petit groupe de quatre gaillards se tient à l'écart. Ceux-là essaient, avec peine, de garder une contenance en n'acceptant quelques offrandes qu'après en avoir dédaigneusement refusé d'autres. Comme leurs semblables, ces individus sont vêtus principalement de fourrures. L'un, de bonne allure, avec une barbe qui semble taillée avec un certain souci de symétrie, et apparemment moins sale que ses camarades, sort du lot, aussi par sa hauteur. Il dépasse ses congénères d'une tête, pour le moins. Le deuxième, physiquement peu imposant, mais visiblement plus arrogant, est couvert de colliers, de bracelets et d'autres ornements plutôt macabres. En retrait, très musclé, le troisième roule nerveusement des yeux. Ce personnage donne l'impression d'être terriblement instable. Il est agité et n'a pas du tout l'air d'apprécier la tournure des événements. Il me fait penser à un charognard déçu de ne pouvoir dépouiller des cadavres. Je suis sûr que c'est un vrai malade ! Quant au dernier des quatre, sa morphologie ratatinée ne paie pas de mine, mais quelques signes, et une attitude très particulière venant de ses congénères indiquent qu'il pourrait être le chef de toute cette engeance.

Repérés d'emblée, ces individus ostensiblement patibulaires, qui observent la scène à distance. Leurs physionomies trahissent leurs pensées. Ils se demandent, manifestement, comment faire face à la jovialité des habitants du lieu. Comme il ne fait aucun doute qu'ils sont les personnages les plus importants de la horde, les neutraliser est une urgence prioritaire.

Comme je constate que l'effet désiré est sur le point d'être parfaitement obtenu, je m'empresse de les rejoindre pour le peaufiner.

– Ah, messeigneurs, quel bonheur ! Nous avons espéré ce moment depuis si longtemps !

Sans grande surprise, c'est le plus petit, mais aussi celui qui a l'air le plus teigneux, qui prend la parole :

– Sang des ancêtres ! Quoi se passe ici ? Pourquoi contents de nous arriver ? Pas normal : redoutables guerriers foutre peur !

Ce rabougri me donne froid dans le dos. C'est certainement le plus cruel de la bande et leur "grand" chef par la même occasion. Je n'ai pas droit à l'erreur et adopte sciemment une mine obséquieuse pour lui répondre :

– Justement, monseigneur, justement : Vous êtes forts! Vous êtes armés, et vous êtes nombreux. Vous n'accepterez jamais de vous soumettre aux Maîtres.

Les quatre s'exclament en même temps :

– Aux "maîtres"!?

Le petit bourru lève une main impérieuse pour faire taire ses sbires.

– Vous avez maîtres? Qui ? Nous rak-rak pas soumettre!

– Ce sont les grands seigneurs, les propriétaires de toute chose et de nous tous, ici. Ils ont tous les droits. Ils ont des armes, aussi, beaucoup... Mais... ils sont moins nombreux que vous. Oh, oui! Au Château, il doit y avoir trois ou quatre fois moins de mercenaires.

Le long à la barbe soignée se penche à l'oreille de son chef :

– Granlidère, type doit dire qui est, ensuite être questionné par Le Kla tranquille.

– Rak! Juste, Ramek...

Avant qu'il ne me le demande, je m'incline :

– Monseigneur, pardonnez-moi de ne pas m'être présenté, mon nom est Octa et je suis artisan-réparateur.

Le nerveux se manifeste. Visiblement frustré de n'avoir pu, jusqu'ici, se défouler par quelque acte violent, il me crie dessus :

– Quoi? Toi pas chef de tribu et oses adresser parole?

Le long Ramek retient le poing qui allait, dans l'instant suivant, s'écraser sur mon nez. Simultanément, le nommé granlidère enfonce son coude dans l'estomac de mon quasi-agresseur et tourne vaguement la tête dans sa direction, avec, sur son faciès poilu, tout le mépris que sa physionomie est capable d'afficher.

– Rak! Assok, pas oublier que moi donne ordre de frapper, moi, toujours... toujours! Va trouver case fermée, tranquille pour tirer réponses. Va!

Le type s'éloigne sans rechigner, mais son attitude en dit long : il faudra à tout prix que j'évite de le croiser à l'improviste. Il pourrait m'arriver une bricole! Je ne connais pas la manière de se battre des Nordiens, mais il n'est pas certain que les quelques prises que Tani m'a enseignées me seraient d'un très grand secours si je devais me protéger des coups de ce névrosé. D'un geste brusque, ce Assok attrape Narn', la tante de Godi, par un coude. Le mélange des bruits et des chants m'empêche d'entendre ce qu'il lui dit, pourtant, il lui crie violemment dessus. Narn' tend un bras en direction des appartements vides qui sont destinés à être réquisitionnés par les envahisseurs. Sans l'ombre d'un ménagement, le sous-fifre pousse Narn' pour qu'elle l'amène à l'endroit désigné. Je frissonne à la vue d'une attitude aussi irrespectueuse.

Mes réflexions sont interrompues par le quatrième larron, lequel, malgré ses multiples breloques, est resté jusqu'ici passablement en retrait. Il prend un ton qui se veut vaguement doucereux et faussement poli pour me demander :

– Octa, est?

– Oui, monseigneur.

Malgré l'aspect un peu ridicule que lui confère la multitude de colifichets, pendentifs et autres bracelets, le type prend ses grands airs. L'usage du terme "seigneur" à son égard semble toutefois lui plaire. Avec ses yeux écarquillés et sa tête en arrière, il me fixe pour déclarer pompeusement :

– Suis Le Kla, chaman guide de destinée pour victoire Grandnaraks. Korak l'est Granlidère.

Par les puissants esprits du sol et du ciel. Grandnaraks plus hautes et puissantes entités du monde, exigeons voir chef de tribu… LE chef ici, pas simple artisan. Va chercher immédiatement, ou mourras avant interrogatoire!

Théâtralement, en espérant de ne pas trop en faire, je tombe à genoux devant lui et prends une attitude déconfite et implorante.

– Noble seigneur, je suis désolé, mais il nous est formellement interdit d'avoir un meneur parmi nous.

Ma déclaration est suivie d'un bref instant de silence. Ramek l'interrompt :

– Pas un chef ici? Mais…

– Les chefs sont au château, monseigneur. Si quelqu'un parmi nous voulait se déclarer chef, il serait immédiatement emmené et puni! Les Policiers des maîtres sont d'impitoyables et puissants soldats. Intentionnellement, j'appuie sur ma fin de phrase.

Pendant que récite mon texte, je vois, du coin de l'œil, Assok qui revient. À ma grande stupeur, il entraîne Sari en la tirant rageusement par le bras. Inspire… expire… Octa! Je crains le pire pour elle-il. Sari n'est certes plus très jeune, et passablement de ses atouts ont subi les affres des Cycles, mais elle-il a encore quelques beaux jours devant soi. Parmi cette horde de guerriers, plus d'un pourrait se laisser tenter par...

Mais, la voix de Sari vient couvrir mes funestes pensées.

– Aïe! Messeigneurs, messeigneurs, dites à cet homme qu'il n'a nul besoin de me forcer de la sorte.

La scène mérite un arrêt sur image. De fait, on pourrait croire que le temps ralentit pour l'occasion.

En réalité, la suite ne m'étonne qu'à moitié. Dans la même succession de moments, je vois Korak faire un signe à Assok de lâcher sa proie, Ramek s'avancer avec son regard braqué sur cette "nouvelle venue", un sourire d'une candeur inouïe se dessiner sur le visage de Sari, et sur celui de Ramek apparaître une expression révélatrice. Si je me fie à mon instinct, je peux affirmer qu'en l'espace de cette courte durée, il est probable qu'un épisode important et totalement imprévu vient de s'ajouter au scénario!

Par contre, cette nouvelle donne n'est pas sans risque... pour Sari, notamment. Mais elle-il n'est pas tombé-e de la dernière pluie. Cela doit faire un moment qu'elle a dû remarquer mon intervention. Après avoir analysé la situation, elle-il a volontairement attiré l'attention du teigneux, pour l'inciter à l'emmener avec lui. Sans hésiter, Sari prend la même posture implorante que moi, mais pour redonner un nouvel élan à la scène : favoriser le passage à la phase deux du plan.

– Messeigneurs, votre ami a dû mal interpréter mes intentions. Je n'ai qu'un seul but : sauver nos sauveurs!

Sari profite du flottement qu'elle a judicieusement pris soin d'instaurer.

– Je ne sais pas si Octa vous a déjà prévenu, mais les gardes du château sont peut-être au courant de votre venue. Il est même possible qu'ils soient en train de préparer leur attaque. Ils ont des lances, et des arcs capables de tirer des flèches à grande distance. S'ils arrivent ici, ce sera un massacre et nous périrons tous! Ils sont très puissants et il serait affreux que vous tombiez sous leurs coups, alors que vous représentez notre unique chance de salut. Peut-être reverrons-nous bientôt nos filles, toutes celles qui ont été enlevées par les maîtres.

Si toutes nos autres allusions avaient été vaines, ces paroles-là, en tout cas, vont faire mouche, et river le clou! Comme piqué au vif, Le Kla se redresse théâtralement et, bras légèrement écartés, il lève ses mains vers le ciel. Les hommes du Nord, leurs femmes et leurs enfants cessent immédiatement tout mouvement et tout bruit, pendant que les sons des tambourins et des flûtes des Grandvillois se tarissent en un rapide, mais chaotique decrescendo.

Dans le silence qui s'est installé, le cri du chaman emplit tout l'espace :

– Rak! Rak! Rak! Guerriers du Grandnarak, bonne nouvelle : allons pouvoir nous amuser!

À ces mots, tous les mâles hirsutes de la horde lèvent un poing et hurlent : "Grandnarak! Grandnarak!" à m'en faire exploser les tympans. Des fous, tous des fous, je le savais déjà. Mais, sans arrosage de proto-ocytocine le long de leur cheminement, c'eût été encore pire, à n'en pas douter!

Manifestement, le terme "amusement" leur suggère une activité qui ne laisse aucun doute quant à son sens! Ramek se tourne dans notre direction, ou plus exactement dans celle de Sari.

– Nous pas genre céder place à concurrents. Rak!!

À lire l'expression sur son visage, si ce névrosé était capable de faire preuve d'ironie, même malsaine, il ajouterait probablement "soyez sans crainte". Au lieu de cela, avec l'ambiance belliqueuse qui est montée d'un cran, une autre grimace se redessine sur ses traits : celle d'un être sanguinaire et sadique.

– Rak!

Korak saute sur le char le plus proche, pour haranguer ses troupes.

– Populace, à boire et manger pour Grandnaraks. Pas résister, obéir sinon foutre achesse, casser moignon. Rak! Lits secs aussi, pour bon combat demain. Tuer, tuer ennemis, tout, tous et prendre butin!

Atek, avec ton tiers, tu barricades du côté route et monter garde cette nuit!

Après quelques cris de "Grandnarak! Grandnarak!", la fête redémarre de plus belle.

Bigre! Ces gens-là réagissent au quart de tour. Je n'aurais jamais imaginé qu'il soit si facile de les convaincre de partir à l'assaut d'une citadelle censée regorger de soldatesque.

Je jette un œil à Sari, et constate, à son expression, qu'elle-il ne s'y attendait pas non plus. Mais j'y remarque également une certaine ambivalence. À mon avis, le beau barbu n'y est pas étranger.

Les quatre mâles dominants se sont regroupés et discutent entre eux. À la suite d'un court palabre, Ramek fait quelques pas pour nous rejoindre.

– Venir!

Précédés par Assok, entourés par Korak et Ramek, nous délaissons la bordure de Grandville et ses festivités pour descendre en direction du centre.

Le Kla ferme la marche.

En traversant la Place du Marché, où les guerriers, leurs compagnes et leurs progénitures continuent, dans la bonne humeur, sans nous remarquer. Je constate que la plupart des femmes, et même de très jeunes filles, sont enceintes. Apparemment, chez eux, la procréation doit être une exigence incontournable.

À peine notre groupe a-t-il quitté le grand espace pour nous enfoncer dans la ruelle principale, qu'Assok demande, sans se retourner :

– Beaucoup place avec personne : pourquoi?

Sari me prend de vitesse.

– Monseigneur, ce sont les appartements réservés aux gardiens du château. C'est obligatoire. Tout doit toujours être prêt pour eux. Nous nettoyons les pièces, changeons régulièrement leur garde-manger et contrôlons les réserves de bois de cheminée, de sorte que la Police des Maîtres ne soit jamais contrariée, quel que soit le moment du jour ou de la nuit de son arrivée ici.

Ces explications laissent nos "charmants invités" pensifs. Ramek semble plus absorbé que ses pairs, mais je le crois d'être taraudé par des préoccupations différentes de celles de ses collègues.

Sans rien soupçonner, Assok nous amène directement dans le quartier qui a été rénové spécialement à l'attention des Nordiens. Il ne se rend pas compte qu'il est pratiquement chez lui, en ces lieux!

Mon sourire ne passe pas inaperçu. Le Kla, par sa fonction, doit être un manipulateur de premier ordre, et doit probablement beaucoup à son sens de l'observation. Ses yeux globuleux me lancent un regard inquisiteur. Il prend une intonation chargée de méfiance :

– Drôle, l'artisan? Foutre ma gueule?

– Bigre, monseigneur, certainement pas : au contraire! Ce qui me fait rire, c'est le retournement de situation. Je suis content, tellement content et fier que les appartements qu'on nous a forcés d'aménager servent enfin à d'autres qu'à ceux du Château. Finalement, on pourrait croire que tout ceci a été fait pour vous!

Nos invités autoproclamés n'ont pas coutume de recevoir volontairement autant de sollicitude des gens qu'ils envahissent, ça se remarque. Le plus ennuyé de tous n'est autre qu'Assok. Un bon pillage, avec force viols et étripages, doit lui manquer... en plus d'une hypophyse correctement proportionnée. Sa carence d'empathie et l'apparente immunité à l'ocytocine trahissent un évident problème de glandes. La fabrication d'hormone du bonheur n'est pas sa principale qualité!

Il en va tout différemment à ma gauche. Entre Sari et Ramek, là, les hormones semblent s'en donner à cœur joie... Attention Sari, tu ne sais pas dans quoi tu te lances...

À peine le temps de fournir quelques derniers renseignements à nos tortionnaires potentiels, nous voici Sari et moi, étonnés d'être en liberté dans la ruelle. Heureusement indemnes, malgré les allusions récurrentes à la torture.

Lesquels, entre nous deux et des quatre guerriers, sont les plus surpris d'une totale absence de violence, je ne saurais le dire.

Au moment où nous nous éloignons de la porte, Ramek nous hèle alors que nous sommes déjà à plus de cinq mètres :

– Eh! Question encore : parlez toujours comme ça?

Sari et moi nous regardons hésitants, quant à la réponse à donner. Finalement, je ne dis que :

– Oui.

Il m'est impossible de me lancer dans une explication exhaustive. Comment, sans trahir notre véritable manière de vivre, avouer que notre langage s'est formé sur la lecture des textes d'archives ? Pour les guerriers, qui sont analphabètes, il serait inacceptable que nous ne le soyons pas également!

Octa, Cycle 149, Lune 3, jour 18, au soir

J'écris ces lignes en catimini. Il est tard dans la nuit. Cela fait un moment que le couvre-feu a été décrété par les Nordiens. Ceci ne nous a pas empêché la tenue d'un court débriefing. Tout en chuchotant, nous avons pu échanger nos observations, ainsi que nos impressions et les analyser en vitesse. Nous devions prévoir un plan B, pour le cas où les guerriers ne partent pas tous à l'attaque du château.

En même temps que Tonzo, Pita, Sari et Kerno je suis retourné chez moi par le couloir secret dissimulé dans le fond de l'armoire de Boza. Après être arrivé, j'ai attendu encore un moment avant de sortir mon carnet de sa cachette. La chambre d'amis est volontairement borgne, si bien que la faible lumière de ma lampe à huile ne peut être perçue de l'extérieur. Malgré cela, je dois m'assurer qu'aucun guerrier ne puisse me surprendre en train d'écrire. Bien qu'apparemment nos "invités" ne savent pas lire, j'aurais certainement eu beaucoup de peine à justifier mes connaissances calligraphiques, et à leur fournir des explications quant à la nature de mes notes.

En résumé, si presque toutes les femmes et filles nubiles sont enceintes, c'est effectivement parce que leur prêtre les force à avoir le plus d'enfants possible. Augmenter la population et avoir le plus de guerriers disponibles en est la raison avouée.

Comme ils n'ont aucune notion d'hygiène, et pas de médecins non plus, beaucoup de gens meurent, surtout des nouveau-nés. Par ailleurs, les faibles sont abandonnés à leur sort en cours de route.

Leur fonctionnement rudimentaire est aussi simpliste que pathétique : les hommes forts commandent les autres membres de la horde. Les femmes n'ont aucun droit, et les enfants sont des choses inutiles tant qu'ils ne sont pas en âge de se battre, et ensuite de procréer.

Nos envahisseurs, trop ravis d'avoir trouvé des sujets soumis et serviables, ont choisi de nous exploiter sans nous molester, estimant à juste titre qu'ils avaient tout intérêt à ne pas nous brusquer plus qu'il ne faut.

Piqués dans leur orgueil, ces olibrius, refusant l'idée de devoir nous laisser à d'autres forces que la leur, ont tout logiquement décidé de partir combattre des ennemis, en ignorant que les maîtres et leurs soldats ne sont qu'un pur produit virtuel, imaginé par l'intelligence artificielle du Tigre.

Point intéressant : les envahisseurs ont, dans leurs rangs, celles et ceux qu'ils nomment "les Sixièmes". Ces personnes sont supposées être douées d'un flair particulier pour détecter les zones trop radioactives ou toxiques. Hélas, pour ces valeureux guerriers, l'état de santé plutôt délabré de la plupart d'entre eux — tous affectés à divers degrés par plusieurs formes de pollutions — les "dons" de ces fameux Sixièmes ne sont pas aussi subtilement développés qu'ils voudraient le croire!

D'autres notions s'ajoutent à leurs dysfonctionnements. Par exemple, je viens d'apprendre que les barbares ont rétabli un système monétaire proche de celui qu'ont dû connaître nos ancêtres. Ce sont des "Ronds qui pèsent", d'après ce que j'ai compris. Les personnes les plus méritantes, selon des critères décidés par le Granlidère, reçoivent davantage de Ronds. Le chef, il va de soi, possède presque toutes les richesses, et en garde avec lui plusieurs caissettes bien remplies.

En fait, il s'avère qu'il s'agit de simples rondelles, en divers métaux et de diverses dimensions, récupérées dans des usines ou autres ateliers en ruine de leur île d'origine. La valeur de chaque pièce est arbitrairement attribuée en fonction de son poids, de sa couleur, ou de son diamètre. Cela semble suffire à Korak pour maintenir ces gens sous sa coupe. Les quatre meneurs arborent une importante quantité de cette ferraille sur eux, bien en évidence, incorporée à des bijoux et aux vêtements. D'ailleurs, tous les guerriers portent des colliers faits de rondelles enfilées sur de la ficelle. Pita, en fine psychologue, a profité d'affirmer que les maîtres utilisent ces mêmes pièces pour payer les mercenaires et que le château en regorge. Toki, pour étayer cette théorie, en a exhibé les deux en fer, qu'il est prestement allé chercher dans son atelier. L'appât inespéré a provoqué de fortes réactions. La convoitise, dans ces circonstances, ne peut que stimuler les ardeurs et précipiter la levée de camp.

Faut-il préciser que le granlidère n'a pas jugé bon de rendre ses deux rondelles à Toki.

Outre l'influence de l'avarice, il y a l'attitude du "Kla", sorte de prêtre-devin-chaman, qui prône la haine du savoir. Tonzo a rapporté quelques-unes de ses paroles qu'il a réussi à comprendre :

"Le savoir peut être chose maudite. Le mettre à portée de n'importe qui est extrêmement dangereux, c'est la pire plaie, celle qui a causé la perte de l'Ancien Monde. Gloire au Sang de nos Pères. Il faut suivre les messages nouveaux et ne jamais remuer les entrailles du passé. La Grande Ombre nous talonne partout, elle est à nos trousses et cherche à finir son ouvrage de destruction massive. Nous sommes les Forts, l'avenir nous appartient et personne ne doit se trouver en travers de notre chemin!

Et maintenant, je vais me retirer, pour connaître les intentions du destin."

Ce genre de discours de charlatan rappelle singulièrement ceux proférés par le révérend Yoser Palitac, de sinistre mémoire et qui avait bien failli, avec sa secte de l'Ordre, provoquer la perte de la Petite Lune.

Je croyais ne plus jamais avoir à entendre de pareilles inepties!

Bref, toutes ces indications pointent sur une même conclusion : nous avons affaire à des individus terriblement influençables!

Bien! Il se fait vraiment tard.

J'espère que, dès demain, nous pourrons voir tout ce beau monde s'en aller pourfendre leurs chimères. Puissent-ils vaincre, à la fin de leur glorieux combat, la foule de leurs propres vieux fantômes!

Un passé adhésif

En traversant la Place du Marché, en ce troisième matin depuis l'arrivée des Nordiens, je constate une agitation grandissante dans les rangs de nos "invités". Leur notion de "demain" m'interpelle également. Ils s'incrustent! Comment allons-nous gérer la situation, si une partie des Nordiens décidaient de maintenir une présence à Grandville ? Par conséquent, avec ce doute permanent au-dessus de nos têtes, il n'y a pas qu'eux à goûter à une fébrilité incontrôlable. La seule idée de devoir les supporter davantage me crispe les nerfs. Impossible de l'éviter!

Pourtant, l'attitude des envahisseurs a changé. Les hommes se sont relativement calmés, semble-t-il. Est-ce, chez eux, un réflexe automatique, dû à l'approche d'une bataille? Ce genre d'activité leur demande, peut-être, une certaine concentration... C'est envisageable. Hier encore, j'avais conseillé à Sari de quitter Grandville en catimini. Pour une raison qui m'échappe, elle-il s'évertue à se revêtir avec trop de chichis. Jupe affriolante, corsage provocateur, et j'en passe. J'ai souvent entendu des groupes de mâles, clairement en proie à d'autres hormones que l'ocytocine, s'échanger quelques propos bien salaces. Par exemple : "Vais la brancher, la kalasse", et un acolyte lui répondre, sur un ton tout aussi lubrique : "La taker, lui kanar lo frok et la brancher fort-fort! Rak!" L'intonation à elle seule est une traduction! Avec très certainement l'intention de mettre leurs paroles en pratique, des guerriers ont à plusieurs reprises tenté de l'emmener dans un appartement, ou de la-le coincer dans un angle de maison. Heureusement que Sari s'est trouvé-e un ange protecteur inattendu. Chaque fois qu'elle-il allait être pris-e dans les griffes lubriques de quelque agresseur, Ramek est providentiellement apparu pour sortir Sari d'une situation sur le point de passer à un stade plus dramatique. À croire qu'il garde un œil sur elle-il en permanence. Un bien pour un mal, sûrement. C'est à espérer. Car qui sait s'il ne va pas finir par vouloir se servir de Sari pour son seul bénéfice. Connaissant un peu Sari, ce pourrait être une excellente raison pour qu'elle-il s'obstine à porter ces vêtements-là!

Mais il y a, dans un registre plus sérieux, autre chose qui inquiète les chefs guerriers.

Tout à l'heure, j'ai surpris cette conversation entre Korak et le Kla :

Korak : "Soldats comme kons, malades. Z'ont changé pour rak et taker! Faibles comme marfs. Tu es Le Kla, guéris-les!"

Et le kla n'en menait pas large : "C'est malédiction, je sais pas. Possible un air malade. Mais kanar les kons du château peut aider."

Sans tout parvenir à comprendre, j'ai perçu qu'ils devaient se disputer à propos de l'attitude de leur peuple au sujet d'une maladie bizarre supposée modifier leur comportement. Le chef exigeait que le pseudo-chaman ravigote drastiquement l'agressivité de ses troupes, alors que le Kla parlait d'une sorte de malédiction difficile à conjurer. Comme, pour ne pas attirer leur attention, j'ai dû m'éloigner de leur discussion, je n'ai plus qu'eu le temps d'entendre vaguement Korak aboyer quelques reproches, aux guerriers les plus proches, de s'être terriblement ramollis.

On ne peut qu'espérer qu'il s'agisse du signe d'une influence grandissante de l'ocytocine sur les mentalités. Quoi qu'il en soit, bien que la situation générale reste sur le fil, il serait appréciable que les tensions diminuent encore d'un cran. Y ajouter un quelconque drame pourrait faire pencher la balance du côté... catastrophique.

Octa, Cycle 149, Lune 3, jour 25, au zénith

Incroyable, ils sont tous partis! Les guerriers en tête, femmes et enfants à leur suite. À en déduire qu'ils ne laissent jamais rien ni personne derrière eux, comme s'ils craignaient qu'une autre tribu allât leur voler tout ce qui n'est pas sous leur surveillance. Cette coutume est, pour nous, une aubaine inespérée, voire miraculeuse.

Qui aurait pu penser que cette partie du plan puisse se dérouler aussi facilement?

Parmi les nombreuses hypothèses échafaudées, un des scénarios envisagés implique même la Trotteuse : la Station est aux aguets, et prête à intervenir en cas de grabuge.

Presque toute la vallée du Sud-Est est aménagée en fausse place forte, avec une série de remparts aux abords des premiers champs et jardins cultivables. Si la phase suivante se passe comme prévu, les guerriers vont stratégiquement s'installer dans le bourg, pour occuper complètement le deuxième cercle depuis l'entrée principale. Cet ensemble de bâtisses est supposé ne servir que de garde-manger. Il est possible que ce complexe de stockage paraisse déjà confortable, selon les standards des combattants-nomades, habitués à une existence rude. Avant d'arriver aux murailles de la forteresse elle-même, il faut aller au-delà du troisième cercle, celui de la deuxième partie habitable. En principe, cet anneau est occupé par les résidences. Un simulacre automatisé de résistance doit ralentir les assaillants, durant quelques jours, dans leur avance. Des télécommandes permettent de modifier le scénario depuis un transporteur stationné à l'aplomb dans la stratosphère. Le moment venu, des haut-parleurs dissimulés dans les tours du château sonnent la retraite, laissant les Nordiens croire à un nouveau succès guerrier. Ce n'est qu'à la suite de cette conquête, que les attaquants peuvent enfin observer correctement les fortifications de la citadelle. Les gardiens, qu'on peut voir de loin, sont des mannequins de paille, animés par des filins reliés à un mécanisme mû par la force d'une série d'éoliennes. Les modes d'entraînement sont redondants, pour éviter que des tirs de flèches ou de lances ne stoppent les mouvements de toutes les marionnettes en même temps.

Un mélange d'ocytocine et de proto-ocytocine y est diffusé en permanence et l'entier du premier cercle est aménagé en labyrinthe, comme celui qui protégeait, il y a encore une dizaine de Cycles, le Village. Il faudra que les barbares aient bien évolué, avant d'en trouver la sortie. Au pire, il leur faudra une, voire deux générations pour y parvenir. Nous cherchons toujours un moyen d'accélérer le processus.

Idéalement, toute cette population devrait pouvoir bien s'en tirer, et se développer dans une harmonie croissante.

Tout est installé de manière à les encourager dans ce sens.

Toutefois, il ne faut jamais présumer de rien et rester attentifs et prudents. Nous allons passer quelques jours de plus à Grandville, voire y laisser de petites équipes en arrière-garde, qui se relayeront. Avant de retourner dans nos pénates, nous devons être certains que tout ce beau monde ait franchi, au moins, le deuxième cercle du territoire du château. Ceci fait, aucun guerrier ne pourra plus représenter le moindre danger.

Heureusement pour nous, les trajets ne devront plus se faire à pied. Même si les Nordiens surveillent le ciel depuis les hautes tours, il ne leur sera pas possible de voir nos dirigeables, qui pourront manœuvrer en toute discrétion.

L'obstacle majeur, dans l'équation, demeure l'importance donnée à la notion de "chef". Que ce soit au Manoir, ou dans la Station, l'identification au groupe était déjà choquante. Mais les individus, malgré un conditionnement sévère à un milieu terriblement formaté, avaient des aspirations personnelles. A contrario, les Nordiens sont retournés à un stade totalement tribal. Il y a un chef indéboulonnable, intronisé avec l'appui d'une force pseudo-mystique que personne ne remet en question. L'Ordre, au moins, avait ses détracteurs.

Il faudra trouver un moyen de rapidement remplacer les éléments dominateurs, surtout ce charlatan de chaman, sans provoquer une sanglante révolte... à moins qu'ils ne puissent miraculeusement changer de mentalité.

Par précaution, je replace encore mon carnet dans sa cachette avant de quitter mon appartement provisoire.

Quelle légèreté! L'atmosphère est à l'insouciance. Je croise Tonzo, Sojo, et, juste après l'angle du pâté de maisons, Kerno. Tous arborent un sourire radieux. Il faut préciser que du ravitaillement est en route... avec la promesse d'y découvrir galettes de larves et boissons fruitées à profusion! Tout le monde se laisse imprégner par le même sentiment de soulagement. Enfin, presque tout le monde. Car, c'est bien Sari, là, que je vois faire une drôle de tête, un peu plus loin, assise sur la bordure du puits.

Je la-le rejoins.

– Sari, qu'as-tu donc? Tu es d'une pâleur cadavérique!

– Figure-toi que ces gens du Nord sont pires que tout ce que l'on peut imaginer! Ramek est venu me saluer, avant le départ des troupes, pour me faire des compliments, mais, au bout de quelques minutes de conversation, j'ai subi le choc de ma vie!

– Il a voulu t'agresser?

– Non, pire! Nous avons discuté. Je tenais à en apprendre davantage au sujet de leurs coutumes. Oh! Il est tellement charmant, malgré tout! Pourtant, quand je l'ai amené à me parler de leur manière d'accueillir les nouveau-nés... et ceux qui naissent, euh... différents, il m'a annoncé que chez eux, quand un enfant vient au monde avec les deux sexes... ils le tuent immédiatement, pour ensuite aller le jeter n'importe où, mais au plus loin de leur campement!

Sari s'effondre en larmes et dans ses sanglots, elle-il continue :

–... Et ils le font avec la conviction que c'est une évidence... C'est horrible, affreux! Mais, comment est-ce possible?

– Fichtre! Ils en sont vraiment encore à ce stade! Comme dans les écrits relatant les méfaits des religions et des coutumes d'avant la Grande Destruction... Donc, tu n'as rien dit à ton sujet à Ramek.

– Non.

– Plutôt heureux qu'il n'en ait rien su! Il t'aurait peut-être égorgé-e dès qu'il l'aurait appris.

Entre deux sanglots, Sari lance avec véhémence :

– Je ne crois pas... enfin, je ne le saurai jamais... Il était vraiment temps qu'ils partent faire la guerre à nos mannequins! Et tant pis si je ne revois plus Ramek...

– Fichtre! C'est du sérieux, mais tu le connais à peine. Un coup de foudre pourrait-il suffire à influencer instantanément toute une vie de conditionnement? Franchement, c'est peu probable.

Sari se replie sur elle-il même, ses épaules secouées par un nouvel accès de sanglots. Je rajoute :

– À mon avis, l'amour a ses revers, dans l'épisode qui vient de se produire, tu as peut-être frôlé la mort. Je n'ose imaginer ce qui aurait pu se passer si Odla, Tuuka, Kiba et Silad' avaient été aussi dans les parages. Dans d'anciens documents, on trouve d'horribles anecdotes au sujet des cruautés perpétrées à l'encontre des hermaphrodites!

Durant notre discussion, le spectacle d'un Octa tentant de consoler un-e Sari n'est pas resté inaperçu. Quelques amis se sont arrêtés tout près de nous. Pita vient s'asseoir à côté de Sari, lui pose son bras autour de ses épaules tremblantes, et lui caresse tendrement les cheveux dans l'espoir de la-le consoler.

Pour faire diversion, je change de propos et m'adresse au petit groupe de personnes qui se tiennent là, inquiètes de l'état de Sari :

– Croyez-vous qu'ils vont tomber dans le panneau?

Sari, étant trop absorbé-e par son chagrin, c'est Pita qui répond :

– Ils ont de bons yeux, et quand ils verront les pendentifs ornés de rondelles que portent les mannequins plus vrais que nature, ils seront persuadés qu'une fois passées les dernières fortifications, ils trouveront un immense trésor à piller. L'appât du gain fera l'affaire!

– Bigre! Comment des rondelles ont-elles pu apparaître par miracle au château?

Godi, avec un sourire plus large que son visage, annonce fièrement :

– Grâce à un miroir! Eh, oui! Ne faites pas cette tête. Nous sachant observés par télescope de la Station, j'ai envoyé des signaux optiques en direction de la Trotteuse. Avec la vieille méthode du morse, j'ai épelé plusieurs fois de suite mon nom. Là-haut, ils ont compris. J'ai allumé mon transmetteur et, sans attendre, Karnil s'est mis en communication. Je lui expliqué l'astuce, à propos des rondelles, et durant la nuit qui a suivi, jusqu'au petit matin, une expédition de mini-dirigeables a fait une grande boucle par le sud pour stocker ce qu'il fallait au château.

– Fichtre, Godi, tu es génial!

Loga, qui s'est joint à nous pour prêter main-forte à Pita dans sa tâche consolatrice, ajoute son grain de sel à la discussion :

– Vous vous en rendez bien compte : Cela donne la touche finale au scénario! Cicé a bricolé un incroyable système, digne d'une maîtremarionnettiste. Avec les mécanismes qui confèrent aux pseudo-gardes des gestes d'apparence naturelle, les Nordiens en auront pour leurs ronds.

Nous nous mettons tous à rire. Même Sari, en oublie ses larmes. Loga continue sur sa lancée :

– Elle a d'avance prévu d'imiter les mouvements de personnes mortellement blessées, si une flèche ou une lance devait atteindre sa cible!

Profitant de cette montée de bonne humeur, Godi reprend le flambeau :

– Les guerriers vont aller d'étonnement en étonnement. Savez-vous que le Manoir n'a pas fait les choses à moitié? Ce ne sont pas juste quelques piécettes qui ont pu être amenées en douce au château, mais des dizaines de caisses pleines à ras bord. En termes anciens, on appelle cette opération une "inflation programmée". C'était une tactique d'une efficacité redoutable pour anéantir la valeur d'une monnaie, et la démonstration pourrait s'avérer très éducative. Il faudra bien qu'ils se rendent compte que l'âpreté au gain ne fait pas tout!

La remarque me fait sourire en coin.

– J'en viens presque à plaindre nos pauvres envahisseurs. Ils sont loin de se douter que la ruse et la créativité peuvent vaincre la force brutale. La violence n'est guère favorable au développement de l'intelligence. Contrairement à la leur, qui est purement physique, notre force, dans ce cas précis, peut aussi se révéler dévastatrice. J'espère qu'elle ne va pas provoquer, chez eux, une forme d'hystérie autodestructrice.

Sari réagit et me jette un regard dans lequel se mêle horreur et espérance.

– Souhaitons que cela fonctionne en douceur, alors! J'avoue que je n'aurai de paix avant de savoir tous les barbares arrivés au centre du château de baudruche.

Dans un murmure à peine audible, elle-il ajoute :

–... Et j'espère que Ramek développe assez rapidement son intelligence, pour réussir à retrouver la sortie du labyrinthe...

Seul à l'avoir entendu chuchoter sa dernière phrase, je n'y réponds pas. En mon for intérieur, je me rends compte d'être bien chanceux dans ma vie.

CHAPITRE SEPT

L'air du temps

Un champ de lys

Cette dernière Demi-Lune, depuis mon retour au Village, une succession de flashes me renvoie diverses images de déjà-vu. Entre autres, le souvenir rafraîchi de me retrouver chez moi, après avoir découvert ce qui se tramait à l'intérieur du Manoir, mélange de révélations-choc et de merveilleuses impressions de douceur.

Peut-être que cela me touche d'autant plus que je viens de quitter la colline du Réservoir, et qu'en longeant la crête on peut survoler les toits du regard? Toujours est-il qu'un cœur ne peut que se sentir enveloppé de tendresse à la perception de l'harmonie qui émane de chaque habitant du lieu.

On pourrait croire que même le sol est plus imprégné de magie ici que nulle part ailleurs, tellement le sentiment de légèreté envahit mon corps.

Les quelques Lunes, passées à construire et à résider à Grandville, resteront dans les mémoires de toutes les personnes qui en auront fait l'expérience. Négocier l'arrivée des guerriers, puis les encourager à partir au château, auront laissé des traces plus profondes encore. Peut-être ai-je refoulé quelques traumatismes qui n'attendent que le moment le plus pervers pour ressurgir en explosion dévastatrice. Pourtant, a posteriori, je peux retirer de cette éprouvante expérience des conclusions assez positives. Ne serait-ce que dans la bonification de mes appréciations. Diantre! Outre Tani et mes voisins adorés, qu'il est bon de ressentir la richesse humaine qui habite Darin', Carlonicum et les amis du Manoir! Et le plaisir de remonter dans la Trotteuse avec Tani et notre grande Zin'... que de beaux instants vécus et à vivre encore!

J'ai l'impression d'avoir passé des Cycles entiers loin de mon univers affectif. Objectivement, je dois admettre qu'une foule de changements ont aussi eu lieu au niveau pratique, pendant mon absence.

Grâce à une récupération systématique de l'hélium provenant des propulseurs H3 de la Station, les dirigeables sont mieux profilés, et surtout nettement plus petits. Ils sont devenus plus rapides et plus faciles à manier lors de grands vents. Ces nouveaux véhicules volants permettent également d'effectuer des trajets à plus haute altitude.

La relative proximité du danger que représentaient les Nordiens a peut-être motivé quelques inventeurs à optimiser certains appareils, ne serait-ce que pour éviter plus de bruit qu'il ne faut, tout en gardant de l'efficacité dans les transports. En conséquence, les hangars ont été réorganisés, et certains affectés à d'autres usages. On y range des centaines de panneaux photovoltaïques, des dynamos et les grandes batteries de stockage électrique récupérées lors de la transformation des bâtiments de Grandville.

Le laboratoire de recherche, de chimie et de mécanique a été déplacé à trois kilomètres à l'est, au-delà de l'ancien territoire occupé auparavant par le labyrinthe. Cette enceinte de sécurité est devenue une étendue de verdure piquée de milliers de fleurs et d'autant de papillons multicolores... des petits papillons, sans le moindre dard, je tiens à le préciser.

Et, bigre, ça n'a pas lambiné durant mon absence! À l'occasion de chaque rencontre, autour d'une table, on me verse chaque fois autant de nouvelles incroyables dans la tête, que de bonne verveine à boire dans ma tasse!

Lors du premier soir avec Tani, elle m'a appris la découverte d'une ancienne région portuaire donnant sur l'océan au sud-est. Des centaines d'épaves de chalutiers et d'autres immenses bateaux y gisent, aux pieds de monumentales éoliennes dont la plupart tournent encore. Il est question de trouver un moyen de récupérer, et d'utiliser sur place le courant que les pâles devraient pouvoir fournir; voire de remonter plusieurs de ces piliers dans une zone non polluée où ils pourraient rendre service. Cela n'a pas grand intérêt, pour l'instant, car l'énergie est disponible en surabondance. Toutefois, en cas d'installation de nouveaux lieux d'habitations, ces ressources pourraient s'avérer des plus adéquates.

Dans les laboratoires réaménagés, ma reine a participé à une série d'expériences inédites : il est question de reprendre le développement d'un vieux projet visant à créer des bactéries "radiophages". Les études originales à ce sujet avaient dû être interrompues au début de la Grande Destruction. Ces micro-organismes mangeraient les molécules radioactives et décontamineraient d'immenses zones irradiées, si généreusement offertes par nos ancêtres.

Bigre! Une toupie de bonheur tourne dans ma poitrine. Je reconnais bien là la formidable vivacité qui habite Chacune et Chacun ici. Si seulement tous les survivants de cette planète pouvaient en profiter!

En attendant, c'est à chaque Individu à faire de son mieux.

Alors que les futurs ex-barbares évoluent dans la Bourgade, les missions d'exploration continuent sur Terre.

J'atteins le début de l'ancien Chemin de Cendres quand, en jetant un œil en contrebas, j'aperçois une silhouette aussi séduisante que familière.

Au lieu d'attaquer courageusement la montée, comme prévu, je dévale la pente menant au sentier du Nord, celui qui longe l'arrière du hangar qui abritait, avant, les plus grands dirigeables. Je n'arrive pas à courir à la vitesse que j'aimerais. C'est une faiblesse inhabituelle dans les genoux qui me freine. J'ai l'impression que ces articulations pourraient subitement se plier dans le mauvais sens. Bizarre, vraiment. Sans doute les séquelles des privations alimentaires à Grandville. Mais ma cible, une touffe grise qui flotte au vent, n'est plus très loin. Je vais la rattraper.

– Tani! Tani, attends!

Elle se retourne et sourit. Les jambes flageolantes, je la rejoins et profite du face à face pour l'embrasser. À vrai dire, je prends carrément appui sur ses épaules. Mais, je soupçonne qu'elle ne réalise pas à quel point je suis aussi content de la voir, que je suis soulagé qu'elle puisse me servir de béquille.

– Eh bien! Tu me sembles bien pressé de me retrouver. T'aurais-je manqué un tant soit peu depuis ce matin?

– Bigre, ma reine, ne fais pas l'innocente! Je crois que nous avons tous deux pas mal de choses que nous n'avons pas encore eu le temps de nous raconter. Tu te rends compte, presque deux Lunes loin l'un de l'autre, c'est d'une rare folie!

– Allez, viens un bout avec moi, alors! Je vais réserver un caboteur pour demain.

– Un ballon de plaisance pour demain?

– Oui, je voulais te faire la surprise : nous allons faire une visite à Zin'!

–... À son nouvel endroit?

Tani n'a pas le temps de répondre. Elle alpague notre bon vieux Hollaz, responsable des petites embarcations :

– Hollaz! Toujours la forme? Apparemment : quel superbe sourire!

– Oh! Mes chers, c'est de vous revoir. Vous désirez une ou deux barquettes?

Tani éclate de rire.

– Une, une seule, et pas tout de suite. Peux-tu nous garder un caboteur, type trois, pour demain matin?

– Bien sûr! Mais si vous voulez faire la course, j'ai deux types quatre disponibles.

Là, c'est moi qui rigole.

– Fichtre! La course... et pourquoi pas de la haute voltige, pendant que tu y es?

Nous lui faisons l'accolade avant de le quitter. Cette fois, Tani et moi remontons ensemble, pour rejoindre le Chemin des Cendres que j'avais l'intention d'emprunter avant l'épisode du hangar. Mais, à mi-chemin, nous nous arrêtons de concert et nos regards se croisent.

– Tani, en somme et au lieu de nous engouffrer dans le Manoir et rencontrer plein de monde, ne devrions-nous pas profiter de nos retrouvailles en tête à tête ?

Son sourire en coin remplace toute parole et nous bifurquons vers les lamelles donnant dans le tube principal.

* * *

En Lune cinq, il est fréquent de pouvoir laisser les fenêtres ouvertes jusque tard dans la nuit. Les oiseaux du jour ont cédé leurs chants aux piaillements nocturnes. Je tire le duvet sur les adorables épaules de ma reine.

– Tu vas voir, Tani, notre trésor aura encore mûri depuis son dernier départ. Toi, tu as rejoint les vastes étendues océaniques, et notre fille, elle, s'est trouvé un nouveau territoire. Ça fait drôle, tout de même ! Et toi, tu l'as déjà vu ?

– Oui, en fait, je l'ai découvert en même temps qu'elle. C'est une grande région non polluée. Par contre, pour y arriver, il a fallu traverser plusieurs contrées sordides, occupées par d'anciennes villes géantes totalement détruites et où d'innombrables squelettes gisent sur les gravats. La seule vie grouillante et repoussante que l'on distingue est celle des rats et les cafards, qui se sont accoutumés et ne survivent probablement qu'en s'entre-dévorant. Ces bêtes se faufilent entre les épaves de milliers de véhicules roulants collés les uns aux autres. Bien que nous n'ayons plus besoin de routes, leurs batteries doivent encore pouvoir servir... mais tout est bien trop dégoûtant pour que cela vaille la peine de se donner tant de mal. Il vaut mieux ne pas trop contempler le gâchis de nos ancêtres. Chère Terre tu es trop vaste : vouloir te nettoyer serait utopique.

Pourtant, tu pourras le constater, l'effort de supporter ces horreurs est récompensé. Quelques kilomètres au-delà des ruines, après la laideur, viennent, avec un contraste saisissant, d'immenses champs recouverts de grands pétales orangés, jaunes et rouges. Ce sont des lys. Splendides et majestueuses, les fleurs sont comme un pied de nez de la nature à l'encontre des vanités humaines. Mais, tu ne perds rien pour attendre. Tu verras tout cela demain.

– C'est vrai. Ma reine me pardonnera-t-elle, si je ne me montre plus aussi fringuant que tout à l'heure, et que sur ses douces paroles je lui fasse l'infidélité de rejoindre Morphée ?

Pour seule réponse, elle me gratifie d'un baiser mirobolant et de caresses qui me font regretter d'être si fatigué.

Les caboteurs, ainsi nommés du fait de l'absence de cabine fermée et de leur forme de barque, sont plutôt prévus pour les trajets de plaisance, des voyages de courte durée ou ponctués de nombreuses étapes. Idéaux par beau temps, ces minuscules dirigeables, leurs dimensions mises à part, n'ont que peu de similitudes avec ceux utilisés pour les missions de reconnaissance et les transports, même légers, à grande distance.

Puisque la météo semble décidée à nous être favorable, c'est en toute décontraction que nous survolons forêts, ruines et vallons avec insouciance et cheveux au vent. Je suis d'autant plus sûr que le soleil et l'air sec sont promis à la stabilité, car, depuis quelques Lunes, mes articulations se sont mises à jouer les hygromètres. À l'approche des pluies, et dès les premiers nuages gris, genoux, coudes et phalanges se plaisent à grincer. C'est supportable, mais très désagréable!

Force est d'admettre qu'il y a fort peu de Cycles, j'aurais pu être qualifié de "vieux"... Heureusement, Tani ne semble pas me considérer comme tel. Du moins, pas encore!

– Octa, voudrais-tu qu'on descende pour pique-niquer?

– Diantre! J'ai beau me réjouir de revoir notre princesse, le tangage continu de ce rafiot commence à m'ennuyer. Une courte pause sur sol ferme pourrait nous faire un grand bien, non?

Tani fronce du nez, avec son petit air entendu. La question était donc de pure forme : elle connaissait déjà ma réponse en la posant.

– OK! On atterrit! Rien ne nous oblige à traînasser.

Comme j'adore piloter, je m'empresse de prendre les commandes.

– À combien, estimes-tu, sommes-nous de la dernière crête avant d'arriver à la vallée de Zin'"?

– Deux petites heures d'horloge, environ.

Subdiviser les jours en heures et minutes me force toujours à sourire; alors que pour la génération de notre fille, et des suivantes, cette coutume est entrée dans les mœurs.

Heureusement, nous sommes à l'aplomb d'une région accueillante. Il y a peu, nous venons de survoler de lugubres restes d'un ensemble d'immeubles et de ponts effondrés. Pendant ma manœuvre, je me rends compte que la faim me tenaille. Nous avons pris un départ plus tardif que prévu, ce matin. Si bien que, partis en vitesse, un estomac pareillement vide ne demande qu'à être garni!

La pause fut brève. La faute en revient à une impatience partagée de revoir notre princesse.

En ce jour de bonté, ma chère reine m'a laissé reprendre les commandes d'un dirigeable qui semble aussi pressé que nous d'arriver à destination!

En fait, et plus prosaïquement, il se trouve que le vent nous est particulièrement favorable. Le fringuant engin survole déjà les reliefs abondamment garnis de grands arbres de toutes formes et aux feuillages merveilleusement variés. Mais, quelle est l'exaltation quand, la crête passée, la vallée de Zin' s'offre à mes yeux ! Une beauté à couper le souffle du pire barbare, j'en suis persuadé.

De splendides mouvements de vagues, aux mille nuances d'orange, brillent sur un fleuve végétal traversant, du nord-ouest en sud-est, le large lit fleuri de la vallée. Des lys, aux pétales si épanouis et compacts qu'on ne distingue qu'à peine les brins qui les supportent.

– Bigre, Tani! Je comprends que Zin' soit tombée amoureuse de la région!

– C'est beau, n'est-ce pas? Et, entends-tu le murmure?

– Attends, je vais couper les rotors.

Notre barquette ne fait plus que glisser sur un océan magique. Effectivement, le vent se faufile entre les longues tiges des fleurs en produisant des sons flûtés. Les variations sont si harmonieuses, et si modulées qu'on croirait écouter un immense cœur de milliers de voix d'enfants, une mélopée chuchotée d'un bout à l'autre de cette large vallée.

D'autres rythmes et effets s'ajoutent à cette symphonie. Des myriades d'insectes stridulent tout en butinant : mouches, abeilles et coléoptères de toutes sortes. Par moment, quelques centaines de corolles font mine de perdre leurs pétales dans le vent. Mais ce sont, en réalité, des nuées de papillons, dont les ailes ont emprunté des teintes identiques à celles de leurs hôtesses, qui migrent de fleur en fleur.

– Bigre! Faramineux, extatique... presque une vision de l'impossible!

– Oui. Toutefois, n'oublie pas de bifurquer de trente degrés plus au nord. L'idée reste, malgré tout, de rejoindre notre fille.

Les hélices recouvrent leur léger ronflement. En pivotant, le dirigeable prend le vent par le travers, depuis bâbord. En un instant, les effluves chargés de pollen envahissent le pont.

– Oh, Tani! Ce parfum envoûtant est bien plus qu'une subtile fragrance, il est comme une musique qui résonne, à l'unisson des chants fééeriques, jusqu'à un cœur qu'on emballerait dans la plus douce et fine soie.

– Ah, Octa. Je reconnais bien là cette sensibilité qui te caractérise!

– Ce qui ne nous empêche pas d'être couverts de poudre : nous sommes jaunes!

–... Et tout ce qui se trouve sur le pont aussi... alors que nous sommes tenus de rendre le véhicule dans le même état de propreté qu'au départ. Ça ne se fera pas tout seul!

– Aïe! Encore du boulot, diantre!

Tani lâche le bastingage pour me rejoindre aux commandes. Posant sa main sur la mienne, elle se penche contre moi, lèvres tendues. J'y réponds en miroir. Ma reine a un goût supplémentaire de fleur. Un délice qui s'ajoute aux délices.

À regret, je me décolle de ma dulcinée, pour me concentrer sur le tracé de vol.

– Excuse-moi, ma douce, mais les barquettes n'ont pas de pilotage automatique. Nous devons calmer nos ardeurs. En contemplant cette étendue, je me demande si Zin' a déjà donné un nom à cette région : Champlys, Chantdélice, Chandlys, Chantelys, ou quelque chose dans le style.

Tani ne s'écarte qu'à peine, et tout en laissant ses doigts caressants s'entrecroiser avec mes phalanges, elle me répond avec un brin de fierté dans la voix :

– Aucune idée, la connaissant cela ne saurait tarder, on peut lui faire confiance!

– Regarde, droit devant, ce chantier qu'on distingue sur le flan serait-il celui de notre princesse?

– Oui! La retrouver n'est plus qu'une question de minutes d'horloge!

* * *

Octa, Cycle 149, Lune 4, jour 11, au soir

Zin', comme tous les Villageois, conçoit son nouvel habitat sur des techniques qu'elle recherche et veut expérimenter par elle-même.

Elle s'inspire d'études d'avant la Grande Destruction. Notamment, pour les parois donnant sur l'intérieur de la maison, elle perfectionne le principe des briques à base d'argile en y incorporant des tubes de roseau. Elles sont légères, solides et rapidement disponibles à l'usage grâce à la cuisson dans un four solaire muni d'un tapi roulant. Les murs extérieurs sont des éléments emboîtables. Le matériau est composite. Nos ancêtres ont laissé des mégatonnes d'objets polluants et non biodégradables. Zin' a eu l'idée de les faire déchiqueter et compresser dans des moules chauffants. Un enrobage de bioplastique retient toute nocivité et garantit des surfaces parfaitement étanches. Les plafonds sont allégés par leurs formes en ogive, améliorant ainsi les contraintes. La construction s'appuie sur une structure d'osier vanné. Les branchages et ramifications, de diverses sections, resteront visibles à travers l'enduit d'argile. Incontestablement, l'assemblage est ingénieux, tout en étant souple et isolant. Le résultat final, je n'en doute pas, sera en même temps solide et harmonieux. Il fera bon y vivre.

À notre arrivée, notre princesse s'est empressée de nous présenter la fille et les deux gars qui lui prêtent main-forte, avant de nous faire faire le tour de son lieu.

Bigre, que je suis fier de ma puce!

Car ce n'est pas tout. Non contente d'être une artisane hors pair, elle fait preuve de génie en matière d'ingénierie!

Zin' fait les trajets, entre le Village et ici, avec son propre prototype d'avion allégé. C'est un hybride entre un monomoteur à hélice copié sur de vieux plans d'Avant et les derniers modèles de dirigeables. Les ailes et plusieurs éléments du fuselage sont creux et remplis d'hélium. Ceci permet de voler à haute altitude, à grande vitesse tout en étant propulsé par énergie solaire.

Pendant notre repas du soir, dans la partie abritée et déjà habitable du chantier, Tani et moi avons littéralement bombardé notre fille de questions. Notamment, au sujet des piles d'un étrange mélange de papier et de plastique, coupé en petits rectangles illustrés de même dimension, qu'elle a stocké sous un avant-toit.

La réponse est venue de Kossan', un jeune homme fort sympathique qui semble particulièrement disposé à donner des coups de main à notre demoiselle. Ce garçon nous explique que lors d'une expédition d'exploration et de récupération, Zin' et lui ont découvert ces mystérieuses étiquettes dans le sous-sol d'un imposant bâtiment. Selon Kossan' la ville en ruine devait être ancienne, même au regard de nos ancêtres, avec son architecture construite sur de la grosse pierre taillée. Les énigmatiques rectangles, comportant des chiffres identiques sur leurs deux faces, étaient rangés par palette, emballés par paquets de mille dans une fine feuille de plastique, comme s'il s'agissait *de briquettes.*

Comme la matière semble imputrescible, c'est parfois sous cette forme, mais posés sur la tranche des liasses, qu'on les recycle. Le résultat final est très solide.

Joli, le système D, et toujours au goût du jour!

Les premiers survivants ont immédiatement compris l'importance vitale de la débrouillardise. De toute évidence, les générations suivantes ont su non seulement garder cette compétence, mais ils l'ont encore développée et affinée, jusqu'au génie. Les restes de l'humanité auraient pu pourrir sur les montagnes de déchets laissées par les ancêtres. Mais il y avait mieux à en faire, il y a eu récupération, et même réparation, transformation et ajustement, dans tous les domaines. C'est cette capacité d'exécuter correctement un "bricolage" qui détermine le succès d'une opération. Nous nous sommes adaptés. Grâce au Tigre, nous avons évolué au lieu de végéter.

Que n'avons-nous pas redécouvert dans les vieux bouts de papier journal qu'il nous a légués?

Mon regard se porte au début de ma présente note dans mon carnet : Cycle 149... Bigre! Fichtre! Diantre!

Zin' a presque dix-sept Cycles!

Octa, Cycle 149, Lune 4, jour 19, au zénith

Comme Zin' nous l'a suggéré, Tani a pris le départ en direction du Sud-Est pour entamer une boucle et approcher la mystérieuse Cité Noire. Selon ses observations, une immense colonie de corbeaux a investi les restes de deux structures squelettiques d'anciennes tours encore dressées parmi les ruines d'une ville fantôme. Par prudence, le dirigeable est maintenu en suspension à environ un kilomètre. Une distance suffisante pour étudier les activités des volatiles, sans provoquer une attaque en piqué de leur part. Notre fille avait failli faire les frais de sa curiosité, lors de sa première visite des lieux. Elle n'a dû son salut qu'au fait d'être aux commandes de son avion, plutôt qu'à celles d'un appareil conventionnel. La vitesse de l'engin lui ayant permis de s'enfuir rapidement, et d'échapper à un assaut massif des gardiens de nids.

On peut s'imaginer la détresse endurée, en cas de naufrage dans une région comme celle-ci!

D'où nous étions stationnés, et grâce à la clémence des vents, l'efficacité de nos longues vues a largement suffi à constater l'habileté et l'intelligence dont font preuve les corbeaux dans cette région. De leurs becs et pattes, ces oiseaux ont recréé une structure incroyablement complexe. Manifestement en connaissance de cause, les matériaux choisis, principalement des métaux sous forme de filaments, sont tressés avec précision et de telle manière à protéger l'habitat de tout prédateur. Des pointes hérissées empêchent fouines et rats de grimper depuis le sol, et des chicanes et autres clapets doivent décourager plus d'un rapace à tenter de s'attaquer aux œufs, ou aux petits.

Le tout est organisé de façon ingénieuse.

Les corbeaux nous ont laissés les observer assez longtemps avant de réagir à notre présence. Prévenus par Zin', nous avons décampé dès qu'un groupe d'oiseaux s'est mis en vol dans notre direction.

Sur le trajet du retour au Village, Tani et moi prenions des notes, tout en discutant des conséquences des bouleversements que nos ancêtres ont provoqués dans l'évolution des êtres qui ont survécu sur Terre.

Diagnostic

Tani vient de sortir. Arnarii est passée la cueillir pour continuer quelques expériences en cours, au laboratoire de chimie.

Encore installé devant les reliefs du déjeuner, j'hésite à me couler un bain d'écorces de saule, ou à me forcer à mettre le nez dehors.

Heureusement pour moi, mon choix change de nature quand je vois arriver un vieil ami.

– Salut Tigre! Tu reviens du Sud. Comment vont les Verts et leurs souveraines? Viens, assieds-toi est raconte-moi.

Il tire sa chaise dans un de ses gestes si humains, et dont je ne me blaserai jamais, alors que je devrais y être tellement habitué.

– Bonjour, Octa. Les deux reines m'ont demandé de te transmettre leurs chaleureuses pensées, et leur peuple se porte comme un charme.

– Merci. Et comment ont-ils réagi à tes révélations?

– Avant qu'ils ne puissent m'écouter, il a fallu tempérer leur fascination à mon égard. À peine arrivé sur place, je me suis retrouvé au centre de leur attention. Ils me regardaient tous avec d'immenses yeux. Certaines et certains, comme s'il fallait du courage pour cela, venaient me toucher. Leurs visages exprimaient de la crainte, pour les uns, ou de la perplexité pour d'autres.

– Fichtre! Bien sûr, tu es le premier, le seul androïde que les Verts n'aient jamais rencontré. On les avait prévenus. Il est probable qu'ils ne s'attendaient pas à voir le robot le plus humanoïde de notre système solaire!

– Je crois qu'il a fallu plus d'un quart de journée, pour que les manifestations émotionnelles retournent à un taux équilibré. Et encore, cela aurait pu durer davantage si les reines n'étaient pas venues calmer tout ce beau monde!

Quoi qu'il en soit, je leur ai fait part de mes découvertes.

Dès le début des explications, quand ils ont appris que les papillodards ne sont pas d'origine naturelle, leur attitude a changé du tout au tout. Ils sont restés suspendus à mes lèvres. Ils en ont oublié mes caractéristiques artificielles, et n'ont pu quitter leur état tétanisé que longtemps après la fin de mon exposé.

Le fait que leurs fameux papillons jaunes aient été créés dans le seul but de tuer, que leurs larves étaient, à l'origine, des armes biologiques semées sur de vastes étendues forestières, les a totalement dégoûtés. Actuellement, les Verts ont non seulement cessé d'en consommer, mais ont entrepris de grandes battues pour éradiquer toute trace de papillodards...

– Bigre, ils ne vont pas manquer de boulot!

– Oh! Bien qu'ils détestent s'attaquer à des animaux quand il ne s'agit pas d'une pure nécessité nutritive, ils s'y attellent avec le sentiment de le faire pour la nature elle-même. D'ailleurs, les Verts se sont mis, depuis plusieurs Cycles, à la culture des mêmes larves dont nous tirons nos protéines. Non seulement ils n'en manqueront pas, mais en plus, d'après les témoignages récoltés dans leur population, les Verts adorent nos galettes!

– À propos de galettes, continue ton récit pendant que je fais un poil de rangement.

Mais, en me levant, mes articulations se manifestent méchamment. Le Tigre, devenu silencieux, m'observe attentivement.

– Octa, ta grimace trahit une forme de douleur passablement aiguë. Qu'y a-t-il? Tu t'es blessé, ou démis quelque chose?

– Ah! Non, en fait cela fait depuis quelques Lunes que mes os me font de plus en plus mal. C'est contrariant! Il faudrait que je prenne le temps de m'ausculter. C'est souvent quand tout est calme et semble se dérouler comme écrit sur une partition idéale que des ennuis s'annoncent au portillon! Dans l'immédiat, si cela ne te dérange pas, je vais opter pour un bain de saule. Il ne s'agit, probablement de rien de plus que les effets de l'entropie propre à ma nature humaine.

– Oui, vous êtes bien délicats, vous autres!

– Bigre! Serait-ce une tentative d'humour?

– Je m'efforce de l'imiter au mieux. Tu vois, je parviens même à grimacer un sourire adéquat et susceptible de faire croire que j'en serais capable.

– Ha! Ha! Et tu réussis bel et bien à être drôle!

– Octa, je me propose de te faire quelques tests; les plus élémentaires immédiatement. Je prélève quelques échantillons, pour vérifier le reste ces prochains jours. Dès cette nuit, je passerai au labo.

– S'il te plaît, vas-y quand Tani ne s'y trouve pas. Il ne faudrait pas qu'elle s'inquiète pour rien.

L'androïde, sans tarder, me soulève et m'allonge directement sur la table à manger. Je ne proteste pas. Il est préférable qu'il en ait fini au plus vite, et que j'aie terminé mon bain de saule avant le retour de Tani.

Pendant que le Tigre s'active, mes pensées s'envolent. Elles prennent de l'altitude, et, comme si je scrutais un paysage depuis un satellite géostationnaire, je regarde une carte du temps qui s'est écoulé depuis mon enfance.

Toutes les bases philosophiques sur lesquelles repose la sophocratie me reviennent à l'esprit. Qu'en est-il de la capacité de chaque individu à se passer d'autrui? Énormément de domaines sont maintenant connus. Comment éviter que les gens ne se spécialisent trop ? Il est essentiel que chacune et chacun garde un minimum de compétences, pour son autonomie, et son aptitude à l'autarcie. La débrouillardise est un pilier de la renaissance de l'humain. Bien sûr, toute personne a des prédispositions naturelles et des préférences dans ses occupations. Or, actuellement, la conjoncture pourrait influencer les usages, voire les dénaturer. Il est important de ne pas retomber dans les écueils du passé. Recréer des castes de spécialistes peut devenir le vivier dans lequel une identification collectiviste pourrait insidieusement se développer. La perte de la reconnaissance de la valeur unique de l'Individu a mené une société à sa déliquescence. On ne peut rien construire de solide avec des personnes qui ignorent ce qu'ils sont.

Le Tigre m'extirpe de mes pensées.

– Voilà, Octa. Comme tu t'es endormi pendant l'examen, j'ai pris la liberté de préparer ton bain d'écorces de saule. Je te laisse à tes ablutions et reviendrai demain avec les résultats.

Le temps de tourner la tête vers la salle d'eau, et de remarquer la fragrance caractéristique embaumant l'air, que mon ami a disparu !

Dire que certains souvenirs qui habitent ses neurones artificiels ont plus de trois cents Cycles! Tout en me glissant dans la baignoire remplie du liquide bienfaisant, rougi par l'aubier de saule, je songe aux soins que le Tigre m'a prodigués. Pour lui, c'est une évidence, un réflexe conditionné. Son original ne pouvait pas supporter l'idée d'être malade, ni même de mourir! Ses contemporains prolongeaient tous exagérément leur vie, par peur de la finitude naturelle inhérente à l'existence. Mais, l'ancien maître du Manoir avait poussé le bouchon à son paroxysme! Bien qu'actuellement le risque de surpopulation soit nul, personne ne voit l'utilité d'absolument vouloir viser la longévité!

Comme tout autre, j'accepterai de disparaître quand l'échéance sera venue.

Étendu dans la tiédeur de mon bain, je ne sens pas le temps s'écouler... J'entends la porte d'entrée s'ouvrir. Tani est déjà de retour.

– Mmh, ça sent bon ici! Salut Octa. Je constate que tu prends tes aises. Et tu n'as même pas préparé un souper?

Au son de sa voix, je perçois le ton humoristique. Je sais qu'il n'y a pas lieu de culpabiliser. Toutefois, la dynamique de couple qui nous caractérise me pousse à participer à la saynète :

– Diantre et fichtre! C'est terrible et impardonnable... d'avoir oublié que tu rentrerais à la maison.

– Grr! Attention, j'arrive et vais être obligée de te donner une punition.

Aux sons d'une succession de plusieurs morceaux de tissu tombant sur le sol du salon, tout doute est exclu : je vais apprécier sa correction!

La porte de la salle d'eau s'ouvre sur une reine splendidement nue, confirmant ma (hum!) légendaire intuition. Dans une éclaboussure, et à la vitesse de l'éclair, nous voici à deux dans la baignoire. Ce qui suit me fait oublier, plus que les essences de saule, toute douleur articulaire.

* * *

Ce matin, je me réveille avec mon nez dans les cheveux. Tani et moi, emboîtés en chien de fusil, nous comportons souvent comme si nous étions encore de jeunes ados. Il est probable que ce soit un facteur déterminant de la longévité de notre relation amoureuse. J'adore sentir son corps tout contre le mien, et cela ne reste pas sans effets secondaires : je dois me retenir de ne pas frétiller au point de déranger son sommeil. Un autre phénomène doit influencer l'harmonie. Nous avons beaucoup évolué, à notre manière, mais nous avons eu la chance qu'un excellent parallélisme ait pu y survivre. C'est très particulier. Contrairement aux habitudes de nos ancêtres, nous ne sommes pas ensemble par peur de la solitude ni par un subtil empilement de concessions. Nos caractères sont trop forts pour imaginer un mode de cohabitation si limité.

Quoi qu'il en soit, et malgré une nuit légèrement écourtée, nous avons bien dormi. Le gain de repos n'est pas un luxe, surtout avec l'accumulation de tâches qui attendent nos bons services.

Je tente une sortie de dessous de duvet discrète, mais Tani a des antennes. À demi réveillée, et avec une élocution d'outre-rêves, elle s'exclame :

– Oh! Oh! Oh! Mon petit, où vas-tu comme ça?

En moins d'une seconde, la voici rivée à mes épaules, son menton jouant au crochet d'arrimage dans le creux de ma clavicule gauche.

– Bigre! Ma reine et ses réflexes de félin aux aguets... Si tu es d'accord, je vais nous préparer le p'tit déj. As-tu l'intention de retourner au labo de chimie? Parce que moi, je vais rejoindre le Tigre d'Acier au sous-sol du Manoir.

– Vous allez faire des recherches dans les piles de coupures de journaux?

– Oui. Tu sais, il est vraiment décidé à retrouver des traces du langage intergalacte, parmi les tonnes de papier non trié. En ce qui me concerne, c'est un prétexte pour replonger dans l'ambiance si particulière que dégagent ces vieux documents. Voudrais-tu venir?

– J'aimerais bien, mais avec Arnarii, nous sommes sur le point de compléter une expérience.

À vrai dire, j'espérais qu'elle refuse ma proposition. Comment le Tigre aurait-il pu me communiquer les résultats de ses analyses en toute tranquillité et en présence de Tani? Je préfère être sûr que les nouvelles soient bonnes, avant même que ma reine ne connaisse mes chicaneries articulaires.

* * *

Le Tigre a beau ne pas pouvoir ressentir d'émotion, il n'en demeure pas moins un fin diplomate, capable de reconnaître les événements qui méritent de la discrétion, ainsi que les précautions d'usage selon les occasions.

Nous nous trouvons suffisamment à l'écart des archivistes du Manoir, pour discuter de mon état de santé. À ce propos, je n'aime pas du tout la mine trop neutre qu'arbore mon ami androïde. Et la douceur étrange qu'il donne à sa voix me donne froid dans le dos :

– Mon cher Octa, j'ai donc minutieusement analysé les divers échantillons. Par conséquent, je suis en mesure de te livrer un diagnostic assez précis.

– Fichtre! Tigre, vas-y, tu m'inquiètes là!

– Justement, c'est ce que je voudrais éviter. D'abord, il faut savoir que tu n'es que dans la première phase; celle des douleurs localisées dans les articulations. En fait, mes observations confirment le développement d'ostéosarcomes; une forme de cancer assez particulière. En principe, les tiraillements ont dû apparaître en premier dans les deux genoux. J'ai discrètement commencé la fabrication des médicaments, principalement hormonaux, pour un traitement partiel. D'ici une dizaine de jours, nous ferons un contrôle. Par la suite, il faudra vérifier dans quelle mesure les équipements médicaux du Manoir et de la station pourraient servir aux soins nécessaires.

– Hum! En d'autres termes, ça se présente mal. J'avais soupçonné qu'il pourrait s'agir d'une forme de cancer de l'os, mais j'espérais passer à côté! Il faut que je réfléchisse à la suite. Comment annoncer ceci à Tani, Zin', et aux autres?

– J'imagine qu'avec le facteur émotionnel lié à la nature humaine, ça ne va pas être une tâche facile. Dans ce domaine, je ne te serai d'aucune aide. Par contre, du fait des souvenirs de mon original, et sachant que tu en auras besoin, tu peux compter sur mon infatigabilité. Je suis sûr que le Tigre de Papier aurait, lui aussi, tout fait pour te soigner.

– À propos d'émotionnel : il faut que je me change les idées! Viens, fouillons donc dans ces tas de vieux journaux, et tâchons d'y découvrir quelques renseignements sérieux, au milieu des boisseaux d'affabulations. Mes ancêtres d'avant la Grande Destruction avaient une malheureuse propension à créer de fausses nouvelles.

– C'est un de leurs traits caractéristiques : absolument vouloir se valoriser aux yeux d'autrui. Cela ressort très clairement, déjà après une analyse sommaire. Mathématiquement, il est presque miraculeux que l'humanité ne se soit pas autodétruite plus tôt.

Penché sur les articles défraîchis, concentré à trouver des allusions aux extraterrestres en visite sur notre planète, le reste de la journée s'enfonce profondément dans la soirée.

Il fait nuit, au moment d'arriver enfin chez moi. J'y retrouve Tani, assise à table, silencieuse, et tête baissée. Quand elle lève les yeux, c'est le choc : ma reine, les traits tirés, fait visiblement un immense effort pour retenir ses larmes.

Inquiet, je m'élance pour lui demander ce qui ne va pas, pour la consoler. Mais elle se redresse comme un ressort, envoyant valser sa chaise derrière elle. En un bref instant, sa physionomie change du tout au tout. Tani me fait peur, je l'avoue, tellement toute trace de tendresse a cédé la place à une fureur indescriptible. Elle se penche vers moi et hurle :

– POURQUOI? Pourquoi, Octa, m'as-tu caché cela? Comment as-tu pu ne rien me dire?

Elle ne va pas plus loin. Ses épaules s'affaissent. Tani va se noyer dans ses sanglots. Elle pourrait tomber. Je me précipite. Elle ne refuse pas mes bras. Sa crise de rage semble n'avoir jamais existé.

– Tani, de quoi parles-tu? Que se passe-t-il? Qu'ai-je fait de mal?

Ma compagne, d'ordinaire solide comme un roc, en presque toute circonstance, fond en larmes et ne parvient qu'à peine à articuler :

–... Maladie... Ta maladie... Enna a vu le Tigre faire des analyses... subrepticement et par hasard, elle a découvert que ces tests te concernaient...

– Oui, mon amour, oui, c'est vrai! Mais il n'y a pas à s'en inquiéter, pour l'instant. Le Tigre et moi allons trouver un moyen de me soigner, tu sais, l'échéance fatale n'est pas pour demain. Calme-toi, ma reine, il reste encore du temps et de beaux jours devant nous. Il n'y a pas de quoi immédiatement sombrer dans le désespoir.

Tani me serre plus fort, puis relâche un peu la pression pour planter son regard dans le mien.
– Mais c'est douloureux, n'est-ce pas? Et tu ne m'as rien dit. Est-ce la raison de tes bains de saule toujours plus fréquents? Depuis quand souffres-tu?

Pendant ce dialogue, et malgré sa tournure dramatique, je dévore Tani des yeux. Fine et souple comme une liane, chez elle, chacun de ses gestes est une danse. Des orteils aux cheveux, et jusqu'aux bouts de ses doigts, elle bouge, elle ondule avec une grâce infinie. Ceux qui ne la connaissent pas pourraient la croire fragile et sans défense. Il n'en est rien. Au corps à corps, elle me bat à plate couture. Pourtant, je suis en train de la briser de l'intérieur, avec ma maladie. Cela me rend triste de la rendre triste. Je dois réagir. Il faut qu'elle puisse retrouver sa sérénité.

Pour cela, je dois commencer par la mienne.
– Ma douce reine, tu sais comme moi à quel point l'existence, comme tout ce que nous y faisons, est éphémère et passagère. Les individus les plus heureux sont ceux qui l'acceptent. Oui, j'ai quelques douleurs, mais en regardant les étoiles, je ne peux que relativiser mes petits bobos. Ce qui me désole le plus reste le chagrin que je peux provoquer autour de moi, à mes proches, à toi et Zin'. C'est la raison pour laquelle il n'est pas utile de dramatiser, ni maintenant ni par la suite. Chacune et Chacun porte son propre fardeau, ses joies et ses peines. Les survivants reconnaissent leur responsabilité en matière de bonheur. Nous sommes tous des êtres autonomes et autarciques, et nous nous respectons et nous aimons d'autant plus pour cela.

Tani, devenue très pâle, m'interrompt. Sa voix tremblante trahit son chagrin:
– Mais, Octa, je suis une fille de la Station. Tu sais bien que les Gris de ma génération n'ont pas été imprégnés de la même philosophie que les habitants du Village. Ma dépendance envers un groupe a bel et bien diminué, mais celle à notre couple est immense!

Contre mon large thorax, Tani semble avoir rétréci. Elle s'y est blottie, secouée par les sanglots.

Je tente de la rassurer.

– L'essentiel demeure que chaque individu puise tout le bonheur disponible durant sa vie. Rien ne peut exister "pour toujours". Nous le savons tous. Mais nous pouvons profiter d'être le plus comblé possible à chaque instant. À ce propos, concernant la proximité de ma mort, elle n'est pas à prévoir tout prochainement. Il reste sûrement encore quelques Cycles, avant que la maladie ne prenne vraiment le dessus. Aussi, il est inutile de trop inquiéter Zin' avec cette situation. Notre fille a déjà bien assez à faire avec la réorganisation de sa propre vie. De plus, elle est également consciente de la finitude de toute existence...

– Tu es trop "bigre" avec ta philosophie... J'aimerais pouvoir en faire autant!

Tani grimace un sourire du mieux qu'elle peut.

– Oh! Une tentative d'humour. Voici qui est bon signe!

Nous nous embrassons.

Depuis notre balade parmi les étoiles, nombreux sont celles et ceux qui ont goûté à l'expérimentation directe de la relativité. Tani en était, et je n'ai aucun doute que cela l'aidera à traverser bien des épreuves.

Le silence qui suit n'est qu'apparent. En réalité, un maelström de cogitations hurle dans nos deux crânes! Autant interrompre le cours de nos pensées.

– Ma reine, tu es une femme splendide. De toute évidence, ce ne sont pas les amoureux qui pourraient te manquer. Psst! Ne dis rien. Que ce soit parmi tes collègues, Grises et Gris, dans la station, dans le Manoir, au Village ou partout ailleurs, j'ai l'occasion d'observer des dizaines de regards qui se posent sur toi avec beaucoup de tendresse. Tu n'aurais qu'à claquer des doigts pour t'entourer d'une cour de prétendants assidus et dévoués.

– Octa, tu exagères! Non?

J'entraîne Tani au salon. Nous nous assoyons sur le canapé.

– Pas du tout ma douce reine. Je t'évoque ce fait, parce que je souhaite que tu continues à profiter de ton existence, de ta beauté et de ton si joli corps. J'aimerais que tu acceptes d'être heureuse, avec ou sans moi. Tu comprends?

Avant la Grande Destruction, nos ancêtres avaient une étrange attitude, dans des cas comme le nôtre. Les gens croyaient qu'on ne pouvait, ou devait être lié sa vie entière qu'à une seule personne en toute exclusivité, parfois y compris après la mort de son partenaire. L'idée était très répandue. Dans certaines populations, on était obligé de rester avec quelqu'un même si l'on ne l'aimait pas, voire qu'on la haïssait.

Tu connais ma sensibilité, et je connais la tienne. Nos cœurs sont grands, et, sans avoir été infidèles, nous nous sommes autorisés à flasher sur de charmantes personnes, de-ci, de-là. Cela n'a jamais eu de conséquences autres que de s'assurer du bon fonctionnement de nos sentiments. Nous savons les deux que l'amour ne diminue pas forcément quand on aime au pluriel. Au contraire, ne pas se sentir prisonnier ne peut qu'enrichir une relation.

Si nous sommes restés ensemble, ça n'a rien à voir avec une fixation névrotique.

J'aime t'aimer Tani. Tu combles mes rêves, parce que je peux continuer à te regarder comme un être merveilleux, une fée, une femme inoubliable. Le fait que tu sois là, que tu existes près de moi est un miracle en soi.

Quand tu es arrivée la première fois au Village, que tu as passé le portail gardé, j'ai d'abord pensé que tu ne pouvais pas être réelle. Tu ressemblais beaucoup trop à l'image de la fille parfaite que je m'étais inventée dans le secret de ma petite tête. Ta matérialisation tenait de l'impossible!

Avec l'évocation d'une échéance, et bien que la mort soit, dès la naissance, notre compagne de chaque instant, je réalise la richesse que représente la gratitude. J'en ressens envers toi, envers la permission de vivre mes sentiments, et envers le fait que je puisse exister pour m'en rendre compte.

Tani s'est blottie contre mon flan, ses cheveux cendrés me couvrent l'épaule gauche, et sa tête s'insère parfaitement au creux de mon cou. Je parviens juste, en louchant un peu, à voir que son regard est détendu. Elle a un charme fou.

Nous restons un moment ainsi, avant de monter à notre chambre.

Générations

Octa, Cycle 149, Lune 7, jour 8, au soir

Cet après-midi, je suis allé m'asseoir sur "mon" tuyau, près du réservoir, après avoir modifié les vannes d'écoulement. Avec ces jours splendides qui se succèdent, la douceur du climat, le soleil et l'absence d'averses, depuis une Demi-Lune, il fallait abreuver les cultures. Depuis la colline, je vois clairement le fanion de la serre principale. Quand le niveau d'eau est correct, la jauge actionne un pivot et le drapeau jaune se dresse à la verticale. Dès lors, on sait que tous les panneaux d'irrigation accomplissent leur tâche, et que fruits et légumes peuvent étancher leur soif.

Comme chaque fois qu'il m'arrive de m'arrêter à ce poste d'observation idéal, je profite de philosopher un brin, et de refaire un petit bilan de mon existence. En l'absence de miroir, on ne peut se fier qu'à ses impressions. Toutefois, mes zygomatiques me signalent que j'arbore un large sourire. Bigre! Ne serait-ce que les anecdotes marrantes qui défilent en cascade dans mes souvenirs ? Tiens, comme cette discussion d'hier, au soir, à propos de notre araignée Mars et de ses habitudes et attitudes. Nous en avons disserté sur le ton de la plaisanterie, au début, pour terminer notre échange sur des considérations profondément philosophiques. Il a même été question de la progéniture octopode de notre locataire, et de tous nos amis, épatés par l'efficacité en matière d'antimoustiques et enthousiasmés à l'idée d'adopter une faune arachnéenne! Je repense à ma relation avec Tani, pourtant si exclusive. Il est vrai que ni l'un ni l'autre ne se sent tenu à qui que ce soit. Au contraire, c'est notre liberté d'aimer qui nous maintient. Quelle serait la motivation de rester avec une personne non désirée? Comment pourrais-je vivre avec une femme qui se sacrifierait pour se contenter d'un compagnon qu'elle serait seule à pouvoir apprécier? Voici qui serait bien trop dégradant pour elle, il me semble. Heureusement, les cœurs ont grandi après la Grande Destruction! Comment faisaient nos ancêtres, à se balader partout avec leur carcan de principes rigides?

L'existence est bien trop courte pour ne la mesurer que par le nombre de Cycles qu'on y passe. Ce qui compte n'est pas le temps, mais tout ce qu'on y vit. Là, tout prend son sens! Par exemple, j'en viens régulièrement à m'étonner d'avoir atteint l'âge que j'ai et d'être le père d'une merveilleuse fille.

En spéculant un peu sur le futur, il se pourrait même que Tani et moi devenions grands-parents. Ça ne pourrait être qu'une affaire de quelques Cycles! D'ailleurs, comme pour nous entraîner à cette fonction, avec ma reine, nous passons souvent quelques jours à Chanlys, chez Zin', pour profiter de sa compagnie, la remplacer dans les tâches journalières, ou aux soins du jardin. Zin' se rend régulièrement à la Station, ou en train de bricoler en plein espace. Il ne faut pas oublier que notre princesse est née en orbite. C'est sa nature! Sa maison de Chanlys est un pied-à-terre, au propre comme au figuré, une ancre pour une voyageuse invétérée.

Cependant, tout cela n'est qu'un début. J'ignore comment ma fille s'y prendra, mais elle réfléchit déjà à la manière de nous mettre un nouvel enfant dans les bras... le sien! Oh! Pas tout de suite, la connaissant, elle saura parfaitement organiser sa spontanéité... maligne comme elle est. Ni moi ni Tani ne nous en plaindrons. Il doit être formidable d'expérimenter cette immense découverte, cette joie très particulière, celle de tenir, lové sur l'épaule, et de choyer l'enfant de son enfant!

C'est un type d'amour tout à fait inédit et comparable avec aucun autre.

Cela me fait penser à mes histoires sentimentales et, par ricochet, à celles de mes proches. À ce propos, qu'advient-il de Tikal, avec ses peines de cœur ? Comment Lorlo vit-il son existence en compagnie de sa gynoïde? Lorlo est le premier mâle du Village à avoir fait ce choix. Va-t-il servir d'exemple pour d'autres? Il est vrai que vouloir de la compagnie, tout en refusant de déranger une personne de chair, d'os et d'émotions, dans son cas, n'est pas si bête. Il faudra peut-être que j'y réfléchisse aussi. Tani est encore jeune, resplendissante, alors que moi, je risque bien de devenir un boulet à sa cheville d'ici une poignée de Cycles, ou de Lunes. Et ces fichues douleurs qui reviennent par vagues...

Ah! Quand on pense à la louve... J'interromps mon scribouillage intempestif, pose mes notes de côté et l'accueille comme il se doit!

– Salut ma Reine adorée! Le souper est prêt, mais, avant de nous mettre à table, je t'ai préparé une minuscule surprise.

Tani me gratifie de son merveilleux sourire et se laisse tendrement prendre par la taille. Je l'attire jusqu'au canapé, sur lequel, terrassée par mon baiser, elle s'installe.

J'attrape ma guitare et pince trois cordes :

– Voici "Un Chant pour Tani".

162

Avec ton regard d'argent

Tes cheveux de cendres

Et ton corps désarmant

Un sourire qui me déchire

Tant est fort le délire

Dès que je t'ai vu venir

Reine venue d'ailleurs

Au sourire si tendre

Comme un rêve impossible

Sans pouvoir y croire

Je suis devenu ta cible

Échappée d'un conte

Souveraine des fées

Es-tu vraiment réalité?

Un songe cristallisé

Désespoir effacé

Craintes disparues

Si la perfection existe

Elle est Toi incarnée

Ta main tendue

J'aimerais tenir

Me remplir d'espoir

En tes yeux de miroir

M'envoler, partir

Être là, subjugué

De te voir exister

À la fin de la chanson, ma guitare retrouve son trépied.

– Bigre! Le temps passe et tu dois avoir faim d'autre chose que de belles paroles.

Mais pour toute réponse, ma douce reste là, assise. Elle arbore juste un petit sourire, un peu triste, mais rempli de ce charme qui caractérise ma reine. Je sais que je ne dois rien dire, rien ajouter.

Sans attendre, je m'active à nous servir.

À cette époque du Cycle, les jardins regorgent de trésors et cette abondance se manifeste parfaitement par le contenu varié d'assiettes joliment garnies.

Tani, je l'oublie souvent, a appris à se maîtriser. Pour être devenue lieutenant, dans la Station, il lui a fallu passer nombre de tests et de multiples jours d'entraînement. Elle a vécu longtemps dans un régime militaire, qui lui a enseigné comment faire face à des situations de combat.

Aussi, ce n'est qu'à peine étonné de la voir, malgré les tristes nouvelles, reprendre des couleurs, et même plaisanter :

– Ouh, là, là! Quelle assiette! Me trouverais-tu trop mince? Faut-il que je me méfie des femmes opulentes qui pourraient te faire tourner la tête?

Joues gonflées, bras écartés pour mimer l'obésité, je baragouine :

– Peut-f'être... Peut-f'être, ma f'érie. F'ait-on v'amais!

* * *

Pendant que Tani est occupée à ses ablutions du soir, je termine de ranger la vaisselle tout en riant sous cape en repensant aux traits d'humour partagés pendant le repas.

Bigre, que j'ai envie d'elle! J'espère que la journée ne l'aura pas trop éreintée...

Mon inquiétude est vite balayée quand je vois Tani ressortir de la salle d'eau, avec, posée sur ses délicieuses épaules, la blouse la plus transparente de sa garde-robe, assortie à la moue la plus aguicheuse qu'il m'a été donné de contempler de toute mon existence.

Nous voici à peine couchés, que nos lèvres entreprennent une chorégraphie exploratrice aussi minutieuse qu'explosive.

Dans un bref moment de répit, je souffle à l'oreille de ma fée :

– Oh, Tani! Tes yeux d'argent s'accordent si bien aux cendres de tes cheveux! Comme il est improbable qu'une Dulcinée ait pu s'évader de son règne de rêve, pour devenir réalité dans un monde matériel.

– Octa... n'exagères-tu pas un peu? Quand je me regarde dans la glace, le matin, je n'y vois aucune "dulcinée", mais qu'une simple femme avec une tête de déterrée. Enfin, je préfère que tu me sublimes de cette manière, plutôt que me prendre comme une vieille rombière qu'il faut supporter!

Tani n'a pas le temps de poursuivre sa diatribe. De ma position couchée à côté d'elle, je roule sur la hanche et me retrouve rapidement sur elle.

– En effet, ma reine, il te manque tes réflexes de lieutenant de la Base Orbitale. Sûrement les premiers signes de ton grand âge : te voilà prisonnière! Mais, rassure-toi, tu as beau être sous moi, tu n'as rien d'une carpette plissée ni d'une fleur fanée... et je vais te croqu... Eh!

Comment a-t-elle fait ça? La voici déjà assise sur mon ventre. Il ne lui a pas fallu une seconde pour me redominer.

– Bigre! Tu n'as pas tellement perdu tes réflexes de combattante, après tout.

– Et tu vas voir, l'âge n'empêche pas certaines activités!

Nous ne sommes plus aussi vigousses qu'il y a quelques Cycles, mais nous nous en sortons encore pas trop mal avec notre libido...

Quelques minutes plus tard, de nouveau couverte de notre drap, Tani me dévisage, appuyée sur un coude.

– Dis-moi, Octa, n'as-tu jamais songé qu'on aurait pu se séparer?

– J'ai fichtrement déjà eu peur que tu me quittes, oui, et plus d'une fois.

– Pareil pour moi. Et qu'as-tu fait dans ces moments?

– J'ai cherché, et trouvé autour de moi, d'autres superbes femmes que je pourrais éventuellement aimer. Je les ai observées pour découvrir si plusieurs d'entre elles pourraient encore me désirer. Alors, rassuré, je me suis dit que tu ne devais pas trop te tromper en voulant me garder dans tes faveurs.

– Coquin!

– Oh-là! N'y vois rien de méchant...

– Non, non, ce n'est pas ça. Mais figure-toi que tu m'as piqué mon idée!

– Co... comment ça?

– J'ai suivi un raisonnement identique, bien avant nos dernières discussions. La plupart des individus savent pertinemment que chacun évolue selon sa propre conscience et ses expériences particulières. Ceci implique que les chemins de vie, même s'ils sont parfaitement synchronisés sur une longue période, vont finalement bifurquer et ne plus correspondre. Il est alors totalement abscons que des personnes persistent à rester ensemble. Autant ne pas gaspiller de précieux et uniques moments d'une existence.

– Hum! À l'instar de ce qui s'est produit entre Iraa et moi, par exemple.

– C'est cela. Elso, avec ses jolis yeux et son pas dansant, ne te laisse pas si indifférent que cela non plus, c'est évident. Tu as un grand cœur, Octa, je le sais bien et c'est ce que j'aime chez toi aussi. En ce qui me concerne, je n'aurais pas voulu que tu restes avec moi uniquement parce que tu aurais été incapable d'en aimer une autre.

–... De la même manière, de mon côté, j'aurais trouvé dégradant, pour toi, que tu sois la seule à pouvoir m'apprécier. N'aurait-il pas été bizarre que tu sacrifies tous ces instants de ta vie à les passer avec quelqu'un d'indésirable? C'eût été trop moche, pour être acceptable! Non?

– Eh! mon cher Octa, il semblerait, de prime abord, que notre parallélisme émotionnel continue sur de bonnes voies. Le constat est sans appel!

Elle m'embrasse goulûment. Avec la caresse de sa peau qui se frotte sur tout mon corps, je pars presque en extase!

Couché sur le côté, face à ma reine, j'admire son regard. Il est comme nul autre pareil.

– Tani, tu es toujours restée une source d'inspiration, même quand je broyais du noir à ton sujet.

– Ah, bon? Et ça donnait quoi?

– Bigre! C'est une démonstration, que tu me demandes. Soit!

Je me lève pour aller chercher mon carnet de notes. Rassis sur le bord du lit, je farfouille parmi les pages plus anciennes qui s'y trouvent.

– Attends, je crois bien que j'ai écrit un truc à ce propos. Voyons... ha! voilà:

J'ai caché mon cœur dans une chanson

J'y ai mis toutes mes illusions

Mes rêves de tendresse et d'émotions

Ma sensibilité en pure éruption

Où sont mes déesses d'amours illimitées

Les reines diaphanes de toute beauté

Celles de toutes mes peines balayées

Aux caresses qui font tout oublier

Au soir de ma vie, les disparitions

Résonnent les deuils et la contrition

Le vide remplit ma désolation

La magie a quitté mes fondations

À tout jamais envolée au pays des fées

La perte d'un songe, ô Dulcinée

Image de la parfaite féminité

De mes espoirs, tu t'es évaporée

En relevant mon regard vers Tani, je lis sur son visage une expression que je n'y avais encore jamais vue. Ses yeux écarquillés manifestent un étonnement sans borne, sa bouche ébauche un sourire radieux qui contraste avec des joues et un cou qui trahissent un effort pour ne pas pleurer.

– Bigre! Tani, ça va?

Avec les cordes vocales tendues, ma reine répond :

– Viens ici tout de suite!

Pris de court par sa déroutante attitude, je pose machinalement mon carnet sur le rebord du chevet, et me rapproche du lit. Avant que je puisse réagir, me voici agrippé, allongé sur la couche, enlacé et couvert de baisers, une nouvelle fois attrapé dans sa toile. Bien entendu, incomparable à celles tissées par notre araignée Mars. Cette toile-ci est adorablement douce. Personne n'aurait idée de vouloir en être "libéré".

PARTIE 4

CHAPITRE HUIT

Jeu de paradigmes

Parangon

Comme chacun le sait, tout ce qui a un début a une fin. Ce qui est valable pour les étoiles l'est aussi pour les humains. Il n'existe pas de naissance sans mort, c'est naturel. Chaque enfant l'apprend à l'école, dès son plus jeune âge, et admet le fait jusqu'au bout de son existence. Pour autant, mourir n'est jamais chose facile. Indépendamment de toute expérience de mort imminente, malgré la capacité de trouver sa sérénité en soi déjà enseignée aux tout petits, il s'agit d'un départ définitif. Bien entendu, à l'instar de tout autre, je l'accepte. Pourtant, je ne parviens pas à me départir d'un sentiment d'inachèvement, une impression que ma vie ne va pas encore se terminer...

Oh! Il est très probable que ce ne soit que l'expression d'un réflexe de survie, d'un déni face à l'inéluctable. Ça n'aurait rien de très original.

Sans absolument rechercher l'immortalité ni développer le syndrome du Tigre, il y a toujours une part de soi qui voudrait être persuadée d'avoir accompli tout ce qui était en son pouvoir avant d'éteindre sa chandelle.

Parfois je croise des enfants, dans l'un ou l'autre des couloirs cultivés, et leurs regards ne laissent planer aucun doute sur l'image qu'ils se sont forgée à mon sujet. Aussi bizarre que cela puisse paraître, on me cite occasionnellement dans certains cours donnés aux plus petits! Drôle d'idée, car même si quelques personnes vont jusqu'à me prendre pour modèle, je n'ai jamais désiré être le parangon pour qui que ce soit. L'empathie génère et stimule la sympathie. Par conséquent, et au même titre que Chacune et Chacun ici, j'ai la chance folle d'aimer et d'avoir souvent ce sentiment de plénitude dans de nombreux instants vécus. Je pourrais regretter de ne pas avoir eu le temps, ou l'énergie d'accomplir et d'expérimenter davantage, mais si je regarde en arrière, je me dis que ma vie a été bien plus remplie que je n'aurais jamais pu l'espérer. Tant d'adorables personnes, tant de moments d'une richesse inouïe ont croisé mon chemin. Même tous les soucis, chagrins et doutes, ont nourri plus que le parcours d'un bonhomme... Malgré la complexité et la multitude des événements, tout se déroule néanmoins dans la simplicité... puisque dessiné sur une ligne marquée par le sceau de la spontanéité. Ce qui compte, c'est la fidélité et l'honnêteté envers soi-même. Les véritables ennuis commencent avec les concessions que l'on pourrait consentir et cumuler au long d'une existence.

Sur le parcours, il y a eu des obstacles, des deuils, de la malveillance aussi, mais rien de tout cela n'esquintera l'arc-en-ciel qui scintille dans ma tête. Les rayons du prisme de la vie iront se mélanger à la lumière qui viendra envahir les ultimes instants de ma dissolution.

Cette dernière aventure risque bien de se présenter à ma porte plus tôt que prévu. Je réalise parfaitement à quel point ma santé se dégrade. Les douleurs deviennent insistantes et quasi permanentes. J'essaie de faire bonne figure, de ne rien laisser paraître et éviter d'inquiéter Tani. Mais je doute qu'elle ne reste dupe bien longtemps. D'ici peu, je serai confronté à un choix délicat. D'ici peu, ma reine devra savoir.

* * *

Octa, Cycle 149, Lune 7, jour 14, à mi-jour

Tani a dû se faire violence pour me quitter, il y a peu. Tout n'est pas agréable à connaître par avance! Chaque individu doit faire face à son deuil exclusivement personnel. Tout ne peut être partagé, ni en actes ni en paroles.

Au Manoir, comme dans la Trotteuse, une partie des rapports entre humains sont encore influencés par des atavismes tribaux. L'attachement identitaire à un groupe tend à y disparaître, mais, il est probable qu'il faille plusieurs générations pour que Chacune et Chacun assume sa solitude dans l'univers.

Au Village, quand une personne est en passe de mourir, elle va en "son lieu" choisi et passe de vie à trépas dans le calme. Les proches ne se précipitent pas, ils attendent. Ensuite, le corps est transporté à la Grande Cuve, ou ailleurs, selon les volontés auparavant exprimées par le défunt.

Pour mon compte, sachant que le gaz ne nous manque pas, j'opte pour un retour à la nature, à la Terre nourricière. Elle reprend ses droits. Elle panse ses plaies, parfois par d'étranges et improbables mutations. De nombreuses espèces animales repeuplent et guérissent de vastes territoires laissés en friche. Que ma chair puisse donc servir de pitance à qui en aura besoin, insecte, carnassier, oiseaux ou plantes. La contribution est cependant modeste, puisque notre bon vieux soleil ne durera pas éternellement non plus. Notre planète sera bien obligée de suivre les lois astronomiques et disparaître, quand le moment sera venu.

L'acceptation de la relativité de toute existence étant un des fondements de l'actuelle éducation, mes pensées pleines de commisération flottent en direction du passé de l'humanité. Que de confusion générée par le refus de considérer sa finitude avec philosophie! J'ai lu des centaines d'articles relatant les diverses formes que prenait le besoin de se créer des certitudes. Qu'elles aient été politiques, religieuses, individuelles ou collectives, les excuses peuvent être déclinées en milliers de manières. Pourquoi l'être humain était-il incapable d'admettre que la matérialisation d'un monde ne nécessite aucune justification? La notion d'une "absurdité" en est une en soi! Pourquoi vouloir chercher, à tout prix, une raison logique ou mystique au fait que nous passons, éventuellement, une durée indéterminée sur une planète plutôt qu'une autre? La peur de perdre ce que l'on estime être, la croyance que notre existence doit absolument avoir un sens acceptable selon nos conceptions, nos critères, tout cela n'a lieu d'être que dans un esprit torturé par sa propre crise identitaire.

Or, aucune personne ne peut dépasser ce qu'elle s'imagine être, ou devoir être, sans découvrir la seule démonstration utile de sa valeur : sa capacité à ressentir un bonheur spontané et irrationnel. Pour cela, il est nécessaire d'aller là où, et quand, il peut se trouver : en dedans et dans l'Instant.

Inspire... et voici que cela se déclenche... par surprise.

Une émotion subite me submerge. Immédiatement, en même temps que coulent mes larmes, je me sens envahi d'une incroyable reconnaissance. Qu'il y ait des hauts ou des bas, je sais que ma vie est riche. Je me désaltère d'une sorte de gratitude universelle. L'absurdité de toute chose est simplement merveilleuse. On le réalise seul avec soi-même. Cette émanation du Big Bang n'en est qu'un aspect parmi des trilliards, mais c'est avec celui-ci en particulier que je suis en communion en ce bref flash. Fantastique! Subjuguant! Jouissif!

Mon monde revient au premier plan. Pour l'instant, Octa y existe encore avec tout ce qui va avec.

Une feuille de papier, très bien confectionné au demeurant, est posée là, sous mes yeux. J'ai promis à Tani de laisser mes instructions par écrit. Or, mon inspiration est ailleurs. Mon histoire personnelle défile en souvenirs désordonnés, sans chronologie ni hiérarchie émotionnelle. Des pensées affluent comme autant d'atouts continuellement brassés d'un jeu de cartes.

Et puis fichtre! Tout ce qui me vient, ce sont des paroles de chanson. Comprendra qui voudra!

Dans cette merveilleuse vie
Mon cœur si souvent rempli
J'aurai eu tant d'envies
Il y en a plein mon lit

On arrive, on repart
Simple ritournelle
Ni en avance ni en retard
Une vie chaque fois nouvelle

Des rêves fous empilés
Comme les tiens, tu sais
Un univers de paix
L'amour y aurait gagné

On arrive, on repart
Simple ritournelle
Ni en avance ni en retard
Une vie chaque fois nouvelle

Si l'on pleure ou rit
Possible tant qu'on vit
Amusement ou ennui
Seul ou entre amis

On arrive, on repart
Simple ritournelle
Ni en avance ni en retard
Une vie chaque fois nouvelle

Chacun sa Dulcinée
Le sceau de liberté
La conscience ancrée
Puis tout quitter

On arrive, on repart
Simple ritournelle
Ni en avance ni en retard
Une vie chaque fois nouvelle

Chacun sa Dulcinée
Le sceau de liberté
La conscience ancrée
Puis tout quitter

Ne pas déranger

Il m'est de plus en plus pénible d'imposer ma présence à ceux que j'aime. Mes douleurs articulaires ne font que constamment tout ramener à ma petite personne que c'en est insupportable!

Au Village, chaque individu est responsable de sa propre existence. Depuis son plus jeune âge, son objectif est l'autonomie. La collaboration est un effet secondaire de son empathie naturelle, pas une obligation. Sa capacité autarcique reste le fondement de l'Être jusqu'à sa mort, fondamentalement. Mais il n'y a pas de règles rigides, personne n'est sourd et aveugle à ce qui l'accompagne. Il y a des exceptions... et je dois certainement entrer dans cette catégorie!

Mon état s'est détérioré à une vitesse hallucinante, et cela n'est pas passé inaperçu dans mon entourage!

En accord avec Tani, Zin' et tous mes proches, il est convenu que je vais me retirer en ermite à la Salière. En fait, il s'agit d'une retraite pseudo-solitaire, puisque le Tigre d'Acier m'y accompagne. Le but est de profiter de ce séjour pour trouver le meilleur moyen de me soigner sans trop influencer, voire accaparer, les activités de celles et ceux que j'aime.

Au début, j'avais refusé l'aide du Tigre. Il y a tant d'occasions où il peut se rendre bien plus utile! Au Village, chaque individu accepte la solitude intrinsèque liée à l'expérience unique et non interchangeable de son existence. C'est ainsi. En principe, j'aurais dû crapahuter en haut de la colline, à ma place favorite, pour m'y laisser quitter ce monde en toute sérénité. Prévenus, les gens que j'aime seraient venus chercher ma dépouille. On m'aurait glissé dans la cuve. C'est souvent ainsi que cela se passe, à part de rares exceptions, comme dans le cas de Yaro qui fut accompagné dans sa mort par Arl". Mais, mon heure n'a sans doute pas encore sonné, car sur l'insistance du Tigre et celle de Tani, j'ai fini par céder aux chants des sirènes en optant pour partir accompagné. L'excuse trouvée par l'androïde est simple, il a déclaré : "Du fait que je ne suis pas vraiment "quelqu'un", ma "personne" ne peut pas être dérangée, et, par ailleurs", a-t-il ajouté, "qui d'autre que moi pourrait retrouver, voire inventer, le soin qui te serait le plus adapté?".

Juste après le décollage du dirigeable, lors des échanges de signes de la main, mon regard s'est posé, avec une nostalgie particulière, sur les habitants et leurs maisons rétrécissant à vue d'œil. Est-ce la dernière fois que je vois ces individus et ces lieux que j'aime? Comment le savoir?

Le Tigre, avec moi, sur le pont, m'observe attentivement. Ses cheveux synthétiques, blancs comme ceux du personnage original que j'avais rencontré dans son Manoir, flottent dans le souffle du déplacement en lui cachant partiellement le visage. Il doit lire mes pensées sur l'expression du mien :

– On voit le Village, depuis la Salière.

– Oui, Tigre, oui. J'espère que tu trouveras ce qu'il faut pour que je puisse tenir debout à le regarder.

* * *

Un rêve cède la place au plafond en paille tressée de ma chambre. Diantre! Je me suis à nouveau assoupi. C'est juste : je suis à la Salière. J'ai dû me rendormir peu après le départ du Tigre, ce matin. Sans doute est-ce dû à ma production d'endomorphine.

Couché sur le dos, j'entends le crissement caractéristique d'un chariot électrique se rapprocher, puis s'arrêter tout près sur le chemin. Au bruit, je dirais qu'il s'agit d'un gros véhicule de transport, plutôt lourdement chargé. La luminosité dans la pièce est celle d'un début de fin de journée. Je me concentre sur les divers sons qui me parviennent. Plusieurs personnes parlent au bord de la route, alors que des pas mesurés foulent les marches menant à mon logis. Cette régularité de métronome trahit le personnage en approche : il s'agit du Tigre. Je l'interpelle au moment précis où il entrouvre la porte.

– Diantre, mon ami! Je crois bien avoir dormi durant toute la journée.

– Bonjour, Octa, j'espère que ce n'est pas le bruit de notre arrivée qui t'a réveillé. Tu as trop besoin de repos.

– Non, non, ne t'en fais pas. Je suis sorti des limbes juste avant. Par contre, qu'amènes-tu de si lourd du Village?

– C'est un bricolage assez conséquent sur lequel je me suis penché cette dernière Demi-Lune. En fait, ce sont deux objets très différents. Toutefois, je ne voulais pas commencer d'en monter les éléments sans d'abord contrôler ton état de fatigue. Si tu avais été endormi, j'aurais demandé qu'on me laisse le chariot, protégé d'une bâche, jusqu'à demain.

–... Et m'abandonner dans l'expectative? Allez, viens m'aider à me redresser dans ce lit, pour que je puisse voir ce que tu nous ramènes!
– D'accord. Je cours chercher le bout le plus léger en premier.

Le Tigre file au pas de course et revient en moins d'une minute d'horloge, avec un long paquet sous le bras, qu'il s'empresse de poser sur la couverture, à côté de mon flanc droit. Il détache les ficelles et retire l'enveloppe de tissus.

Je reste un moment sans voix, perplexe, indécis. En relevant la tête, mon regard capte la mine joviale que fait mon ami l'androïde. Un sourcil levé, je lui demande :

– Euh! C'est intéressant, mais qu'est-ce?

– Des jambes, mon cher!

J'écarquille des yeux peinant à retenir de grosses larmes.

– Bigre! Un exosquelette!

– Oui, Octa. J'ai recherché des plans d'Avant pour les fabriquer en y apportant quelques perfectionnements. En principe, le mécanisme devrait t'aider à retrouver un maximum d'autonomie dans tes déplacements, sans tous les inconvénients douloureux de tes dernières tentatives de marche. Si tu veux, on pourrait tester immédiatement, ce qui me permettrait de procéder aux réglages fins.

– Fichtre, bien entendu! Aïe! Bon... mais doucement. Mon enthousiasme me fait oublier mes bobos.

– Rien ne presse. Attends.

Avec ses mouvements fluides et parfaitement synchronisés, dignes de son état de robot, il parvient merveilleusement à me mettre dans la position idéale sans la moindre brusquerie.

Les tiges articulées fixées de chaque côté des hanches, qui descendent jusqu'aux talons, sont si bien ajustées que l'ensemble s'avère étonnamment confortable. Contre toute attente, aucun frottement ni pincement n'est perceptible.

Le Tigre s'éloigne du lit l'air tout à fait confiant, et me fait signe de le rejoindre.

Par habitude, je grimace avant l'effort. Hier, appuyé sur sa solide épaule, j'ai tenté de me déplacer dans la pièce. Il a toutefois fallu écourter l'expérience : trop mal. Or, à présent, je suis déjà debout!

– Bigre! C'est fantastique! La douleur est présente, mais en arrière-fond seulement.

Je fais quelques pas et, depuis il me semble une éternité, je parviens non seulement à me traîner sur le sol, mais à véritablement prendre une démarche naturelle.

– Ha! Mon cher... c'est... c'est... jouissif... extraordinaire!

– Inutile de trop en faire, mon ami, et garde tes larmes pour tout à l'heure. Viens, allons sur le perron.

J'arrive à la porte, par réflexe je tends une main dans l'intention de saisir la poignée.

– Aïe! Saleté! Avec ces jambes qui sont automatisées, j'ai complètement oublié que mes bras, sans assistance, n'en mènent pas large.

– Je vais l'ouvrir. Une fois sur le balconnet, tu pourras regarder ce qui me reste à installer chez toi.

Tout me paraît miraculeux. Pourtant cela ne fait que depuis peu que mon mal me pousse, à ce point, à l'impotence. Mais cette porte qui pivote sur ses gonds, cet air frais qui m'attrape le visage comme des mains caressantes, et le fait de pouvoir sortir, debout, jusque devant la cabane à moitié taillée dans la roche, me remplissent d'allégresse.

Bien sûr, contrairement à la suggestion du Tigre, mon premier regard ne va pas au camion électrique du dernier cri, mais part immédiatement, plus au-dessus du vallon, vers la pente opposée. Le soir n'en est qu'à son début, si bien que, même si le Village se trouve déjà dans l'ombre de la colline du Manoir, je distingue parfaitement les façades de devant, ainsi qu'une partie des couloirs plastifiés et des toits aux multiples formes.

J'ai un pincement au cœur, car il y a Tani, là-bas. Notre maison, enfin celle qu'Holt m'a cédée, n'est pas visible depuis ici. Par contre, je vois mon tuyau, près du Grand Réservoir... et autre chose. Probablement est-ce un effet, un reflet quelconque, ou une hallucination, mais côté ouest, il me semble reconnaître une personne dont les cheveux miroitent. Le soleil se couche. L'ombre s'épaissit. J'aime à croire que c'est Elle.

Oh, ma reine... comme tu me manques!

Une fois de plus, l'androïde devine mes pensées. Il m'annonce très laconiquement :

– Oui, c'est bien Tani, là-haut.

Alors que je soupire, le Tigre me fait gentiment pivoter vers la route.

– Regarde, Octa, on a retiré la bâche et voici ce que nous allons monter, en pièces détachées, chez toi.

Tiraillé par l'envie de redonner mon attention au Village, je ne suis qu'à moitié présent. Je réagis, machinalement :

– Ah, c'est l'autre surprise?

L'androïde étant incapable de prendre ombrage de mon attitude distraite, pointe simplement un index en direction du chargement.

– Lors de mes recherches d'une solution médicale adéquate, je suis tombé sur des documents très détaillés à propos de l'utilisation du plasma. Cette technique est non seulement ancienne, mais n'en était qu'à ses balbutiements. Toutefois, elle est prometteuse et, semble-t-il, destinée à soigner localement des cellules atteintes par des tumeurs et autres excès bactériens. Avec l'aide d'ingénieurs du Manoir et de la Trotteuse, je t'apporte une installation impressionnante. Nous l'avons bricolée d'arrache-pied. Il s'agit d'un générateur de plasma, avec toute la série de câbles et d'appareils sophistiqués nécessaires à son fonctionnement.

Toujours équipé de mon exosquelette, je peux rester assis aussi longtemps qu'il le faut pour me permettre d'assister, éberlué, à l'arrivée et au montage des pièces de l'imposante machine. Pour oublier les élancements douloureux qui traversent mes bras, des épaules aux phalanges, je suis les étapes en posant de multiples questions.

Le Tigre, aidé par Soal' et Tonin', deux ingénieures d'une habileté remarquable, n'hésite pas à pousser la petite équipe à travailler durant une bonne partie de la nuit. Au point que je ne puis assister à la fin du montage. À peine allongé, je sombre dans un brouillard léthargique, terrassé par la fatigue émotionnelle associée à l'effet des sédatifs.

Le matin est déjà bien avancé quand, perturbé par des rumeurs inhabituelles, je découvre les sourires satisfaits de Soal' et Tonin". Penchées au-dessus de mon visage, elles me souhaitent de passer une belle journée. Il est possible qu'il s'agisse d'une illusion, tellement la situation me semble encore nimbée d'onirisme. Quoi qu'il en soit, les deux jeunes femmes m'embrassent avant de s'éclipser comme dans un rêve. La scène devient un peu plus concrète au moment où le Tigre referme la porte et se tourne vers moi.

– Eh bien, Octa. Nous y voilà : tu quittes Morphée à point nommé. Si tu te sens l'âme d'un cobaye, je te propose une première séance d'essais de ta nouvelle machine.

Toute la situation m'apparaît incongrue au possible. En si peu de temps, comment se fait-il que tout, dans ma vie, bascule à ce point?

J'observe le Tigre. Je me souviens de son original. Bien qu'opéré des dizaines de fois, voire des centaines, avec ses implants et ses organes clonés, il avait encore l'essentiel de l'humain : ses émotions. Maintenant, me voici en compagnie de son double robotisé, auquel il manque la capacité de modifier ses choix en fonction de son ressenti. Toutes ses capacités intellectuelles ne compenseront jamais le manque d'intelligence du cœur, hélas!

Debout à côté de ma couche, l'androïde me regarde avec attention. Ça n'est pas une réelle connexion affectueuse, pourtant, il fait transparaître celle que le Tigre de Papier me témoignait.

Je lui souris en retour.

– Fichtre! Tigre, me voici comme un maître servi par un laquais. On se croirait dans une histoire plus antique que celle d'Avant. C'est le monde à l'envers!

– Pas du tout Octa. C'est normal. Tu as tant apporté à mon original que, maintenant, le double synthétisé que je suis n'a pas d'autre idée que celle de te rendre un semblant d'amitié. Je... il était un ancien milliardaire, c'est vrai, mais cela faisait depuis longtemps qu'il avait compris où l'on peut découvrir la véritable richesse. Il ferait comme moi, s'il était encore en vie. J'en suis persuadé.

– Ha! Si seulement il n'y avait pas tant de douleur, je trouverais la situation des plus comiques. Il m'est toujours difficile de te voir lui ressembler à ce point. D'ailleurs, à la moindre montée de fièvre, je crois même que j'oublie que tu n'es pas lui.

Pendant que nous parlons, l'androïde jette un rapide coup d'œil au générateur de plasma. Je l'imagine ne pas être aussi sûr de la machine qu'il voudrait me le faire paraître. Une fois de plus, je lui prête des attitudes émotionnelles improbables.

L'utilisation de cette machine interdit toute présence de prothèses externes, si bien que le Tigre me cueille dans mon lit tel un bébé. En toute aisance, il entreprend de m'installer sur la couchette coulissante de l'appareil de traitement avec ma tête dirigée vers le tunnel qui va m'avaler dans quelques instants.

– Octa, le procédé est assez long. Je doute que tu n'y trouves quoi que ce soit de passionnant. En fait, tu ne sentiras rien. Par contre, je vais tout filmer et enregistrer; ainsi, tu verras le déroulement de l'opération, ainsi que les images scannées de ton organisme, dans les détails.

* * *

En fait, il ne s'est rien passé de spectaculaire et je me suis bêtement endormi. J'émerge pendant que le Tigre me tient encore à bout de bras pour reposer ce qui reste de ma personne sur mon lit.

– Ha! Je ne l'ai pas vu venir, celui-là!

– Oui, Octa, tu t'es détendu dès les premiers instants. C'est une excellente chose, au demeurant, car tu n'as pas bougé dans ton sommeil. L'appareil a pu repérer toutes les excroissances tumorales liées à tes douleurs. C'est une réussite, une étape primordiale pour la suite.

Ce que me dit le Tigre n'a rien de rassurant. J'en grelotte. J'ai froid, alors que nous sommes en Lune huit et que le soleil nous assomme de ses plus brûlants rayons. Je sais que l'androïde mesure parfaitement l'étendue des dégâts, ainsi que l'ensemble de mes paramètres physiologiques.

Je soupire :

– Mais la machine doit encore être perfectionnée et il est probablement déjà trop tard, pour moi, d'en tirer les bénéfices. C'est cela?

– Octa, la situation est grave, mais on ne peut jamais exclure une amélioration de ton état.

– Mon cher Tigre, quoi qu'il en soit, il faut que je prenne toutes les dispositions utiles en cas de trépas.

– Tu peux prendre toutes les dispositions qu'il te plaît, comme tu dis… Mais je t'interdis de mourir avant que tu n'aies testé le nouvel exosquelette intégral que je suis en train de développer actuellement pour toi!

– Bigre! Tu es bien l'androïde le plus attendrissant que je connaisse!

Kossipalkino

Le Tigre est drôle malgré lui. Dans ma situation, je préfère rire de sa manière de tout appréhender par son unique talent : la logique. C'est peut-être l'effet des antidouleurs, ça n'est pas impossible. Pendant que l'androïde continue à me traiter avec son accélérateur à plasma, Tani a, de son côté, concocté quelques mélanges d'extraits de plantes. Selon mes sources, ma reine va régulièrement au labo pour m'inventer de nouveaux calmants. Et c'est assez efficace, je l'admets. Tiens, par exemple son concentré de saule, des pastilles à avaler, contribue énormément à résister aux élancements. Cela ne me guérira pas, mais reste néanmoins un excellent moyen de mieux supporter les nombreuses séances passées à l'intérieur du tube à rayonnements. Il est préférable de ne pas avoir à souffrir, quand, étendu sur l'étroite couchette, je dois patiemment endurer la longue série de petits picotements, durant un exercice qui paraît déjà interminable! Pourtant, malgré cela, les résultats se font attendre.

J'ai vu les images. Le Tigre parvient tout juste à ralentir l'invasion de tumeurs. Impassible et tenace comme un robot peut l'être, il ne peut que m'avouer sa relative impuissance.

Aujourd'hui, en me retirant de la machine et de ses étranges suites de bruits, le Tigre m'annonce l'arrivée au Village d'un émissaire intergalacte. Inutile de préciser que cette nouvelle me réjouit autant qu'elle m'enrage. Fichtre! Je suis coincé ici, alors que j'aurais pu rencontrer l'être venu d'ailleurs!

Oh! Mon cher androïde a bien pris soin de le filmer, pour que je puisse voir l'allure du personnage, mais c'est là une maigre consolation.

– Bigre! Tigre, je t'ai raconté mes entrevues avec Kiaka-Tosaa, n'est-ce pas?

– Oui.

– En regardant tes images, malgré le manque total de ressemblance physique entre cet émissaire et Kiaka, le souvenir de mon premier rendez-vous interstellaire remonte à la surface. Un contact direct, même dématérialisé, est incomparable. Il s'y dégage quelque chose de magique. Probablement dû au fait que les intergalactes ont traversé les trois mondes des dizaines de fois. Je me demande s'il me sera encore donné de rencontrer, un jour, mon mentor en songe... voire dans la "réalité". Comment s'appelle l'actuel visiteur des étoiles?

– Kossipalkino.

– Bigre! Il faut veiller à ne pas se laisser aller à de douteux jeux de mots, avec les sonorités que prennent ces noms! Pour ta gouverne, le nom de cet émissaire correspond aussi à sa fonction, en fait. On pourrait grossièrement le traduire par : "celui qui réalise de nombreux séjours de contacts, au loin, et jette de nouveaux ponts."

– Ah, Octa, je me rends compte qu'il m'est toujours difficile de donner un sens à leurs suites de clefs. Pourtant, je sais que c'est supposé être simple.

– Il est probable que je ne t'aide pas en utilisant le terme "traduire". Puisqu'il s'agit exclusivement de sentir ce mode de communication... Toutefois, palabrer à propos de l'intergalacte standard en termes de "suites de clefs" est assez correct... bien que cela ne se résume pas à cela.

– Peut-être devrais-je poser des questions à Kossipalkino. Ils ont sûrement aussi des robots, voire des androïdes, capables de se débrouiller en intergalacte. Ce serait un comble qu'il n'en existe pas quelque part dans ce vaste cosmos!

– Hum! Des intelligences artificielles ressentant des émotions, en quelque sorte.

– Te rends-tu compte des intéressantes perspectives que cela pourrait développer? Cela changerait tout! Mais jusqu'où faudrait-il aller pour le savoir?

– Les distances ne sont plus un problème, du moins pour les stellaires. D'ailleurs, à propos de voyages, comment cet intergalacte est-il arrivé jusqu'à notre Terre?

– Darin' a reçu un message il y a trois jours en provenance de la Station. Un minuscule vaisseau en forme de sphère s'est matérialisé en orbite autour de la Trotteuse, juste à côté de la fonderie solaire, et le bonhomme était dedans.

– Comme ça?

– Oui, tout simplement.

– Bigre! Il doit être bien agréable de pouvoir se promener ainsi, décontracté et relax, d'un bout à l'autre de l'univers, quand on en a envie!

– Bien que je comprenne le concept de l'envie, je dirais, pour ma part, que l'expérience ne devrait pas manquer d'intérêt. Il y a sûrement, là, les quantités phénoménales de données à récolter. L'humain est capable de curiosité. Chez moi, cela doit correspondre à ma programmation axée sur la découverte, et le classement, de toute nouvelle connaissance. Les voyages par translateur sont dans ma liste d'études. Je cherche à savoir pourquoi ce type de rematérialisation quantique m'est interdit a priori. Les images enregistrées, quand j'étais tombé en panne lors d'un usage prolongé du générateur de sauts installé dans le grand vaisseau interstellaire, méritent une analyse approfondie. Mon dysfonctionnement a été d'autant plus saugrenu du fait que le fameux "moteur" offert par les intergalactes ne provoque aucune dématérialisation, il ne fait que créer un pseudo-vers pour assurer un déplacement ultraluminique sécurisé.

– Mon cher, je suis persuadé que tu découvriras le fin mot de l'histoire!

– Je vais m'y efforcer. De toute manière, cela n'accaparera qu'une partie de mes circuits.

Octa, Cycle 149, Lune 8, jour 8, à l'aube

Voici un de ces jours où l'on regrette certaines de ses déclarations. La douleur est intense, et j'ai un mal de papillodard à me glisser dans mon exosquelette. Me dire que ce nouveau modèle intégral est supposé me faciliter la tâche n'ajoute rien à la douteuse qualité de mon humeur. Je n'aurais jamais dû dire au Tigre de ne pas s'inquiéter, ça a été une de mes plus grandes erreurs depuis des Lunes!

C'est fichtrement dur!

Aujourd'hui, ma ration de pilules de Tani va sûrement passer au double, et mon médecin personnel n'est toujours pas de retour. Pourtant, je suis presque persuadé de l'avoir entendu rentrer hier soir.

Enfin, il est probable que mon état n'est pas aussi grave qu'il y paraît. Le Tigre serait le premier à accourir, si cela était le cas.

Par contre, si je n'ai aucune nouvelle d'ici la deuxième moitié du jour, je vais le contacter et lui demander ce qu'il est en train de bricoler.

* * *

Normalement, la douleur me tétanise. Par contre, maintenu par l'exosquelette, je parviens aisément à me promener dans l'appartement de la Salière. Or, aujourd'hui, mon problème est lié à une totale impuissance : je ne peux rien faire! Là, je suis cloué au lit, bêtement, terrassé par les efforts fournis, en vain, pour intégrer la prothèse. Le serpent se mord la queue, et je suis toujours tout seul. Ma dépendance à une aide extérieure me désespère.

J'en rage, j'en fulmine!

En tentant de sortir de ma couche, il m'a pourtant semblé entrevoir un bout de jambe, dépasser d'entre les pieds de la table de la cuisine. Du moins, cela y ressemblait. Mais qu'y ferait le Tigre, ainsi, à ne pas répondre à mes appels?

Il ne peut que s'agir d'une de mes hallucinations devenues courantes depuis quelque temps. Ces jours-ci, la fièvre n'est jamais loin!

On peut être très imaginatif, et j'ai la prétention de bénéficier généreusement de ce don, je me trouve dans un scénario inédit. Comment pouvais-je prévoir une fin si atypique? Par la Trotteuse! Je ne suis pourtant pas du genre à me berner de traditionalisme. Je me suis vu mourir dans l'espace, sur Mars, ou sur Lune... D'autres scénarii, avec leurs dizaines de variantes, se sont bousculés au portillon de mes pensées. Mais, me retrouver dans cette situation dépasse tout ce que j'aurais pu envisager. C'est si simplement trop con!

Une décision doit tomber.

Fichues articulations : même les doigts s'y mettent!

Je parviens, cependant, à saisir le transmetteur sur le rebord de mon chevet et sans le balancer au sol, où il serait, alors, inatteignable pour moi.

– Tani, me reçois-tu?

Ma grimace se mue en sourire, quand la voix de ma bien-aimée répond instantanément :

– Octa! Comme je suis heureuse que tu m'appelles! Qu'y a-t-il de particulier pour que tu transgresses tes propres règles?

– Oh, ma reine! Si tu savais la discipline martiale que cela implique, de ne pas constamment t'ennuyer avec mes petits soucis... Mais, bref, là il s'agit du Tigre. L'as-tu croisé, ces derniers jours? Il m'a semblé l'entendre rentrer chez moi, hier, mais il ne répond pas et je ne parviens pas à le joindre du tout.

– C'est bizarre, en effet. Je suis au Manoir. Darin' vient de s'absenter. Elle doit être celle qui l'a vu à son départ d'ici. Je monte à l'étage et vais lancer une recherche automatique et repérer sa balise.

Guère plus d'une minute d'horloge plus tard :

– Voilà, Octa, je suis devant la console de traçage.

– Tu l'as trouvé?

– Non! C'est incompréhensible. Attends : je passe en mode détresse... et, oui, je l'ai... Mais, Il est chez toi!

– Fichtre! Comment faire? Je suis coincé sans réussir à enfiler ce fichu exosquelette tout seul!

– Le Tigre est en panne totale. Ça ne devrait même pas pouvoir se produire. Je viens tout de suite!

Il y a des "tout de suite" qui peuvent paraître interminables, et c'est le cas à présent. J'ai beau pratiquer mon "inspire... expire", habituellement si efficace, l'angoisse me tiraille les entrailles.

J'entends enfin le faible chuintement des hélices d'un petit dirigeable. Des pas légers avalent les quelques marches menant à ma porte. Tani n'apparaît à mes côtés que quelques secondes après son entrée, avec un billet entre ses doigts. Mais, à ma vue, elle ne peut s'empêcher de laisser couler quelques larmes. Coupée dans son élan, elle vient m'embrasser et me caresser le visage, avant de réussir à parler :

– Octa, j'aimerais tellement que tu ailles mieux! Et, pour l'instant, il faut que le Tigre soit fonctionnel! Regarde, il y avait ceci sur la table de la cuisine, sous la main inerte de notre ami androïde. Avant d'exécuter ses directives, je vais t'aider à t'équiper de ta tenue spéciale. Prends ce message, pendant que je t'enfile l'exosquelette.

Sur le bout de papier, je reconnais la calligraphie typique du Tigre. Je lis à haute voix :

– "Si vous me trouvez bloqué, assis sans réaction et apparemment hors d'usage, veuillez appuyer sur le point pulsant en rouge du petit écran posé à côté de cette note. Merci."

Tani me prend le bras tenant le message, pour y fixer le dernier morceau articulé de ma prothèse. Elle me regarde inquiète :

– Ça ira? Tu peux te lever, maintenant?

– Oui, merci ma douce reine. Allons presser sur ce fichu bouton et faire redémarrer notre super-farceur... en espérant que cela fonctionne!

Une fois de plus, je suis fasciné par l'efficacité de mon exosquelette. Les huit pas, de mon chevet à la chaise occupée par le Tigre, me paraissent presque irréels, j'en oublie mon état.

– À toi l'honneur, Octa.

Tani me tend une sorte de boîtier ultraplat. Il ne s'agit que d'un écran, parfaitement lisse. On y voit qu'une chose : un point lumineux qui ressemble à une ampoule électrique qui clignote. À peine ai-je effleuré cette animation, que l'androïde se met à remuer ses paupières, puis ses doigts.

Mon cœur ne fait qu'un tour... alors que ce Tigre-là n'est qu'une réplique! Pourtant, on s'y attache, semble-t-il... Bref : il est "réveillé", et le momentum est aux explications.

– Diantre, Tigre, que t'est-il donc arrivé?

– Merci de m'avoir réinitialisé, mes amis. Désolé de vous avoir fait faux-bond pendant un moment. Excuse-moi, Octa. Bien que je me doutais qu'une panne puisse se produire, je ne l'avais pas prévue si sévère. Surtout, à voir Tani avec toi ici, j'en déduis que j'aurais dû anticiper que tu ne pourrais pas venir débloquer la situation tout seul.

Mon exosquelette me permet de lever les bras au ciel, pendant que je m'exclame :

– Qu'as-tu donc encore manigancé?

– Depuis nos premiers contacts avec les stellaires, leurs modes de déplacement ne cessent de susciter mon intérêt. La translation, ou téléportation notamment peut s'expliquer théoriquement. Mais pour que le test ait valeur scientifique, il fallait le vérifier concrètement. Par conséquent, je me suis penché sur la question en me servant de mes capacités pour devenir mon propre cobaye. Si j'avais utilisé un dispositif réel, tenter de l'activer pour moi-même aurait été trop dangereux. Pour éviter ma destruction, j'ai imaginé une virtualisation de transfert. Sachez que les conclusions de cet essai, contrairement aux apparences, sont extrêmement encourageantes pour moi, ou tout androïde de type identique!

Chers amis, j'ai appris qu'il me serait possible de voyager par translateur, mais uniquement avec toutes mes fonctions éteintes.

En effet, n'importe quel objet peut être translaté de n'importe quel endroit en tout autre point de l'univers. Il en va de même avec un être conscient et capable de s'adapter à ce que je nomme le "paradoxe non mental" qu'engendre un tel pseudo déplacement. Mais une entité purement logique, un ordinateur basé sur une mathématique cartésienne stricte, et à plus forte raison un androïde qui ne peut opérer que par une pensée analytique, ne peut appréhender un déluge d'équations comportant chacune une infinité d'inconnus. La dématérialisation et la rematérialisation leur reste un phénomène inextricable. On peut le comparer à une confusion si intense, à une saturation si totale des capacités intellectuelles, qu'elle correspondrait, chez un humain, à une attaque cérébrale fatale. Une intelligence artificielle ne vit pas : elle existe uniquement par ses compétences de raisonnement, selon des données disponibles et parfaitement classables. En bref, s'il quitte le domaine de la logique, ses circuits sont irrémédiablement grillés. Heureusement, mon algorithme expérimental intègre une mesure de sécurité. Toutefois, il fallait que je puisse enregistrer des informations aussi complètes que possible. Par conséquent, l'ordre d'interrompre la simulation ne devait se déclencher qu'à l'ultime moment.

Tani est sur le point de poser une question, quand son transmetteur émet un bruit d'abeille.

La voix de Darin' emplit la cuisine :

– Salut, tous! Heureuse de savoir le Tigre hors d'affaire. J'ai ici Kossipalkino, émissaire intergalacte, désireux de se joindre à vous. Octa, serais-tu d'accord de le rencontrer chez toi, malgré ton ermitage?

Je reste un moment silencieux. Le Tigre parlait de "circuits grillés", il y a de cela quelques instants... et voici que deux puissants chocs émotionnels subits coup sur coup risquent de me faire le même effet!

Je me ressaisis :

– Bigre! Évidemment que j'accepte. C'est inespéré!

Darin', non sans une bonne dose d'amusement dans sa voix, m'annonce tout de go :

– Ha! Je m'attendais bien à une réponse du genre. Pour cette raison, le dirigeable transportant ton invité est parti depuis peu... et devrait arriver chez toi d'un instant à l'autre! Je te souhaite, ainsi qu'à vous tous, une belle fin de soirée. Salut!

La communication s'arrête, laissant dans l'air le seul son de pales en décélération, typique d'un atterrissage d'une barquette.

– Bigre! Il est déjà là.

Par réflexe de politesse programmée, le Tigre se lève alors que Tani, jusqu'ici debout à mon côté, va ouvrir la porte. Le personnage dans l'encadrement, comme il est facile de le penser, ne ressemble à aucune créature connue. Malgré ses dimensions, et sa posture plutôt humanoïde, l'être dressé sur ses deux jambes fluettes n'a rien d'un terrien. Bien sûr, c'était parfaitement prévisible. Mais l'être, avec la forme de ses longs doigts, ces immenses yeux mauves plantés dans un crâne qui tient plus d'un assemblage de cubes polymorphes et sa peau bleutée semi-translucide, dépasse ce à quoi quiconque pourrait s'attendre.

Il est simplement fantastique!

Sans réfléchir, je place mes mains, paumes vers le haut, devant moi et prononce le salut qui me vient spontanément :

– Kaadrri!

Très naturellement, le nouveau venu me rend le geste et dit de même :

– ⊔〜━卅⊃

... mais avec beaucoup moins d'accent. Puis il continue, approximativement dans notre langue :

– Mon individu Kossipalkino ravi de cette rencontre. Individu Octa espère depuis longtemps. C'est véritablement apprécié de demander agréable contact avec individu Octa. Mon individu sait mal lourd pour Octa. Mieux créer nouveau contact plus tard. Kiaka-Tosaa espère disparition mal. Do'kialota vient réaliser contact rapide.

Kossipalkino doit avoir assidûment étudié nos manières, car à la fin de son speech il pose ses mains, munies de longs doigts, sur mes épaules en dirigeant son regard droit dans le mien. Il hoche de sa drôle de tête avant de se retourner vers Tani. Avec un geste très humain et sans équivoque, il lui fait signe de le suivre dehors.

Cette entrevue se termine ainsi : l'extraterrestre prend Tani en aparté. Puis, sans autre explication, lui et ma reine repartent ensemble, laissant un Tigre requinqué à la Salière, pour me tenir compagnie.

J'entends le petit dirigeable s'envoler, et je reste là, tel un rond de flan!

CHAPITRE NEUF

Bilan

Le passager

Cette rencontre avec l'intergalacte est incontestablement, une expérience à ranger parmi les plus marquantes de mon existence. Malgré sa façon abrupte, la manière avec laquelle elle s'est terminée m'a paru totalement naturelle. Les us et coutumes n'ont rien d'absolu et, surtout en pareilles circonstances, la souplesse est de rigueur!

Soupir

Kossipalkino a perçu mon état de faiblesse. J'aurais bien aimé tenir le coup un poil plus longtemps, bien sûr...

Fichtre! Pourquoi me plaindre? Somme toute, je ne suis qu'un passager du temps, comme tout autre, lié à une trajectoire partant d'un point d'origine, et aboutissant à une arrivée finale. L'essentiel demeurant d'avoir été vraiment vivant, au moins quelques instants, durant son existence. À ce propos, je crois ne pas avoir trop gaspillé la mienne. Que de découvertes inouïes, depuis ma naissance. Quelle extraordinaire tournure ma vie a prise!

Et aujourd'hui, maintenant, quelle richesse!

Peut-être que les pilules et potions, savamment concoctées par Tani et le Tigre, y sont pour quelque chose, mais je plane. C'est un fait. Mais il ne s'agit pas que d'une simple euphorie ni d'une pure distraction. Leurs mélanges m'aident souvent à me concentrer sur l'essentiel.

D'ailleurs, il me semble que mes dernières réflexions devraient figurer dans mon carnet de notes.

Où est-il, le bougre?

Ah, le voici! Heureusement que je ne quitte plus mon exosquelette. Mes gestes sont précis, et j'attrape aisément ce dont j'ai besoin pour écrire.

Octa, Cycle 149, Lune 8, jour 10, au soir

Kossipalkino est reparti hier vers les étoiles. Personne ne sait vraiment comment il s'y est pris. Les intergalactes ne sont pas responsables de notre incompréhension, ils ne cherchent pas à nous cacher quoi que ce soit. Leur technologie passe, simplement, bien au-dessus de nos caboches!

J'écris en position semi-allongée, dans ma cellule d'ermite au-dessus de la Salière.

Je sens mes forces décliner très rapidement. Tout se précipite ces derniers jours, sauf mes activités. Mon exosquelette compense ma faiblesse, mais les voyants sur mon poignet m'indiquent un pourcentage toujours plus alarmant de problèmes physiologiques. Les douleurs sont supportables grâce au nouveau mélange de médicaments, dont je prends, maintenant, six gouttes quatre fois par jour de l'un et trois pilules de l'autre. Les hallucinations sont assez agréables et continuent de me distraire, me faisant oublier mon pitoyable état, même lorsque je sors d'une méditation et retourne dans ce monde purement physique.

Hier, Tani et Zin' sont venues me rendre visite. Je n'ai pas pu admirer le mini dirigeable que ma fille a récemment construit elle-même, mais elle m'en a montré des croquis. Je suis très fier de ce qu'elle a réussi à créer. Elle est une artiste de la mécanique!

Tani est tellement triste. Je l'ai pourtant suppliée de ne pas s'infliger le spectacle désolant de me voir dans mes derniers moments. Je me fais peur rien qu'en me regardant dans un miroir!

Leur amour est doux, mais je regrette de ne pouvoir leur éviter tant de peine.

Ma reine est merveilleuse et je suis sûr qu'elle trouvera du réconfort dans les bras apaisants d'un sympathique gars prêt à la consoler avec passion.

Ma princesse peut être heureuse avec son nouveau compagnon et plus tard, aussi, avec les deux enfants qu'elle voudrait avoir... J'aurais eu beaucoup de joie de les connaître avant de disparaître!

Être grand-père est certainement une expérience intéressante, quand bien même elle n'aurait pu être que de courte durée. En rêve, j'ai fait mes adieux aux tout petits en imaginant que je pouvais encore tenir debout. Cela aurait été si sympathique qu'ils aient eu des souvenirs d'un aïeul vivace et agréable. Mais la vie est une rivière aux remous imprévisibles. Ils auront, eux aussi, tout le temps qu'il faut pour apprendre que l'existence a ses côtés cruels. Je n'aurais pas voulu qu'ils me voient ici, à la Salière, dans ce pitoyable état.

Quand je ferme les yeux, toutes ces considérations, et bien d'autres disparaissent quasi instantanément.

Comment l'expliquer?

Il n'existe, alors, qu'un fil, si fin, fait de pure subtilité et terminé par un point minuscule. "Moi", semble-t-il. Suspendue à ce filament de nulle part, ma vie reste collée par la force tranquille d'une évidence. C'est une situation qui n'a strictement aucun besoin, même pas celui de prouver une quelconque réalité. Pourtant, elle me dit l'essentiel : "Rien n'est vraiment important. Il n'y a aucune raison pour qu'il y ait du sens. Ressentir la vie suffit à son existence momentanée."

La sérénité m'enveloppe. Je pourrais mourir tout de suite, que cela n'y *changerait rien.*

*Sans jeu de mots, j'avoue passer le plus **clair** de* mon temps dans la contemplation de la **lumière** intérieure.

Un bruit m'extirpe de ma laborieuse dissertation. Je sais, avant qu'il n'ouvre la porte, que le Tigre revient après s'être adonné toute la journée à ses recherches. En entrant, l'androïde capte mon regard et annonce, triomphant :

– Octa, j'ai de bonnes nouvelles!

– Bigre, je crains le pire! Déjà, qu'avec ma prothèse complète, je te ressemble de plus en plus, j'espère que ta nouveauté ne va pas contribuer à continuer ma mue vers un Octa transformé! Une chose est certaine : je ne veux pas que vous placiez mon mental et mes schémas égotistes dans une version modifiée du Tigre, que mon pseudo-double ait mon aspect ou pas!

– Non, ce que j'ai à te communiquer n'a rien à voir avec de telles manipulations. À moins que tu ne considères une amélioration du générateur de plasma comme un sacrilège du même genre.

Quoi qu'il en soit, je suis surtout revenu assez tôt pour faire de nouveaux essais.

– Ah! Tigre, je commence vraiment à en avoir assez. Tenir à sa vie est une réaction parfaitement légitime. Toutefois, personne ne peut retenir l'entropie. De plus, arrivé à un certain stade de son existence, on peut avoir l'impression d'avoir fait le tour de la question. Surtout quand la douleur, au fil des jours, devient la principale préoccupation. Je conçois que la mort puisse être une douce consolation, dans des cas bien précis.

– Et que te dit ton instinct?

– Toujours la même chose : cette fameuse impression qu'il devrait y avoir une suite...

–... Je sais que se baser sur ce genre de sensation n'a rien de logique, mais j'ai observé, chez les humains, un taux incompréhensiblement élevé de synchronisme entre cet "instinct" et le déroulement des événements.

Bref. Je fixe ce boîtier ici, sur le montant du scanner, et je t'installe pour ta séance quotidienne.

Sans autre, et en quelques secondes, je suis extrait de mon exosquelette et, immédiatement, allongé sur la couchette.

* * *

Octa, Cycle 149, Lune 8, jour 10, la Salière, au matin

Dans les temps anciens, on enterrait les morts, on leur vouait une sorte de culte. Certaines croyances prônaient une vie "éternelle", alors que le principe fondamental de l'infini est justement le changement perpétuel, la refonte continuelle de toute matière et antimatière. Il y avait même des promesses infondées, prétendant que l'on retrouverait nos êtres chers dans un hypothétique "au-delà" éthéréen.

Évidemment, tout cela n'avait comme but que de rassurer, de donner une impression d'utilité à une existence passagère.

La peur de l'inconnu a toujours été une pulsion forte, qui influençait énormément les individus. La plus paradoxale étant la fameuse "peur du vide", comme si le vide devait absolument être comblé!

L'humain aimait rester dans le déni, incapable de vivre dans la spontanéité. Une simple vie, sans "avant" ni "après" lui paraissait "trop absurde"... Pourquoi refuser l'absurde? Que l'existence ait un sens dans l'expérience du moment suffit pourtant amplement. On ne peut apprécier davantage qu'un instant, quoi qu'on fasse, pense, croie ou veuille.

Il ne faut être ni un grand philosophe ni un éminent scientifique pour réaliser que la seule absurdité est de craindre le "rien" quand il s'agit de s'effacer à jamais. Ça n'est qu'un ego paniqué qui ignore que, dès sa disparition, sa peur en fait de même. Il n'y a donc strictement RIEN d'effrayant!

* * *

Octa, Cycle 149, Lune 8, jour 12, la Salière, au matin

L'exosquelette a beau me rendre la mobilité d'un type en parfaite santé. Je me sens néanmoins totalement ravagé, physiquement, et bien qu'accompagné par une sagesse assimilée depuis l'enfance, mon moral est aussi au plus bas. Je suis vraiment au bout du rouleau. Si je n'avais pas si mal, je rirais de ce simpliste adage : "Un esprit sain dans un corps sain". L'origine de cet axiome est à chercher dans la confusion, très en vogue Avant, entre l'esprit et la pensée. Il est difficile de réfléchir en étant malade, alors que la connexion avec sa conscience peut rester intacte malgré les peines. La vérité n'a rien à voir avec les balivernes que colportaient certaines traditions culturelles, à une époque où l'individu s'étouffait dans ses croyances.

Quoi qu'il en soit, toutes ces considérations ne changent rien à mon état. Je pense sincèrement qu'il est temps de mettre un terme à une existence aussi *malmenée.*

Demain, je vais demander au Tigre de bazarder toutes ces prothèses et d'installer un système d'injection létale.

Se réveiller, chaque jour, avec ces douleurs sous-jacentes, les sachant constantes et seulement partiellement cachées par des médicaments de plus en plus forts, commence à me dégoûter au-delà du supportable!
Ça suffit! Je crois qu'il est temps d'y mettre un terme.

D'une main tremblante, je contrôle encore suffisamment mon index pour atteindre le communicateur du transmetteur et l'enclencher. J'arrive à chuchoter :
– Salut! ma Reine, salut! ma Princesse, je vais bientôt vous quitter. Si vous le désirez, et que cela convient à votre sérénité, vous pouvez venir pour transférer mon corps sur ma colline préférée. Je vais prendre ma dose maximale d'antidouleurs, si bien que je vais probablement glisser dans les vapes et ne serai dès lors plus dans votre dimension quand vous me laisserez. Je ne serai pas encore mort, toutefois ma conscience sera bien loin de tout ce qui paraît réel dans le monde habituel.

Tani retient ses sanglots, cela s'entend, quand elle répond d'une voix cassée :
– Nous arrivons tout de suite!

– Inspire... expire... Mon amour. Garde ton calme. Tout cela est très naturel. Venez et ne vous en faites pas. Tout ira bien.

Le Tigre, que j'autorise à espionner mes moindres faits et gestes, entre au moment où je coupe la communication.

– Tu as prévenu toutes les personnes que tu voulais?

– Oui. Merci.

– Je suis resté un moment sur le perron, pour te laisser terminer ton appel. Comme tu peux le comprendre, je n'ai rien préparé à manger, cette fois-ci. Ce serait inutile. Mais aimerais-tu autre chose?

– Non, Tigre, je te remercie. Sauf, peut-être... oui : donne-moi mon carnet et le stylet et viens t'asseoir à mon côté et écrit à ma place, s'il te plaît. Depuis quelques jours, ma main tremble et la plume n'y tient plus. Je suis fatigué de n'avoir presque rien fait, mais ce sont là les symptômes normaux de ma situation.

– Oui, dans ton état actuel, c'est logique.

– Tu voudras bien, par la suite, compléter quelques passages de mon livret, avant de le remettre à la Bibliothèque?

– Bien sûr Octa. Je ferai de mon mieux pour en garder le style. Par contre, je vais me choisir une calligraphie différente. Il ne faut pas que les lectrices et lecteurs puissent confondre entre ton texte et mes ajouts. Par ailleurs, le "s'il te plaît" est, envers ma non-personne, une forme de politesse — comment dirais-tu ? - "Désuète". Je m'exécute, tout simplement, sans me préoccuper d'un quelconque côté "plaisant".

L'humanoïde se saisit du carnet de notes et de la plume-réservoir que j'avais fabriquée il y a de longs Cycles de cela. Une chaise est déjà à mon chevet. Le Tigre s'y assoit, et attend patiemment, prêt à consigner fidèlement mes moindres paroles.

Fichtre, les gestes les plus évidents me demandent tant d'effort. Les prothèses m'avaient sérieusement trop gâté. Malgré le système de musculation passive, avec ses patches électrifiés, collés sur tout mon corps, me voici ramolli à un point que je n'aurais jamais pu imaginer! Dans cet état, il me serait impossible d'écrire. Carnet et stylet me seraient glissés des mains. Ces mains qui, maintenant, reposent de chaque côté de mes genoux, légèrement surélevés par un traversin.

La concentration nécessaire à la recherche de mots destinés à la postérité, mots que je voudrais justes, équilibrés et modérés, est malmenée par les secousses sporadiques sensées stimuler le peu de force qui me reste.

Inspire... expire...
Allez : je me lance.

Octa, La Salière, Cycle 149, lune 10, jour 18

Il paraît qu'au Village, les toits sont blancs de neige! J'en ressens le froid dans mes os.

Sur l'horloge accrochée au mur, il est neuf heures douze minutes et d'ici quelques heures je ne serai plus.

Je profite de ces derniers moments de mon existence pour philosopher un peu, tout en appréciant chacune de mes respirations. Je ne sens presque plus de douleurs et la vie est agréable. Si ma santé me le permettait, ce serait l'occasion rêvée de prendre ma guitare et partir dans une chanson improvisée!

Chers amours, chers amis et chers futurs lecteurs, je fais un bref bilan de mon séjour de cinquante-deux Cycles sur Terre... et ailleurs. Car oui, j'ai beaucoup voyagé. À chacun de mes retours au Village, j'ai pu constater les énormes évolutions qui s'y sont produites.

Il est possible que j'aie été un des villageois les plus hyperactifs, bien que la plupart des expéditions, qui paraissaient extraordinaires il y a peu, soient devenues presque habituelles pour les nouveaux arrivants...

Les individus de ma génération auront connu bien des changements au cours des Cycles. Il y aura eu un adoucissement météorologique remarquable et une quasi-renaissance des saisons qui n'est pas encore totalement expliquée. La visite des premiers survivants civilisés externes au Village, les Gris, et la connexion avec ceux du Manoir. La rencontre avec le Tigre et la découverte des activités qu'il pilotait secrètement à l'abri de ses épais murs de pierre. La révélation-choc que notre Petite Lune, la Trotteuse, n'était pas naturelle, mais construite par l'ancienne société d'avant la Grande Destruction. Les trajets sur Lune et Mars, qui ont chamboulé bien des notions bioniques, techniques et éthiques. Le développement de sciences inédites parallèlement à l'incroyable rendez-vous avec des habitants de lointaines galaxies. Tout ceci en une seule vie, c'est époustouflant, inespéré!

Quelle chance inouïe d'avoir pu naître précisément dans cette tranche de l'histoire humaine!

Mais, tout ce qui a un début a une fin et les bébés d'aujourd'hui auront, durant tous les stades de leur croissance et leur parcours d'adultes, encore bien d'autres découvertes qui viendront paver leurs chemins, qu'ils soient tortueux ou non.

Il est bien probable que j'aie vécu le maximum qu'il m'ait été possible d'expérimenter de ma naissance à ma mort. Je ne suis qu'un passager, un voyageur de l'existence. Laquelle n'est simplement qu'une longue chaîne d'émotions. Agréables ou pas, nos impressions sont les maillons qui offrent de nous sentir vivants, l'unique potentiomètre, le seul moyen de prendre les mesures qui nous différencient du néant. Paradoxalement, c'est aussi notre état d'être matérialisé, pourtant si limité, qui permet de transcender les apparences. Les pensées ne sont rien à côté, juste des tentatives bridées de rationaliser ce qui ne peut l'être. Inutiles, au demeurant, si l'on est capable de boire son ressenti directement à la source.

– Attend Tigre : je dois arrêter là ma dictée, je n'arrive plus à contrer les assauts de dame somnolence...

À peine ces quelques paroles prononcées, que voilà : je sombre.

Le Tigre d'Acier, au Village, Cycle 149, lune 10, jour 21
J'inscris ceci dans le carnet d'Octa à sa demande tacite.

Mon cher ami ne s'est pas réveillé de sa sieste, si bien qu'il n'a pas pu me transmettre ses dernières volontés.

Au vu de l'état dans lequel se trouve Octa, et avec l'accord de Tani, un dirigeable est venu nous chercher mon ami mourant et moi, pour retourner au Village. J'ai pris soin de démonter, et préparer, la machine à rayons plasma, pour l'emmener sur le même transport.

Octa a, ces derniers temps, plusieurs fois tenté de rire et de plaisanter sur le fait qu'Holt, constructeur et ancien occupant de sa maison, avait tenu sur Terre aussi longtemps que lui, mais avait eu droit à une "rallonge", en séjournant quelques Cycles dans la Station.

La situation a été très inhabituelle, car empreinte d'attitudes conditionnées par ces fameuses émotions humaines. J'arrive à les analyser, par contre, je ne les comprends toujours pas.

En particulier, il y a eu les larmes de Tani quand elle m'a cité ce qu'Octa lui avait déclaré :

"Reine, oh, ma reine, ma seule richesse aura été l'argent de tes yeux !"
Pourquoi ceci l'a-t-elle fait pleurer ? J'ai pourtant trouvé la phrase censée être assez flatteuse...

Le Tigre d'Acier, au Village, Cycle 149, lune 10, jour 29

Mais tout ceci n'était qu'une diversion ! Personne n'a jamais évoqué qu'un plan avait été élaboré en secret.

Il fallait tenter une dernière expérience avant de laisser Octa s'en aller, sans lui en parler afin de ne pas faire renaître d'éventuels faux espoirs. Or, j'avais une idée, de mon côté. J'ai retrouvé la trace d'un traitement ancien, mais supposé efficace contre le cancer. Par contre, aurais-je eu le temps de le mettre au point avant qu'il ne soit trop tard ? Une équipe m'a pris de vitesse, heureusement, et tout le monde semblait convaincu d'avoir trouvé une solution.

Dès que nous sommes arrivés au Village, et après qu'Octa ait été installé sur un genre de fauteuil qui le maintenait dans une position presque verticale, Tani s'est mise à chuchoter à l'oreille de son bien-aimé : "
Octa, continue de paisiblement dormir. Ne pars pas définitivement, encore. Il y a encore une expérience à tenter... et je suis sûre que tu vas la trouver extrêmement intéressante ! J'aimerais tellement qu'au moment où il faudra t'en aller, cela puisse ne pas être uniquement pour fuir une immense douleur. À tout à l'heure, mon amour."

Ensuite de quoi, le corps inerte de mon ami a été placé dans l'appareil.

* * *

Quel merveilleux tumulte lumineux. Une fantastique aspiration qui berce l'univers, une spirale, un mélange paradoxal de nouveauté absolue... et de déjà-vu!

Je prends conscience de deux évidences : l'une est l'émersion en monde connu, matérialisé. La deuxième est que je parle à voix haute :

– Je n'ai pas le cul entre deux chaises... mais entre deux millions de chaises! Et bien plus encore...

La "dualité" n'est pas ce que l'on croit souvent : soit blanc, soit noir.

– Oui, mais ça, Octa, nous le savons tous déjà...

Cette interruption mérite réponse :

–... Mais sans en tenir compte, parce qu'on ne voit pas la multitude de mondes avec la multitude de variantes de chacun de ces mondes! Des variantes qui se profilent, ainsi, à l'infini...

Quelque chose, un choc, m'empêche de me lancer dans ce qui est en passe de se transformer en un flot continu de paroles.

Car une troisième évidence s'impose : elle a un nom... qui n'est nulle autre que "Tani"... et c'est avec ELLE que "je" converse en ce moment!

Nouvelle explosion de joie.

– Bigre! Tani, c'est bien toi... c'est bien moi, ici?

– Oui, avec un Octa vivant, en bonne santé, et pour un moment encore... je l'espère!

– Pourtant, n'étais-je pas sur le point de mourir? Viens donc dans mes bras, ma reine!

À sa façon terrestre, néanmoins incomparable à celle expérimentée lors d'une dissolution de l'ego, le temps perd de son importance. Nous nous embrassons longuement, mais sans excès. D'ailleurs, je n'ai pas récupéré toutes mes forces... Mais toutes les douleurs articulaires, elles, ont totalement disparu.

– Tani, maintenant, dis-moi ce qui s'est passé. Je ne devrais pas me trouver ici, il me semble!

– En effet, mais il fallait un cobaye pour vérifier le bon fonctionnement du premier translateur intergalactique installé au Village. Comme tu étais condamné, tu étais un sujet idéal pour tenter un essai. Encouragée par les explications convaincantes des stellaires, j'ai décidé que tu ne risquais rien à prendre le rôle du sacrifié lors d'un premier test de transfert.

– Juste par curiosité : quel jour sommes-nous? Il me semble qu'un lustre s'est écoulé depuis mes premières grandes douleurs, et les suivantes, entrecoupées de journées entières à dormir assommé par les médicaments, jusqu'à maintenant.

– Ça va te faire drôle, Octa. Nous sommes au Cycle cent cinquante, en Lune trois et au jour dix-huit. Eh, ne fais pas cette tête! À ton retour au Village, le translateur n'était pas encore installé. Il a fallu te plonger en catalepsie et te traiter au plasma durant plusieurs jours avant de tenter un voyage.

– En ce qui me concerne, je ne vais faire aucun reproche, ça a été une brillante idée... et je pèse mes mots. Découvrir qu'il y a, parfois, beaucoup plus de lumière derrière les paupières que devant, et que, comme lors d'une bonne méditation, la translation provoque une expérience intérieure particulièrement extatique ne peut qu'être réjouissant.

En bonus, je reviens guéri de mon cancer. L'effet secondaire de cette nouvelle expérience d'EMI, par dissolution dans le "Rien-Tout", est surprenant. Premièrement, la rematérialisation suit le programme de l'ADN original, et restitue un organisme dépourvu de toutes les métastases. Deuxièmement, l'usage d'un translateur intègre une méthode d'assimilation ultrarapide, sinon instantanée, de multiples connaissances universelles, et en plus de l'intergalacte standard!

– Pour l'ADN, il a d'abord fallu s'assurer que tes cellules saines étaient assez nombreuses pour qu'elles soient prises en considération prioritairement par le translateur.

– Mais, tout de même, toute cette sale histoire aura bouffé un peu plus d'un Cycle. Pff! C'est long.

– Oui, mais, pendant ce temps, de bonnes nouvelles se sont aussi bousculées au portillon.

– Fichtre, tu plagies de nouveau une de mes expressions favorites! Mais, raconte-m'en une ou deux, s'il te plaît.

– Un étrange visiteur est venu, ce matin, de la Station. Il est presque translucide. Zin' l'a immédiatement reconnu, il s'agit d'une vieille connaissance : Do'kialota.

– Do'kialota! Génial!

– Il est envoyé en émissaire des intergalactes et propose d'installer le translateur de manière définitive chez nous!

– Bigre! On nous offre l'accès aux étoiles, c'est fantastique!

Il n'en faut pas plus pour me sentir submergé par l'émotion. Je fonds en larmes. Que de bonheur!

Avec Tani, tout autant touchée, nous nous serrons l'un contre l'autre, cumulant nos microtrépidations.

Ma reine se reprend, et continue en maîtrisant ses sanglots :

–... Et il y aura également un translateur fixe dans le Manoir, dans la Station, ainsi que chez les Verts. Je crois que depuis peu notre planète peut être considérée comme civilisée!
– Enfin!

Nos transmetteurs grésillent de concert : le Tigre annonce son arrivée.

À peine sommes-nous prévenus de sa visite, que notre androïde préféré est déjà derrière la porte. Munie récemment du même système de reconnaissance et d'ouverture en usage dans la Trotteuse, elle laisse entrer le Tigre. À la mine enjouée qu'il s'est façonnée, on peut déjà deviner qu'il s'apprête à nous faire part d'une excellente nouvelle.

En effet, il prend un air théâtral, et clame :

– Oyez, oyez, oyez! Braves amis, j'ai le grand honneur de vous rejoindre en compagnie de...

Bras droit tendu vers la porte, il s'interrompt, visage légèrement penché vers le sol dans une posture révérencieuse, tout en nous désignant de sa main gauche.

Une ombre dans l'encadrement cède rapidement la place à un personnage improbable dans notre contexte planétaire habituel.

Je suis sidéré — au propre comme au figuré :

– Kiaka-Tosaa! Bigre, tu es venu jusqu'ici?

Malgré sa physionomie translucide, entre l'axolotl et l'humanoïde, le nouvel arrivant parvient à plisser les commissures de la longue fente qui lui tient lieu de bouche. Il ne fait aucun doute qu'il tente d'imiter un sourire de Terrien.

– ⊔〜—🙰⊃

Je me lève d'à côté de Tani pour rejoindre mon mentor.

– Kaadrri, mon ami des étoiles! Comme je suis heureux de pouvoir te rencontrer d'une manière plus concrète que par songe interposé. Mais, pardonne-moi, devrais-je plutôt m'exprimer en intergalacte?

Avec son intonation très particulière, il me répond :

– Langage compris, pas maîtrisé. Parler en pensant mots, avant partage émotions faire difficile. Tes yeux parlent mieux que mots. Va ainsi. Parler Terre mieux pour Tani et Tigre. Tani joli nom, c'est "grand contact constant nouveau". Femelle ouverte, grande chance!

Ma reine pouffe. Je me tourne vers elle, avec l'œil pétillant de gentille malice, et laisse échapper :

– Oui, tu as bien raison, mon ami, c'est une très grande chance, en effet.

– Planète Terre belle, aussi. Pas perdre. Faire contact bien.

– Bigre! Pour qui ne sait pas interpréter l'implication émotionnelle de tes paroles, celles-ci peuvent paraître simplistes. J'espère que tout le monde pourra allègrement se lancer dans des voyages stellaires, et apprendre à utiliser ce merveilleux langage du cœur qu'est l'intergalacte standard. Le plus tôt sera le mieux!

– Individu moi, pas rester longtemps. Planète compatible, mais pas égale. Petite femelle liée individu Tani et individu toi venir ballon. Retour étoiles.

Tani, toujours sous le charme de cette exotique rencontre, vient nous rejoindre.

– Ah! Tu as déjà fait connaissance avec notre fille?
– Oui. Elle venu chercher Kiaka-Tosaa place individu resté.

Un moment de silence s'installe avant que je ne réagisse enfin à la révélation du stellaire.

– Fichtre! Tu veux dire que Zin' a utilisé un translateur pour aller te chercher sur ta planète?

Kiaka-Tosaa affiche une attitude assez comique. Il se tortille, en jouant de la souplesse étonnante de ses membres, son "visage" empreint d'une grimace traduisant une totale innocence.

– Plusieurs translateurs. Individu moi pas sur planète origine. Elle chercher et trouver, ailleurs, ailleurs et ailleurs. Six, je crois.

Tani s'est rassise. Effarée elle peine à trouver les mots :
– Bourlingué! Notre fille s'est promenée, dans on ne sait quelles galaxies, sans rien nous dire!

Dans pareil cas : quelle attitude faut-il adopter?

Bien que, moi-même, sous le choc, j'opte pour un ton humoristique :

– C'est notre princesse. Sommes toutes, elle a de qui tenir... mais peut-être à la puissance dix! Elle va avoir de quoi nous raconter, notre grande petite. D'ailleurs, il me semble bien reconnaître le son typique de son dirigeable en train d'atterrir.

C'est bien elle.

Zin' surgit par la porte restée ouverte et s'adresse à notre groupe comme si de rien n'était.

– Salut Chacune et Chacun! Alors, tout va bien? Voyez-vous, j'ai pensé à mon cher père, et je me suis dit : "Quel genre de bigre cadeau pourrais-je lui faire, pour lui montrer à quel point je suis heureuse qu'il soit encore vivant?".

Personne n'a le temps de réagir. Elle fond en larmes tout en se ruant sur moi. Entouré de ses bras, ses pleurs coulant dans le creux de mon cou, tellement touché par cette immense preuve d'amour, je ne peux que me liquéfier à mon tour.

Nous restons un long moment ainsi.

La voix élastique de Kiaka-Tosaa, toute proche, nous souffle :

– •⌐ＡＡ'Ⅼ⊃～⊃◉ ～•⋏═～ＡＡＬ～Ｖ⊃

Zin' et moi, nous ressaisissons et exactement en même temps, lui répondons:

– Oui, en effet, tu as des amis à retrouver très loin d'ici aussi. C'est compréhensible.

Tani vient faire la bise à notre princesse. L'ambiance n'est pas aux reproches. Ma reine, au contraire, lui caresse les cheveux. C'est avec une voix emplie de tendresse qu'elle lui dit :

– Ma chérie, va vite ramener Kiaka-Tosaa au translateur, et reviens-nous tout de suite cette fois-ci. Tu n'es pas obligée d'aller au-delà.

Les deux filles échangent un regard plus complice que filial, pendant que, mon bras en travers de l'absence d'épaules de l'ami galactique, je l'accompagne jusqu'au dirigeable.

Sur le point de monter sur le pont, Kiaka-Tosaa se retourne avec un de ses fameux sourires qui lui coupent la tête en deux, en imitant le salut des Gris.

– Contact nouveau bientôt, Octa!

– Kadri, oui. Je suis bien trop impatient de réutiliser le translateur pour ne pas venir te rendre visite au plus tôt... où que cela puisse être!

Maintenant collé à Tani, je regarde s'envoler le superbe engin construit par ma fille en soupirant :

– Diantre! Il a bien tenu le coup. En fait, pour un axolotloïde, il fait un brin trop sec par ici.

– C'est inouï! Octa, réalises-tu ce que notre princesse est en train de faire?

– Pas vraiment, ma reine, mais elle, elle semble vivre tout cela comme si cela allait de soi!

* * *

L'appréciation de l'existence a toujours été la base du fonctionnement naturel du Village. En parfaits individualistes, depuis notre plus jeune âge, nous savons Chacune et Chacun que rien ne peut remplacer une atmosphère où règne l'entente la plus cordiale. Aucune confusion, je ne pense pas à un concept communautarisme tel qu'un sentiment de solidarité. La notion de devoir moral envers autrui a disparu en même temps que l'ancienne civilisation. Nos ancêtres, n'ayant pas compris que le bien-être ne dépend pas de ce que l'on peut acquérir, mais de l'harmonie qu'on est capable de générer, avaient instauré une philosophie basée sur une série de dogmes et de coutumes à laquelle il fallait obligatoirement se conformer. Les contrevenants se mettaient automatiquement au ban d'une société hypernormée, et perdaient l'accès à des ressources que le système avait rendu indispensable. Un groupe formé de personnes libres de leurs choix ne peut fonctionner correctement qu'avec la bonne dose d'empathie. La voie de la "solidarité communautaire" est à l'opposé, parce qu'impliquant une identification surdimensionnée.

Mais, je m'égare dans mes réflexions.

En fait, je me rends compte qu'il est incroyablement appréciable d'être vivant. C'est aussi simple que cela. J'étais certainement prêt à m'évaporer dans la non-existence, oui. Pourtant, je me sens comme ressuscité. Et cette "deuxième vie" me convient à merveille!

Toute cette fin de journée, je l'ai passée en compagnie des larves et des insectes, sous la serre agrandie qui les abrite. J'y ai vécu des moments de sérénité, comme si j'y faisais une sorte de pèlerinage dans ma vie d'avant; celle où je ne savais rien du Manoir, de la Trotteuse ni des Gris, ou d'une certaine Tani.

C'est encore tout attendri par mes souvenirs, qu'en sortant de l'abri vitré, et en me dirigeant vers le Manoir, je croise le Tigre. Un sac dans chaque main. À vue de nez, j'estime qu'il doit porter environ trente kilos par bras. Mais, connaissant le bonhommoïde, cela ne le gêne absolument pas dans sa démarche régulière et élégante.

– Bigre! Mon cher, ce sont des livres et divers documents que tu transportes si allègrement. Qu'as-tu donc en tête?

– Bonjour, Octa. Tu ne l'ignores pas, je suis toujours à la recherche d'une explication logique à la manière de communiquer utilisée par les stellaires.

– Et j'imagine que la venue récente de plusieurs de leurs émissaires n'aura rien fait pour étancher ta soif de savoir.

– Bien entendu! Par conséquent, j'ai décidé d'écrire un complément au livre existant "LE Guide du tourisme intergalactique", dans l'espoir de faciliter la compréhension intellectuelle de l'intergalacte standard. Pour ce faire, il me faut un maximum d'archives à analyser.

– Ton acharnement t'honore, mais, qu'en feras-tu? Car, avec des translateurs installés, et disponibles pour tout un chacun, l'ensemble de la population ne va pas tarder à parfaitement maîtriser ce langage.

– Ha! C'est ici que cela devient intéressant, justement. Je vais produire un livre qui sera distribué dans le passé!

Cette déclaration me laisse abasourdi tel un rond de flan.

– Co... comment ça, dans le passé?

– De la simple physique, Octa, rien d'autre qu'une formule mathématique...

– Eh bien, elle doit être drôlement longue et tordue ta formule!

– Ça n'est pas la mienne. Ce sont des morceaux d'anciens théorèmes mis bout à bout. En résumé, je vais me servir d'un trou de ver.

– Impossible n'est pas Villageois, je le sais, même tout de même, c'est un peu fort. Non?

– Non.

– Mais, où vas-tu trouver cette faille spatio-temporelle, et comment vas-tu pouvoir y contrôler une quelconque destination?

– Grâce à un translateur modifié, je vais pouvoir décaler la courbe paradoxale en trafiquant les paramètres de synchronisation. Je pose des livres dans la machine et pouf!

– Quelle certitude auras-tu, qu'ils atteignent leur but?

– Mes calculs seront infaillibles.

– Bigre!

– Mais, pour que cela se concrétise, il faut que je m'y mette. Je te tiens au courant.

Sur ces paroles, le Tigre d'Acier file à la résidence de son original, me laissant hébété sur place. Quel projet, mazette!

Perturbé, je ne me souviens plus des objectifs que je me suis fixés pour le restant de la journée. De toute manière, j'ai pris du retard dans mes notes. Ce serait bien d'y remédier aussi. Pensif, je tourne les talons... et rentre chez moi.

Octa, Cycle 150, lune 3, jour 22 au soir

Diantre! Plus les jours passent, et plus j'en apprends de belles!

Ce sont des coquins!

Ils étaient tous complices!

Même mon ami Dril Kioda de Komo-Otirma, aussi loin que le quatrième satellite de Otirnasim', était dans le coup!

J'allais certainement mourir, mais c'était sans tenir compte de l'obstination de Tani et des connaissances moléculaires subtiles des intergalactes... En décidant de me déclarer volontaire d'office pour essayer le translateur, fraîchement installé au Village, mes proches ont fait le bon pari : j'ai bien eu droit à une régénération cellulaire quasi complète.

J'avais pourtant insisté sur le fait de ne pas vouloir être l'objet d'acharnement thérapeutique!

À mon retour, j'ai failli croire qu'un paradis pouvait finalement exister. Tani, avec son immense et merveilleux sourire et ses yeux d'argent, était là et je pouvais profiter de toutes mes émotions sans devoir lutter contre les douleurs!

En plus, je suis si soulagé que Chacune et Chacun, depuis notre rencontre avec les Intergalactes et l'installation des translateurs, ait l'occasion d'expérimenter sa dissolution au moins une fois durant sa vie.

C'est déjà une chance inespérée d'avoir pu développer notre empathie, mais pouvoir glisser au travers de toutes les limitations, et se frotter à la relativité absolue, va bien au-delà de ce que l'on pouvait rêver pour les individus de cette planète.

Traverser "les trois mondes", comme l'évoquaient certains philosophes d'Avant, est la base de la connaissance de soi. Il est donc évident qu'en faire l'expérience est fondamental.

Quant à ma petite personne, et bien que la translation n'est pas une cure de jouvence, je reprends joyeusement le cours de mon existence où je l'avais laissé quand la maladie s'était déclarée.

Par procuration

L'argent qui coule sur mon coussin n'a pas cette valeur marchande si chère à nos ancêtres. Ce sont les mèches cendrées de ma reine, cette femme que je redécouvre chaque matin au réveil, qui évoquent tant de riches sentiments.

Je pose ma main sur la courbe de ses reins, sachant qu'elle n'y verra que le contraire d'un geste déplacé.

Qu'il est doux de ressentir, encore, ce frétillement passionné à son contact.

Tout cela est possible par la grâce du droit au rêve. Tani connaît ma propension à la sublimation, et jamais elle n'a tenté d'exiger que toute mon attention lui soit réservée. Elle admet, sans impression de sacrifice, que mon être n'oublie aucune des femmes que j'ai chéries dans ma vie. Tani, pour avoir le même don, sait l'immensité que peut contenir un cœur aimant.

On est loin de l'idée de "l'âme sœur", si précieux aux ancêtres. L'amour que ressent une personne ne faiblit pas en aimant au pluriel, il ne se tarit pas : il est sans limites. Pour chaque femme adorée, j'ai en moi un royaume entier qui trouve sa place. Mon intérieur n'est pas un vieil immeuble où s'alignent et se superposent des chambres minuscules, dans lesquels je case les avatars de mes anciennes relations. Non, c'est tout le contraire. Et cela, Tani le sait.

D'ailleurs, de la même manière, je connais ses regards, moi aussi. Sans en être absolument ravi, j'ai accepté qu'elle puisse beaucoup apprécier les attentions soutenues de Govin' Tobor, ce jeune lieutenant de la Station, totalement amoureux de ma reine. Il était loin d'être le seul dans son cas, et c'est bien normal. Qui pourrait résister aux charmes de Tani? Personne, j'en suis sûr.

Le fait d'être assez séduisant a, semble-t-il, dans toutes les époques de l'humanité, été très important pour la confiance en soi.

La cascade d'argent bouge sur l'oreiller.

Tani se détourne de la fenêtre pour me faire face. Le miroir de ses yeux me couvre d'un scintillement d'étoiles. Elle lâche un soupir d'aise.

– Salut, mon bigre.

Je l'embrasse, tout en me rendant compte que nous ne sommes plus, non plus, les jeunes amants d'antan. Le scénario matinal a été un peu réécrit en fonction d'un mûrissement assumé. Nous ne faisons plus systématiquement l'amour dès la première stimulation, heureusement sans le moindre sentiment de frustration. Il faut dire que nous avions pris de l'avance, et il nous reste passablement de bonus en mémoire!

Bien que Tani et moi formons un vieux couple, ce n'est ni par habitude ni par crainte de la solitude que nous déjeunons ensemble. Une simple bonne entente ne suffirait pas non plus à vivre sous le même toit. La seule idée d'un tel scénario nous horripile autant l'un que l'autre! S'il devait s'agir d'une relation sans magie particulière, nous nous fuirions mutuellement à toutes jambes sur des chemins les plus opposés qu'il serait possible de choisir.

Ni Tani ni moi ne voudrions gaspiller notre existence dans une vie tout entière faite d'ordinaire et de commun.

Toutefois, ceci n'empêche en rien d'opter, de temps à autre, pour un pragmatisme de bon aloi. Par exemple, nous nous contentons d'avoir fait l'amour hier soir. Ce matin, pas de grande passion débordante, pas de partie de jambes en l'air. Un simple p'tit-déj... et chacun ira vaquer à ses projets pour la journée.

Prêt à sortir, je fais le tour de la table pour farfouiller dans la tignasse de madame et lui coller un bisou dans le creux du cou.

– Ma bien-aimée, oh, ma reine! C'est décidé, je vais aller rejoindre le Tigre au Manoir. Il m'intrigue, avec son idée d'envoyer des documents dans le passé de l'humanité. Je me demande quelle influence cela pourrait avoir...

– He bien! puisque tu oses m'abandonner ainsi, je finis ma galette et file trouver Zin' au Labo. Dis-moi, avant de refaire un saut chez notre fille, ne pourrions-nous en tenter un autre sur une lointaine planète?...

–... Voire dans une galaxie à cent mille années-lumière? Ha! Fichtre! Ça serait une idée, tiens!

– Je n'ai rien contre ton projet. Mais, veux-tu cesser de me piquer mes expressions!

Je ris encore de cette incongruité, au moment de refermer la porte de la maison. Dans mon dos, il me semble entendre un écho. Tani aussi se rend compte de l'étonnante histoire dans laquelle nous mènent les derniers retours de situation.

La normalité a changé de paradigmes, de toute évidence. Exubérance garantie, avec toute une population à subitement pouvoir partir en vadrouille d'une galaxie à une autre. Il faudra drôlement s'appliquer à ne pas devenir complètement dingues, autant zen que nous sommes.

C'est excité comme un gamin qui réussit à concrétiser sa première invention que j'atteins le hall du Manoir. Il doit y avoir un manipulateur du hasard, car, par chance, j'y rejoins Carlonicum en pleine discussion avec le Tigre.

– Bigre! Vous faites exprès? J'avais tellement envie de vous voir les deux!

Carlonicum lève les bras au ciel, avant de les abattre, en douceur toutefois, sur mes épaules pour une embrassade.

– Octa, tu tombes à pic, aussi. Notre Tigre m'étonnera à chaque fois, décidément! Dans un sens, heureusement qu'il est incapable d'émotions; parce qu'avec sa manière de tout passer à la moulinette du rationalisme, il serait déjà dans un drôle de pétrin psychologique. Il a une façon de pratiquer constamment ses auto-analyses qui réduirait n'importe quelle cervelle humaine en bouillie.

Le Tigre le regarde, pensif.

– Tiens, voici un élément supplémentaire que je devrais bientôt étudier. Mais, pour en revenir à notre discussion à propos de mon utilité.

Comme je te le disais, j'ai compris la raison pour laquelle le Tigre mourant a voulu un simulacre de prolongement de son existence en organisant le transfert de sa mémoire dans un corps quasi indestructible.

Le détachement avec lequel le Tigre d'Acier parle de lui a effectivement quelque chose de fascinant. Pris par la perspective d'une discussion intéressante et édifiante, j'ajoute mon grain de sel :

– Au départ, j'avoue avoir pensé à un simple refus de mourir, malgré la sagesse qu'il avait commencé à intégrer dans les derniers Cycles vécus ici même.

– En effet, on aurait pu le supposer. Mais sa décision avait un autre objectif: le Tigre m'a voulu "mémoire de la bêtise humaine". Je suis, par procuration, le modèle à ne pas suivre, la caricature de celui qui a cru pouvoir maîtriser son destin et contrôler celui d'autrui. Comme la Bibliothèque du Village, je contiens une quantité phénoménale de renseignements. Toutefois, ceux-ci doivent servir de manière vivace à ne pas répéter les erreurs de l'ancienne humanité.

Le Tigre d'Acier que je suis aujourd'hui ne peut ressentir, mais il peut mettre en garde. Comme son original pendant de nombreuses années, et jusqu'avant ses dernières années de vie, j'ai le même handicap : l'incapacité de goûter à la joie ou à la mélancolie, à l'amour ou à l'amitié. Moi, le robot, je ne sais que raisonner, réfléchir, comprendre et simuler le reste. Mais le Tigre de chair, alors que sa fin s'approchait, s'est ouvert à l'empathie, capacité que sa copie n'atteindra probablement jamais, malgré l'hypophyse clonée qui siège au creux de sa nuque. Bien sûr, je peux mimer adéquatement l'effet que devraient produire les influx hormonaux, j'en connais parfaitement la chimie. Or, une fois de plus, ce ne sera toujours qu'une simagrée d'un ressenti.

Par exemple, je me souviens d'Octa comme mon meilleur ami... mais le Tigre, lui, le ressentait comme tel. Cet ami est mort et je ne peux qu'honorer sa mémoire. Le comble est que je n'ai même pas la capacité d'en percevoir du regret. Tout n'est qu'intellectuel.

Ce manque d'humanité devient un avantage éducatif. En fait, je représente un "anti modèle", l'exemple à ne surtout pas suivre.

Carlonicum hoche la tête de gauche à droite, le regard levé au plafond, pour manifester sa stupéfaction. La traduction se résumerait par : "Mais, mais, mais, des choses pareilles!"

Sa mimique, si surjouée soit-elle, est irrésistible. J'éclate de rire et me tourne vers le Tigre.

– N'étais-tu pas venu ici pour étudier les archives, celles que tu as dévalisées à la Bibliothèque tout à l'heure?

– C'est vrai! Mais, bien que je n'en ai pas besoin, on peut assimiler cet interlude à une pause café!

Cette fois-ci, c'est moi qui lève les yeux au ciel. Notre Tigre d'Acier... et son humour! Tss!

Mais Carlonicum semble ne pas désirer écourter la discussion :

– Attends, Ça n'était qu'un préambule. Le Tigre voulait encore parler d'autre chose. Non?

L'androïde réagit :

– Oui, mais il s'agit de l'enregistrement d'une expérience personnelle. Venez vous asseoir au petit-salon, vous serez mieux sur des canapés que debout dans le chemin. J'y pense, peut-être que Darin' souhaiterait se joindre à nous. Vous ne croyez pas?

À peine les derniers mots prononcés, que le transmetteur de Carlonicum se manifeste :

– Mon homme a laissé son émission ouverte. J'ai tout suivi. C'est intéressant : j'arrive!

Revoir Darin' me réchauffe le cœur. Nous nous enfonçons dans le moelleux rembourrage d'un mobilier vieux de quatre cents Cycles. Comble de l'ironie, L'androïde se place exactement dans l'angle, et avec la même jambe croisée sur l'autre, que lors de ma première rencontre avec le Tigre en chair et en os. C'était le jour où j'avais découvert que Tani connaissait les lieux pour y avoir habité une longue période avant de débarquer au Village avec sa troupe de Gris.

Et comme ce jour-là, la lumière faiblit et le Tigre parle :

– L'expérience que j'ai tentée est inédite. Toutefois, le sujet est en relation avec plusieurs aspects de la discussion entamée dans le hall. Je vais projeter un test intéressant, et vous me ferez part de vos remarques à la fin.

Cet essai a eu lieu il y a quatre jours.

Le film commence.

L'élocution entendue n'est pas celle à laquelle je suis habitué. Il s'agit de la voix de l'androïde en train de penser.

Je tiens la main de Daori de la même façon qu'Octa tient parfois celle de Tani dans la sienne. Nous marchons à pas mesurés le long de la rivière du Gallon en observant les mille reflets d'un soleil radieux dans les gouttes de rosée déposées sur les feuilles.

Nous avançons en silence. Daori est calme. Aucune grimace sur son visage ne trahit la moindre gêne. Elle sait que je ne suis qu'un robot en train de tenter une expérience.

Il est évident que cette situation ne peut être qu'intrinsèquement paisible, pourtant, je n'arrive toujours pas à saisir l'objectif final visé par un humain lors d'une promenade similaire.

J'ai lu et relu d'innombrables textes, plus ou moins poétiques, à propos de romances et de sentiments d'intense bonheur susceptibles d'être générés dans de tels instants. Mais, rien à faire, je ne peux que constater qu'il me manque une dimension essentielle pour en savoir davantage.

En tournant mon regard vers Daori, dans l'espoir d'y observer un visage radieux de ce fameux "bonheur intense", je n'y trouve qu'une expression tout à fait inattendue. Sa physionomie générale reflète les traits que j'assimile à une forme de regret... ou de la compassion, en fait.

De la compassion! Apparemment, elle en ressent à mon égard... pourquoi?

Avant que je ne puisse lui poser la question, elle penche sa tête, et me dis sur un ton très doux :

– Tu sais, cela ne peut pas fonctionner.

– Pourtant, j'ai bien pris garde à réunir tous les ingrédients nécessaires.

– Hélas, l'essentiel manque, malgré tes efforts.

– Je dois peut-être changer d'attitude, modeler une autre mimique sur mon visage : comme ceci?

– Tigre, Tigre, Tigre! C'est bien essayé. Ton expression est vraiment une

réussite. Tes traits sont justes. Toutefois, moi, je ne peux pas faire semblant d'ignorer que tu ne peux rien ressentir pour moi.

– Pourtant, j'ai longuement parlé avec Itazi. Elle m'a assuré que Lorlo fait preuve d'une réelle affection à son égard.

– C'est possible... Mais Lorlo, à son âge, a envie d'y croire. Il voudrait simplement finir sa vie comme dans un beau rêve. C'est joli. S'il y parvient, c'est tant mieux pour lui. Mais, Itazi, est-elle en mesure de ressentir de la tendresse pour Lorlo?

– Elle fait de son mieux... Mais, effectivement : elle ne le peut pas.

– Oh! Tigre, comme je suis désolée. Mais, c'était prévisible, non?

– Dans les archives, j'ai lu que les ancêtres, sans être vraiment amoureux, arrivaient tout de même à leur fin.

– Comment cela?

– Ils créaient les conditions qu'il fallait. Un homme se parait d'une série d'attributs qui le rendaient irrésistible.

– Et cela suffisait?

– Absolument! Dans les articles, les journalistes parlent des filles qui "tombent comme des mouches". Il fallait pour cela simplement se vêtir d'une certaine manière, d'adopter l'allure adéquate, se procurer un véhicule impressionnant, emmener la personne désirée dans un bel endroit et lui faire toutes sortes de cadeaux. Il y avait même un nom pour la meilleure attitude.

– Lequel?

– La frime.

– Je n'arrive pas à croire que ce genre de comédie puisse donner de bons résultats. C'est idiot! Et il y a des gens qui s'y laissaient prendre?

– Oui, les probabilités étaient énormes.

– C'est du calcul, pas de l'amour.

– Tout n'est-il pas calcul?

– Tu voudrais savoir ce qu'est un sentiment, mais malheureusement, il faut dépasser la logique pour cela.

–... Dépasser la logique... dépasser la logique... C'est bien de cela qu'il s'agit. Or, bien sûr, il m'est impossible de faire une chose pareille.

– Ha! Ha! Ha! L'humour est également un élément de séduction. Tigre, tu ne seras jamais mon amant, mais là, tu as réussi à me faire rire. Tu peux

considérer que ton expérience aura été au moins un demi-succès!

La dernière séquence se termine sur un gros plan du visage hilare de Daori.

La lumière revient alors que l'amusement contagieux de la jeune femme nous a déjà tous atteints. Darin' est la première à se ressaisir :

– Même si tu ne peux te sentir blessé par notre réaction, je tiens à t'assurer que personne, ici, ne rit pour se moquer de toi. Au contraire, ta démarche mérite d'être archivée. Elle est exemplaire. La démonstration est édifiante et indubitablement instructive pour qui voudrait comprendre la différence entre un humain et son fac-similé!

Ceci dit, et quoi qu'il en soit, je crois que nous allons Chacune et Chacun retourner à nos occupations. La journée avance et... Carlonicum et moi avons rendez-vous assez loin.

Darin' me lance un clin d'œil. Sa signification ne fait aucun doute. Je m'exclame :

– Bigre! Vous allez filer par translateur, veinards!

E la nave va

Comme on pouvait s'y attendre, les événements se compliquent du côté de Grandville. Enfin, les problèmes se situent juste un peu plus loin, plus exactement au Château des Nordiens.

Sans grande surprise, Sari prend d'office la responsabilité de la supervision de l'affaire. Ses rapports se suivent, dans un crescendo de violence inquiétant dans les récits.

Les démêlées nordiennes viennent régulièrement nourrir les conversations courantes, voire intimes, ce qui trahit une certaine nécessité d'y trouver remède. Si bien qu'hier soir, alors que Tani et moi avons tenu à remettre en pratique notre attirance mutuelle, il est apparu que nous devrions prochainement faire un tour à Grandville. Souvent, il est préférable d'aller se renseigner à la source, afin de constater une situation en témoin direct.

– Tani! As-tu embarqué les longues-vues?

– Oui, j'en ai pris trois, puisque Darin' se joint à nous.

– À ce propos, il faut y aller. Je crois qu'elle nous attend déjà sur la piste d'envol.

– Alors, un petit footing sac au dos?

– Pff! Ça n'est plus de mon âge. Le fait de ne plus avoir de douleurs articulaires n'a pas fait de moi un super jeune premier!

Nous nous sommes mis en chemin au pas de charge, malgré tout, et continuons notre joute orale.

– Ho, chouchou! Tu exagères. Souviens-toi que tu es moins vieux que moi!

– Peut-être, ma reine idéale, toutefois je n'ai, pour faire illusion, que mon irrésistible charme, alors que toi tu as ton immense beauté. C'est imparable : ça trompe tout le monde!

– M'accuserais-tu de tricher?

– Bien sûr que c'est de la triche : tu es trop bien foutue, fichtre!

– Incorrigible flagorneur, va!

– En attendant, nous arrivons au dirigeable, et j'ai réussi à suivre ton rythme presque sans être essoufflé, c'est déjà une prouesse!

Darin' nous accueille sur place en riant :

– Il m'était impossible d'entendre votre conversation. Pourtant, rien qu'à vos mimiques, je n'ai pu m'empêcher de vous imaginer en train de débiter gag sur gag.

Je prends un air abattu d'un patient victime d'un parasite inconnu pour répondre :

– Ah, oui, c'est terrible! Il y a des défauts dont on ne se débarrasse pas. Pire, l'humour peut même s'installer telle une maladie incurable.

Tani lève un doit sentencieux :

– Octa, stop! Je t'interdis de rester malade de quoi que ce soit... Tu nous en as assez fait, jusqu'il y a peu!
– Diantre! C'est de l'humour, ça?

Darin' a perdu son sourire, et je m'empresse de le lui rendre en la serrant dans mes bras :

– Mais si, Commandante, on rigole! Je suis passé par le chas de l'aiguille, mais il vaut mieux prendre tout cela à la légère, maintenant.

* * *

La distance entre le Village et Grandville dure moins d'un quart de journée en navigation lente. En cette période de Cycle, les vents sont doux, les tempêtes très rares, et l'atmosphère est chargée d'agréables parfums. L'ambiance est à la flânerie, et nous ne sommes pas en mission d'urgence.

À mi-jour, Sari nous accueille chez elle-il en nous offrant son thé de verveine maison. D'habiter dans un appartement relativement étriqué, comparativement aux foyers du Village, ne semble pas particulièrement la-le déranger. Je soupçonne que la proximité du château, et surtout son projet de récupérer son Ramek chéri, n'est pas étrangère à cette abnégation.

Après quelques échanges de nouvelles et autres cancans, Sari aiguille rapidement la conversation sur le sujet qui lui tient, actuellement, le plus à cœur :

– Les Nordiens se sont sérieusement disputés et il en résulte un schisme en trois groupes différents. D'abord, Korak et le chaman n'ont mutuellement plus reconnu leurs compétences. Assok s'est lié au Kla, pour perpétuer une religion sanguinaire. Ce sont eux les plus violents... bien que moins nombreux, leur caractère foncièrement belliqueux peut les pousser aux pires exactions. Korak a rallié une partie de la troupe sous une nouvelle bannière. Ramek, lui, a refusé de servir autant l'un que l'autre de ces chefs, et suivi d'une majorité de Nordiens moins excités, a pris leur tête. Ensemble, ils occupent les trois quarts du côté est. Non seulement plus facile à protéger, ce terrain est aussi socialement plus pratique grâce à ses terres cultivables. Malheureusement, il se trouve que ce dernier groupe, bien qu'important sur le plan numérique, est également le moins armé. Les plus pacifiques, dans ce contexte, sont les plus exposés aux attaques et pourraient être tués ou réduits en esclavage par les soldats de Korak, ou les sbires du Kla. Pour l'instant, les luttes de pouvoir occupent trop Korak et le Kla, ce qui laisse du répit aux autres. Mais ça n'est qu'une question de temps.

Le risque que tout dégénère, et que les Nordiens s'entre-tuent dans un abominable massacre est énorme. Il faut trouver une solution rapide et indolore!

Je lève les yeux au ciel :
– C'était fichtrement prévisible! Dans mon carnet, j'ai écrit toute une litanie à ce sujet.

Tani suggère d'intensifier la surveillance, et de vérifier si le groupe de Ramek est simplement celui qui englobe les personnes réagissant le plus aux effets positifs de la proto-ocytocine.

Le front plissé, Darin' propose qu'on équipe Ramek et les siens de gaz soporifique. Il serait facile de les ravitailler par voie aérienne et leur permettrait de pacifiquement calmer les ardeurs des assaillants.

Sari, quand à elle-il, prend des notes.

Un bref instant de silence pensif s'installe, et j'en profite pour évoquer un scénario différent :

– L'autre jour, le Tigre et moi avons longuement disserté au sujet de l'harmonie qui règne, apparemment sans concertations ni palabres diplomatiques, entre les Intergalactes. Il se trouve que l'androïde a probablement mis le doigt sur un point essentiel. Bien qu'il ne puisse lui-même en faire l'expérience, son étude d'un vieil ouvrage, traitant succinctement du rapport entre des Terriens et des habitants disséminés parmi les galaxies, l'a amené à une intéressante conclusion.
Le Tigre pense qu'il faudrait appliquer à Korak, au Kla, à Assok et à Ramek — pour donner équitablement une chance à chacun — le même traitement qu'à GoWoan't, le prince des trois planètes évoqué dans le livre LE guide du tourisme intergalactique : leur offrir une balade par translateur! Sari relève la tête de ses notes. Son regard est celui de la peur.

– Le choc va être terrifiant! Toutes leurs notions vont se retrouver bouleversées. Par ailleurs, l'implication de l'idée d'appartenance est énorme dans leur conception d'un système social. Les Nordiens se sont habitués à reproduire les vieux schémas basés sur le principe dominants-dominés, sans en connaître les effroyables conséquences des erreurs des ancêtres. Il leur manque tout recul. Ramek risque de...

Sari ravale prestement la fin de sa phrase, et Tani en profite pour se lever. Comme pour mieux réfléchir, elle tourne, à pas mesurés, autour de notre groupe, avant de s'arrêter. Les deux mains appuyées sur le dossier de sa chaise, elle se penche vers nous :

– Nombreuses sont les personnes qui fuient le sublime, par crainte de ne plus supporter leur normalité. Une forte expérience peut facilement bouleverser la perception de ce qu'était la vie avant. Heureusement, beaucoup apprécient de se diluer dans la beauté intérieure. Mais, dans le cas des Nordiens, totalement axés sur l'envie de conquérir et dominer, la brusque révélation de la relativité, avec la disparition des certitudes, pourrait provoquer des ravages dans leur psyché! Vous savez que nous avons tout fait, ces derniers Cycles, pour que le libre arbitre de Chacune et Chacun soit respecté. Or, osons nous l'avouer, nous étudions en ce moment une solution qui n'est ni plus ni moins du pur interventionnisme. Mais, avons-nous le choix? Une évolution naturelle de l'hypophyse d'êtres aussi belliqueux, quand bien même elle serait positive, exigerait une période mutationnelle s'étalant sur des générations. Toutefois, il est plus probable que les bas instincts poussent tout ce beau monde dans une irrémédiable autodestruction, bien avant! Octa a suggéré de trouver une issue réunissant le meilleur de nos diverses idées. À quoi penses-tu, à présent?

– Merci, Tani. En finalité, il faudrait pouvoir emmener les meneurs Nordiens tranquillement dans un translateur... Et, c'est là que nos réflexions se rejoignent. Darin', l'usage d'un gaz soporifique constituerait la phase une. Un bon gros dodo pour tous les habitants de la bourgade et du château ne leur fera aucun mal. Au contraire : ils ne savent pas encore que nous pourrions les dominer par la voie des airs. Pour ne pas les effrayer, voire profondément les blesser dans leur estime de soi, il est plus sage qu'ils l'ignorent pour le moment. Ainsi, Ramek, Korak, le Kla et Assok pourraient, dans une première confrontation, vivre cinq ou six jours au Village, ou au Manoir, afin d'intégrer quelques nouvelles notions. Il faut, effectivement, les dispenser du passage d'un extrême à un autre. Je pense qu'une immersion dans une manière différente de concevoir la vie pourrait diminuer les risques d'effondrement psychologique, et leur épargner les affres de la folie. Il y aura sûrement du travail, autant pour eux que pour nous, car ils seront pour la première fois coupés de leur tribu.

Sari m'interrompt :

– Et je pourrai très bien me charger de tout expliquer à Ramek!

Ma main levée pour signifier que je n'ai pas terminé, et arborant un sourire en coin, je continue :

– Vient l'étape suivante : les translater! Par le simple fait que nous ignorons leurs réactions, il faudra choisir une destination, certes exotique, qui ne les choquera pas plus qu'il ne faut. Aussi, faudra-t-il un comité d'accueil adéquat. Je pense à un groupe de Villageois, ou de Manoiriens, pour éviter un dépaysement excessif. Bien sûr, le folklore d'une exoplanète peut paraître secondaire, mais n'oublions pas qu'ils auront déjà une EMI à digérer.

Octa, Cycle 150, lune 6, jour 2 au soir

La journée fut longue. Elle porte, il est vrai, le poids de toute une période charnière. Il faut préciser que le Village n'a été confronté à aucune violence délibérée depuis les attaques de personnes irradiées, et d'animaux sauvages, lors des dix ou vingt premiers Cycles de l'installation des survivants sur le terrain du Tigre. Les vieilles palissades de l'époque avaient suffi à repousser les quelques agresseurs maladroits, leurs tentatives avaient tourné court. Trop bruyants, ils avaient attiré les dangereux prédateurs, qui hantaient encore les environs, et péri sous les coups de griffes des ours mutants. Leurs corps avaient été trainés, dans la Forêt de l'Ouest, pour nourrir la progéniture des monstres poilus qui y vivaient.

La sauvagerie qu'il a fallu écarter, durant ce récent Cycle, était d'un tout autre genre. Plus de trois cents personnes, dont un tiers de redoutables guerriers, représentent un défi particulièrement peu commode à gérer!

Une fois la première phase parachevée, les Nordiens ne pouvaient que constater la faillite de leurs projets de conquête. Nous leur avons fabriqué et offert une cage dorée, soit, mais peut-on contenir une population aux coutumes nomade, et aux aspirations belliqueuses, sur un territoire délimité? Même si géographiquement, les captifs ne manquent pas d'espace, ils n'en sont pas moins prisonniers.

De plus, imbibés de leur soif de batailles, qui allaient-ils pouvoir défier? Logiquement, ils se sont divisés en factions concurrentes, comme pour mieux générer bisbilles et dramatiques luttes intestines.

Sous prétexte de protéger l'esprit du Village, nous sommes devenus les artisans de leurs nouveaux problèmes. Par conséquent, il était naturel que nous y trouvions autant de solutions que nécessaires pour aider les Nordiens à passer à un autre scénario. Une évolution qui leur appartiendrait entièrement, car écrit avec leurs cœurs, et non les nôtres!

Ce point étant évident, la phase complémentaire a été élaborée avec soin.

Il a fallu de nombreux échanges d'idées, de la patience, beaucoup, de la ténacité aussi, et une concentration de tous les instants.

Ramek a très vite bien réagi à son séjour au Village. La présence continue de Sari y a fortement contribué, de toute évidence. Cerise sur le gâteau, Ramek n'a pas rejeté la nature double de Sari, et semble même y trouver un certain épanouissement. Tant mieux, autant pour l'un que pour l'autre.

À part l'exception du groupe, la sensibilisation n'aura pas été aussi simple concernant les trois grognons-en-chefs. Misère! Bien que Korak se soit avéré le moins intraitable du triptyque, les deux lascars du troisième pan, entités caricaturales à l'excès, ont notablement différé le passage à la suite décisive du plan : l'usage du translateur.

Difficile d'imaginer plus coincés! Incapables de faire le moindre pas en direction d'une autre vision, le Kla et Assok, étaient les plus exposés à sombrer dans la folie profonde par la confrontation directe à la dissolution de leur ego. Oh! Bien sûr, on aurait pu considérer qu'ils avaient tout fait pour en arriver là, mais il ne faut pas être champion en empathie pour refuser d'imposer un tel effondrement à qui que ce soit.

Personne ne pourra prétendre que nous aurons manqué de tact dans la préparation des candidats — involontaires — au changement.

Mais cet épuisant exercice n'aura pas été en vain.

Bref. Enfin, il y a trois jours, les quatre meneurs des Nordiens sont passés à la moulinette d'un translateur. À la grande satisfaction de tous, ils sont non seulement revenus sains et saufs, mais véritablement et profondément enrichis de leur expérience.

L'intérêt de la translation réside dans le fait que la réalisation du Rien-Tout est individuelle et intérieure. "On" peut fourrer une personne dans l'appareil, mais ce que ce voyageur gagne de son aventure est entièrement de son ressort. Son ouverture à la relativité n'est influencée par rien ni personne. Chacune et Chacun est simplement retourné comme un gant, et y fait face... irrémédiablement rendu conscient de l'importance de son expérience.

En conséquence, les anciens meneurs sont devenus davantage des conseillers que des potentats, à la grande joie des Nordiens.

Assok vit à Grandville, dont il a adoré l'architecture dès son premier passage. Le Kla s'est converti à l'agriculture et s'occupe des champs entourant la bourgade du premier cercle. Korak s'est momentanément installé dans une mitoyenne de la partie résidentielle du deuxième cercle, tout en se préparant à réutiliser un translateur. Apparemment, il y a pris goût!

Sari est partie vivre au Château avec Ramek. Elle-il rêve d'une existence *romanesque depuis tout-e petit-e. Il paraît qu'il y a, là-bas, une jeune femme qui vient de mettre au monde un bébé hermaphrodite. L'enfant se porte comme un charme et il n'est plus question d'éliminer un nouveau-né ne pouvant être classé qu'exclusivement dans la catégorie mâle ou femelle!*

Les anciens "guerriers" ont trouvé une autre forme de lutte. Ils travaillent de concert, pour gagner la bataille du bonheur, en se relayant avec Nordiens, Villageois, Gris et Manoiriens, au démantèlement du labyrinthe entourant les champs des pseudo-maîtres. D'ici quelques générations, la même atmosphère empathique, sans la moindre diffusion de proto-ocytocine, flottera sur toutes les régions habitables de cette planète.

Les observations, centralisées dans la Station, démontrent qu'aucune colonie humaine n'existe sur d'autres territoires. Ainsi, Chacune et Chacun peut se concentrer, ou se disperser, selon ses aspirations, en suivant le fil de sa légende personnelle.

Nous vivons sur un monde où chaque Individu peut s'épanouir librement.

C'est sur cette note positive que je conclus ce présent témoignage. Dès que j'aurai posé ma plume, je vais rêvasser au retour de Tani et Zin'. Mes chéries adorent se balader dans les étoiles!

* * *

Un soleil radieux envahit la chambre. Dépassée par mon impatience, ma méditation matinale s'est vue écourtée. Reine et princesse ne devraient pas tarder, et je tiens à les accueillir dans un environnement qui ne trahit pas plus qu'il ne faut ma dernière période vécue en célibataire. Par conséquent, un minimum de ménage s'impose.

Comme j'y mets du cœur, l'ouvrage est prestement mené, et je file à longues enjambées à la piste d'atterrissage des dirigeables de haute altitude. Actuellement, les navettes et les transporteurs de la Trotteuse effectuent les aller-retour sur les plateformes flottantes stationnées à environ cinq mille mètres, à la limite de l'air respirable. Le transbordement des marchandises, et surtout des passagers, est rapide et ne nécessite pas d'installation compliquée. Cette solution s'est imposée logiquement. La faune et la flore terrestre se remettent des blessures infligées par nos aïeux, si bien que tout est mis en œuvre pour éviter d'inutiles désagréments. Le bruit, de certains réacteurs encore en fonction sur les vieux véhicules, est particulièrement stressant et, par conséquent, nuisible pour le développement des jeunes animaux... et, avant cela, dans la phase d'accouplement de nombreuses espèces fragilisées.

Une faible rumeur parvient toutefois jusqu'au sol. Légèrement cambré, et tête en arrière, j'observe la fine traînée blanche d'une navette s'approchant du rectangle brillant de l'astroport flottant.

Mes amours, en tenant compte de la durée qui me reste avant l'arrivée de leur dirigeable à la piste d'atterrissage, ne seront pas dans mes bras de si tôt. En somme, j'ai largement le temps de faire un crochet du côté du Manoir, ne serait-ce que pour vérifier si Darin' ou Carlonicum, voire les deux, ont prévu d'aussi accueillir Tani, Zin' ou quelqu'un d'autre, attendu sur la piste.

À peine ai-je posé mes premiers pas en direction du Chemin des Cendres, qu'on me hèle à ma gauche :

– Hey, l'ami! Où crois-tu aller ainsi?

Je me retourne aussi sec.

– Bigre! Carlonicum, j'allais justement te voir chez toi.

– Et je l'avais anticipé, figure-toi!

– Darin' ne vient pas avec toi?

– Elle y est déjà. Nous avons préparé une petite réception. Non seulement pour le retour de tes chéries, mais également dans l'intention de faire une surprise à des collègues Orbitiens. C'est une équipe qui pose ses petons sur Terre pour la première fois. Ça se fête!

– Diantre! Tu pourras constater que, d'ici peu, la tendance sera aux visites interstellaires avant d'avoir vu ce qui se passe dans son propre système solaire... Ha! Nous approchons de la piste et, effectivement, il semble qu'une agape est déjà bien avancée, là-bas!

Le temps d'arriver, de boire une tasse par-ci, de discuter quelques instants par-là, et le vrombissement du gros dirigeable en provenance de la plateforme flottante annonce son prochain amarrage.

Un bref moment plus tard — qui me paraît malgré tout interminable — les passagers venant de la Station se déversent dans la foule en liesse. Ils sont une bonne trentaine, la plupart assez ébahis. Toutefois, j'en vois deux qui ne prêtent guère attention aux festivités, mais cherchent visiblement quelqu'un du regard. Le visage de Tani s'éclaire. Elle est la première à m'avoir repéré. En attrapant Zin' par l'épaule, elle fend le groupe de personnes qui se sont agglutinées entre nous. Bras ouverts, je les rejoins.

Ah! Que de douces embrassades! Zin' est, à elle toute seule, un véritable feu d'artifice.

– Papa! Si tu savais les mondes que j'ai vus... c'était fan-tas-tique! J'ai gardé les coordonnées galactiques, pour que tu puisses y aller dès que tu en auras envie. On n'a pas idée de la quantité de planètes sur lesquels un Terrien peut rester en vie, alors que toutes les conditions y sont sans le moindre rapport avec ce que l'on connaît. Il y a même un satellite où il n'existe aucun élément qui ne soit mou, agréablement chaud et translucide. À tel point qu'au départ, on n'arrive pas à distinguer les habitants de leur environnement. Dingue!

Tani secoue gentiment l'épaule de sa fille.

– Ma puce, tu pourras raconter tes nombreuses aventures un peu plus tard, tu ne crois pas? Octa, j'ai pourtant visité des gens et des paysages fabuleux, mais revenir sur cette Terre me semble tout aussi merveilleux...

Je l'embrasse :

–... Surtout parce que tu m'y retrouves. Allez, avoue-le!

– Tss! Ne me fais pas regretter d'être rentrée au bercail. Parce que sur beaucoup de planètes, la plupart d'ailleurs, les habitants ne présentent pas le genre de signe égotique qui te caractérise.

Elle pouffe, et se serre contre mon flan.

Aucun de nous trois n'a vraiment envie de rester à la fête. Trop heureux de nous retrouver, nous filons chez nous par le plus court chemin.

* * *

Avec un soupir d'aise, à peine rentrée, Zin' ouvre grand la porte de sa chambre d'enfant et se jette sur son ancien lit, bras et jambes écartés et les yeux au plafond.

– Ah là là! Tu as raison, maman. On peut bourlinguer dans tous les coins de l'univers, quand on retourne à la maison, ça fait un bien fou!

Sa déclaration et son attitude me font glousser.

– Hum, hum! Ma princesse oublierait-elle qu'elle possède son propre castel, dans lequel il me semble, un prince serait supposé se languir en l'absence de sa belle?

– Oh, papa! Bien sûr que je m'en souviens... Mais, là, je replonge dans mon enfance!

– Diantre! Comme si cela ne se remarquait pas. He, he. Tu fais bien, au fait, profites-en. Je ne veux surtout pas briser cette magie très particulière. Et notre reine, elle, qu'est-elle en train de manigancer sur le potager?

Tani répond dans un bruit de casseroles malmenées :

– À manger, mes amours : je nous fais à manger, parce que j'ai l'estomac tellement creux que j'arrive à sentir les objets au travers de mon dos.

Comme je me trouve debout, seul entre la chambre de ma fille et la cuisine, je change de registre pour partager les choses simples de la vie de tous les jours au Village :

– Mars, je parle de la vénérable araignée qui a élu domicile en notre demeure, s'est mise à pondre des œufs. Au début, je me suis inquiété d'un risque d'invasion. Or, voisins et amis adoptent avec plaisir les petits de Mars. Les toiles que tissent ces bestioles, de l'avis de tous, étant le meilleur insecticide qui soit.

Par ailleurs, je peux vous annoncer que les Nordiens évoluent à la vitesse grand-V, principalement grâce à l'idée transmise par le Tigre, de les faire profiter aussi de l'usage des translateurs.

Et enfin, en parlant de notre androïde préféré, outre les cours d'histoire et de science qu'il prodigue à l'école, il continue sa tentative d'analyser la sémantique de l'intergalacte standard, avec l'acharnement qui caractérise son esprit informatique.

Ma reine réagit à cette dernière phrase :

– Il est pourtant prévenu que le concept même de traduction ne peut s'appliquer au langage des stellaires!

Zin' lui répond avec une grimace mimant un robot à tête allongée :

– Oh! Une intelligence artificielle, c'est têtu!

– Oui, le Tigre d'Acier est un "bigre de bigre", comme dirait ta mère!

– Mère, reine et cuisinière qui a parachevé les plats. Venez à table. ⊔⊤⋀⋈•⋏, comme on pourrait le souhaiter! Terminons cette journée en beauté...

Nous rions tous de ses vœux, et dégustons son excellente préparation.

Mon regard croise celui de ma reine. J'y devine le reflet grivois qui doit certainement transparaître dans mes prunelles aussi. Nous nous renvoyons un sourire en coin qui en dit long.

Que la soirée se finisse par le repas serait des plus étonnant. Zin' fait mine de ne rien remarquer. Elle se lève après avoir soigneusement empilé les assiettes et rassemblé les couverts. En débarrassant la table, pour tout emmener à la cuisine, elle tourne à peine la tête pour nous lancer :

– Je crois que mes parents sont fatigués. Vous pouvez déjà aller vous coucher. Je m'occupe de la vaisselle.

Bien que la maison soit assez bien isolée, nous nous adonnons aux jeux du plaisir de la plus discrète manière possible, afin de garder un minimum de respect pour l'intimité de tous.

Avant de nous endormir, nous chuchotons encore longtemps. Les projets bouillonnent. Alternativement, elle et moi échangeons nos visions de la suite de nos existences. Nous sommes déjà certains qu'ensemble ou séparément, nous visiterons des centaines de civilisations. Après tout, les voyages par translations peuvent très bien se poursuivre jusqu'à un âge très avancé. Pourquoi s'en priver?

Octa, Cycle 150, lune 6, jour 6 à mi-journée

Quelques notes pour sauvegarder quelques réflexions sur la destinée des peuples, de la place de l'Individu et des choix philosophiques.

Il est intéressant comme, malgré la foison et la diversité des civilisations qui pratiquent le voyage par translation, on découvre une part égale de dépaysement et de familiarité où que l'on aille. Il existe des mondes qui n'ont même ni sol ni ciel, et de multiples milieux où aucun élément ne permet une comparaison avec notre Terre. Pourtant, il y règne, chaque fois, une certaine similitude avec ce que l'on peut ressentir dans tous les endroits desservis par les translateurs : une base indéniable d'harmonie.

Contrairement à nos aïeux, la plupart des peuples des galaxies n'ont jamais connu de servitudes, de modèles financiers, de soucis de rentabilité, ou autres formes de carcans auto-infligés si chers aux habitants de notre boule bleue durant des siècles. La conception la plus courante de l'existence, de tout organisme capable de sensibilité intelligente, se fonde sur le fait que tout être, par sa simple activité créatrice, dépense de son énergie, ou contribue d'une manière quelconque. Comme, dans l'ensemble de la Cohérence Tarl' — sorte de "fraternité" intergalactique — le fonctionnement sociétal est très proche de celui pratiqué au Village : il n'y a jamais de gaspillage. La récupération s'opère naturellement dans tous les domaines. Il en va ainsi pour les objets inertes, comme pour les êtres vivants.

En outre, les civilisations techniquement, et scientifiquement, les plus investies, offrent leurs connaissances partout où elles peuvent s'avérer véritablement utiles. Par exemple, notamment lors d'un besoin pressant de grandes quantités d'énergie. Les Silamiens se servent, depuis longtemps, des fluctuations internes à la matière noire, comme des interférences continuelles entre matière et antimatière, pour les transformer en pulsions motrices. Je ne tenterais pas d'expliquer le processus à qui que ce soit... puisque le concept même me dépasse totalement. Toujours est-il que cette technologie est mise à disposition de quiconque en a l'utilité.

D'ici quelques Cycles, j'en saurai davantage. Mais, cela n'aura aucune incidence sur le fonctionnement général de notre jeune civilisation, puisque toute personne vadrouillant parmi les galaxies pourra glaner autant de connaissances que quiconque... enseignement automatique infusé à chaque translation oblige!

* * *

Il y a plusieurs jours, Zin' est retournée à Chanlys pour y retrouver son nouveau compagnon. J'ai cru comprendre que Kossan', son ex chouchou, est parti s'établir très loin. Mais je me trompe peut-être.

De toute manière, la notion de distance a sérieusement subi quelques distorsions, ces temps-ci!

Étrange qu'il soit devenu pratiquement plus facile de visiter un ami sur une planète d'un système stellaire quelconque, que d'aller faire un gentil coucou à sa fille, en empruntant un dirigeable pour parcourir quelques centaines de kilomètres au-dessus de quelques familières collines.

Il faut préciser que, par translateur, on ne doit pas contourner des zones toxiques!

Actuellement, n'importe qui peut aller au-delà, au propre comme au figuré, de l'imaginable!

L'existence est toujours aussi courte, mais que d'aventures peuvent s'y loger!

Au lever, la douceur de l'air n'a d'égal que celle que je ressens au fond de moi en ce moment. En compagnie de Tani, tasse de verveine en main, cette radieuse matinée est vouée à la contemplation.

C'est la première fois que nous profitons de cette terrasse. Il faut préciser que nous l'avons bricolée ensemble, et que du mortier de chaux garnit encore les quelques gerçures qu'il a provoquées dans nos paumes, puisque les travaux ne se sont terminés que tard dans la soirée d'hier. Pareille surface extérieure aurait été impensable, il y a dix ou quinze Cycles, à cause des pluies acides qui pouvaient abondamment s'abattre périodiquement. Toutes ces misères-là ne sont plus d'actualité.

Epilogue 1

Amours, amis, il n'est plus question que de jours. Bientôt, je vais m'asseoir à ma dernière méditation. Je vais me quitter, dire adieu à ma légende personnelle, accepter que je n'aie été qu'un passager temporaire. Je ne pourrai consoler votre tristesse, j'en suis désolé. Ce qui subsistera du moi actuel, lors de ma glissade vers la dissolution, ne connaîtra plus rien de ces notions-là. C'est un processus dans lequel vous, comme tout le reste, s'évaporera irrémédiablement. Le classique "Inspire... expire... Octa" arrivera au bout de ses Cycles.

La dernière expiration marquera le début du plus radical changement qu'un être puisse traverser. Comme vous le savez, pour avoir utilisé un translateur, tout à la fin, tout n'est que beauté, quand notre véritable profondeur est aspirée et se concentre juste avant d'imploser. Quant à la "non-suite", elle est tel un sommeil sans rêves, un songe dont on ne se réveille pas.

Ça n'a rien de dramatique. C'est naturel et, le moment venu, on en est conscient, on l'accepte avec bienveillance.

On naît au monde la tête vide, et l'on repart la tête vide. Mais, entre-deux, on peut découvrir qu'on est plein d'infinité.

Les notes qui suivent sont ajoutées au carnet d'Octa par le Tigre d'Acier.

Cycle 168, lune 5, jour 19, la nuit

Cette fois-ci, Octa est arrivé au bout de sa route.

Octa est mort heureux, en encourageant Tani et Zin' à ne pas souffrir de son départ définitif. Zin' a 34 Cycles et Octa, grand-père a bien pu profiter d'un petit-fils durant douze ans et d'une petite-fille pendant dix ans.

Je ne suis pas en mesure d'être triste, toutefois, je sais qu'Octa laissera un vide. Il aura été une personne importante dans l'histoire du renouveau de l'humanité, mais également dans mon environnement. Bien que la prolifération cellulaire, qui était en passe de le dévorer de l'intérieur, ait pu être combattue efficacement, les multiples tumeurs ayant disparu dès la première utilisation d'un translateur, la nature organique d'Octa a fini par lâcher. Ma logique indique clairement qu'Octa aurait pu contribuer encore à de nombreuses améliorations, s'il avait fait les mêmes choix que le Tigre de Papier. Mais sa philosophie était incompatible avec une longévité augmentée par les implants mécaniques et les remplacements de fonctions vitales.

Octa avait développé, comme tout un chacun bien sûr, ses propres aptitudes cognitives. Mais, dans sa constante curiosité, il est souvent parti explorer des domaines subtils qui dépassent, de loin, ceux de la simple découverte éclectique. Il est devenu, en quelque sorte et malgré lui, un archétype de "Villageois idéal". Je me suis occupé de lui pendant ses derniers Cycles et ultimes Lunes. Cette période n'a pas été particulièrement douloureuse pour lui. Elle l'a été presque davantage pour ses amis. Ceci est la raison pour laquelle il a exigé que ce soit moi, le Tigre d'Acier, celui qui ne peut pâtir de ses sentiments, qui le soigne dans ses plus difficiles moments. Il ne voulait pas faire souffrir "inutilement" autrui, en imposant les "sales moments" à ses proches, comme il se plaisait à le dire.

Quand je lui affirmais très objectivement que personne ne l'oublierait, Octa se mettait à rire.

– Ah! Cher Tigre d'Acier, comme tu es logique! Les traces que l'on peut laisser derrière soi, après sa mort, ne sont que des documents, des monuments et d'autres souvenirs. Ce que Chacune et Chacun est vraiment, personne en dehors d'elle et/ou de lui-même ne peut le connaître. Je suis heureux que les humains aient eu l'occasion de rencontrer les Intergalactes, car grâce à leurs translateurs, Chacune et Chacun a la chance d'expérimenter la nature profonde de l'Univers en se diluant dans le Tout-Rien lors de ses déplacements supra-stellaires. C'est cela, le plus important. L'essentiel n'est pas la partie visible ni cartésienne de l'Individu. Ce qui compte, c'est la relativité absolue qu'il peut avoir la possibilité de réaliser pendant qu'il est encore en vie.

Ces affirmations, typiques du personnage, m'ont toujours laissé perplexe.

Quel intérêt cela peut-il bien avoir?

C'est aussi un aspect étonnant chez ces êtres capables d'émotions : ils naviguent sur un océan de mystères étrangement insaisissables par la pensée. Ils disent écouter leur cœur. Mais cet organe n'est qu'une pompe, dont le seul langage est un bom-bombom continuel.

Je crois que je ne les comprendrai jamais!

Epilogue 2

Je m'appelle Yocta Bigr', petit fils de Zin' Taniocta et Yarda Lokar. Descendant de Tani et Octa, me voici assis sur le Haut Tuyau surplombant le Village, probablement au même endroit où mon arrière-grand-père aimait venir profiter de sa solitude.

Il existe un croquis, à la Bibliothèque, datant de cette époque et j'avoue que malgré quelques changements, l'aspect paisible lié à celui de l'intense activité a gardé sa fameuse résonance émotionnelle. Il faut dire que beaucoup de personnes sont allées s'installer dans d'autres lieux, sur de grands territoires abandonnés, mais parfaitement salubres de cette planète, mais aussi sur d'autres. Bien sûr la population a nettement augmenté. Cependant, une attention particulière est portée à ne pas dépasser, plus qu'il ne faut, la masse critique nécessaire à assurer une pérennité à l'humanité. Il n'est pas question d'essaimer, au contraire, il s'agit simplement de respecter et préserver l'espace individuel de Chacune et Chacun.

Toutefois, pour des raisons d'archivage, les personnes ont adopté un deuxième nom depuis deux générations. Un signe d'affiliation, en quelque sorte. On peut en changer à tout moment, il suffit de le rendre publique. Mes grands-parents avaient choisi "Taniocta", en souvenir du couple légendaire que formaient leurs géniteurs. Quant aux miens, ils ont préféré "Bigr'". Mon aïeul avait habitude de souvent utiliser l'exclamation "Bigre". On la trouve dans de nombreux anciens écrits de la Bibliothèque. En connaissant l'affiliation qui existe entre les Taniocta et les Bigr', on évite les relations pouvant donner naissance à une progéniture problématique.

La vie de mes arrières-grands-parents est un sujet qui soulève, encore de nos jours, quantité de questions. C'est une chance que tous peuvent compter sur des explications et des récits de première main. Le Tigre d'Acier, toujours fonctionnel, est un infatigable enseignant qui passe régulièrement dans les trois écoles du Nouveau Monde, celle de Chantelys, à l'est — le village fondé par Zin' Taniocta et où je suis né — celle de Verdure, au sud et celle de Beaunord — un regroupement des anciennes Grandville et Château, au nord-est. J'ai suivi ses cours et, bien qu'il soit un androïde, il m'a semblé qu'il parlait d'une manière particulièrement affectueuse quand il évoquait la période de son lien d'amitié avec Tani et Octa.

Son érudition est sans pareille. Hélas pour lui, il n'a pas fait de grands progrès quand il s'agit de converser correctement en intergalacte. Le comble: il est bien le seul à ne pas réussir à comprendre pourquoi. Il a dû rencontrer des milliers de stellaires, mais rien n'y fait... et n'y fera jamais.

Pour un être doté d'intelligence émotionnelle sortant d'une translation, la notion d'existence est diamétralement bouleversée. On se rend compte que l'on peut avoir été, auparavant, tout et n'importe qui. En se rematérialisant, vers la fin d'une grossesse et au moment de l'accouchement, on s'imprègne de tout ce que le Big Bang peut contenir de réalités multiples et diverses. Notre conscience renaissante devient, dans le glissement de l'Instant Présent, en quittant ce qui est un pour rejoindre la dualité, une véritable éponge à connaissances. Tous les passés, et tous les avenirs se condensent en un seul point, infiniment petit. Par exemple, on peut voir surgir des souvenirs de réincarnations possibles récoltés lors de la glissade intemporelle au travers de la foison de probabilités embarquées dans le non-temps.

Être vivant, et pouvoir l'apprécier est une expérience merveilleuse!
La tête dans l'universel, et les pieds sur terre.
La durée importe peu. C'est l'intensité qui compte.

Un faible vent du nord-ouest joue à s'enrouler dans mes cheveux gris, les faisant chatouiller mes épaules et le creux du cou. C'est un soir de la belle saison. Il fait encore chaud, la nuit s'invite timidement, tout doucement. Au loin, je vois un spectacle qu'Octa n'a pas eu l'occasion de contempler : des dizaines de points lumineux viennent piquer les flans de la chaîne de collines de l'est, telles des étoiles tombées du firmament. Du temps où vivait Octa, ces reliefs étaient complètement mangés par la sécheresse. Les rares averses, qui daignaient les humecter alors, brûlaient tout ce qui aurait pu tenter d'y pousser par leur acidité. Ceci n'est plus le cas. Maintenant, les pluies qui nous arrosent sont douces et plus abondantes, et la verdure a couvert l'ocre qui dominait dans cette direction. Dans les habitations, dont on voit les lumières s'allumer derrière les fenêtres, s'activent nos cousins vignerons et maraîchers. Ces collines, autrefois stériles, nous offrent, chaque Cycle, les fruits les plus succulents qui soient.

Au nord, au-delà de la deuxième chaîne de montagnes, la quatrième génération des Nordiens s'installe paisiblement dans la Vallée Des Huiles. Il n'y a pas si longtemps, leurs ancêtres étaient belliqueux et voulaient tout envahir. Il faut croire que leur taux d'ocytocine a, maintenant, atteint une jolie proportion, puisqu'il paraît que les Intergalactes vont y placer un translateur, d'ici quelques jours.
Mon cher aïeul, à cette occasion, aurait sûrement clamé : Bigre!

Un léger vrombissement me fait tourner la tête un peu plus vers le nord. Éclairés des rayons orange du coucher de soleil, plusieurs immenses ballons se glissent majestueusement, chargés de rejoindre une navette orbitale stationnée sur une des plateformes flottantes aux confins de l'atmosphère. Cette mesure n'est plus tant liée au bruit des réacteurs — là aussi, les techniques ont évolué — mais à la qualité de l'air. Nos ancêtres avaient terriblement affaibli le taux d'oxygène avec leurs moyens de transport.

Comme certains véhicules fonctionnent encore avec d'anciens systèmes, il est préférable qu'ils restent en altitude.

Là-haut, flirtant avec une Lune rougissante, la Trotteuse, telle une tomate mûre, avec sa fonderie qui l'accompagne fidèlement, passe à l'ouest. Quelques petits points brillants tournent aussi autour du satellite, des navettes quittant ou accostant ses flans sans doute. Il se peut que des sphères hyperquarks se trouvent dans le lot. C'est ainsi que se font les derniers bouts de trajets pour les translations volumineuses. Les voyages nous sont devenus, comme cela l'est depuis longtemps pour nos voisins intergalactiques, une seconde nature.

Justement, demain, je vais voir des amis sur Gaün-Lakor. Ce sont des humanoïdes de bonne compagnie, fêtards au possible. Je vais sauter dans le translateur avec un sac rempli de légumes sur le dos, pour leur cuisiner une spécialité terrienne.

Lexique

A

Agave (aloès) : plante dont est extrait le sucre utilisé au Village.

Achesse : initiales HS devenues un mot du vocabulaire des guerriers du Nord.

Appartenance (sentiment d') : complexe courant durant les derniers millénaires d'avant la Grande Destruction. La conscience empathique a rendu ce besoin caduc.

B

Barquette : (ou caboteur) petit dirigeable à pont ouvert.

Bibliothèque : bâtiment du Village où sont gardés les textes, coupures de journaux, livres et commentaires manuscrits.

Bigre ! : vieux français, exclamation de surprise (utilisée presque exclusivement par Octa)

C

Caboteur : (ou barquette) très petit dirigeable, rapide, sans cabine fermée, destiné au déplacement de peu de personnes.

Carabiné : fort, particulièrement intense (expression régionale)

CG : Abréviation de Commandant(e) Général(e), le plus haut grade dans la station orbitale OSP-01.

Collectivisme : Longtemps considéré comme étant "anti-égoïste", il a eu l'effet inverse, en cultivant insidieusement la frustration. D'une manière très perverse, le collectivisme donnait l'impression d'une entente entre individus, alors qu'en réalité, il s'agissait plutôt d'une forme de conditionnement encourageant l'adhésion à la notion illusoire de "groupe".

ComsatHIPS : Satellites de communication détruits pendant les conflits qui faisaient rage pendant la Grande Destruction.

Cycle : durée de douze Lunes. L'humanité ayant abandonné le compte en années. Plus tard, une treizième Lune est intercalée pour compenser le décalage des périodes.

D

Dé : Cube à six faces portant des valeurs de 0 à 5. Le chiffre indique le nombre de jours mis à disposition. Chaque villageois possède plusieurs Dés personnalisés, qu'il place, à sa convenance, dans des casiers correspondants aux jours d'une Lune et aux tâches à accomplir. Les casiers se trouvent sur le Mur.

Demi-Lune : durée de quatorze jours. En général, allant d'une pleine-lune à une lune noire.

Démocratie : Un des anciens systèmes politiques d'avant la Grande Destruction. Comme tous les autres systèmes, il n'a pas su donner leur valeur respective aux individus.

Destruction (La Grande) : Cataclysme provoqué par de nombreux facteurs différents et ayant abouti à une quasi-extinction de l'espèce humaine (et totale de nombreuses autres) sur toute la surface de la Terre.

Déviateur : petit dispositif bricolé par Yaro. Il permet de dévier les écoutes et les surveillances caméras.

Diantre ! : vieux français, exclamation de surprise (utilisée que par Octa)

Discplot : jouet à lancer et rattraper.

Dôme (le Grand) : collecteur du gaz de fermentation de matières organiques. Le gaz est distribué pour usage ménager et pour la production d'électricité en cas de pénurie.

E

EMI : expérience de mort imminente, comme celle qu'Octa a eue.

Empathie : capacité de ressentir ce qu'une autre personne ressent, d'acquérir une compréhension de l'autre.

Épreuve : pour les arrivants de l'extérieur du Village ou de la Salière, il s'agit du passage au travers du Labyrinthe pour atteindre une des portes gardées du Village.

F

Follettes ou Vents Fouettants : nom donné à un phénomène météorologique ayant une récurrence cyclique. Des bourrasques chargées de pluies acides mettent en danger les personnes et les cultures.

Fourmilière : terme souvent utilisé péjorativement, pour signifier une attitude collectiviste qui entraîne la catastrophe dès que la reine meurt.

Four solaire : fonderie utilisant la concentration de rayons solaires pour le traitement de métaux. Il en existe une en orbite autour de la Trotteuse et une autre, en forme de tour, à l'est du Village.

G

Grade : évaluation subjective de l'importance d'une personne et supposée l'autoriser à donner des ordres à d'autres individus.

Gris : Surnom donné aux nouveaux arrivants ayant tous, comme caractéristique visuelle, des cheveux gris et une teinte épidermique légèrement cendrée. Aucune connotation "raciste", une simple évidence visuelle.

G. U. N ou la GUN : pour Grande Union des Nations. Ce fut la dernière tentative de sauvetage de la civilisation. Les nationalismes n'avaient entraîné que guerres et destructions. Mais, le dé-morcellement de l'humanité n'a que peu duré et les fractures ont repris de plus belle, jusqu'à ce que fin s'ensuive.

Gynoïde : robot humanoïde perfectionné auquel on a donné une apparence et des attributs féminins.

H

Heure : ancienne mesure de temps réintroduite au Village suite au séjour de villageois dans la station orbitale.

Huitante : 4x20 = 8 suivi d'un 0. Manière de compter par décimales en langage d'origine latine. Les germaniques diront, pour huitante-cinq, cinq et huitante.

Hypophyse : responsable de la gestion des hormones, dont l'ocytocine. Il est connu que les assassins et les personnes manquant d'empathie ont des hypophyses sous-dimensionnées.

I

Individu : Être exclusif et dont la valeur est unique et irremplaçable. Il cultive son originalité, ses capacités autarciques, ses connaissances multiples, sa sagesse et son empathie. Celui qui sait vivre seul ne sera jamais un poids pour autrui. Celui qui sait vivre seul sait mieux vivre avec d'autres.

J

Jour : il y a vingt-huit jours dans une Lune

K

Kepler : voir "loi de Kepler"

L

Langota : sous-vêtement fait d'une seule pièce de tissus. Porté par les yogis des Indes

Larves : cultivées dans de grands bacs, sous serres, elles sont le principal apport de protéines dans la nourriture du Village.

Leehrcryo : utilisé par simplification en remplacement de "pseudo-cryogénie de Leehrmind".

Leehrmind (Nossart) : Professeur ayant inventé et développé la cryogénie partielle utilisée pour pallier au manque de naissance dans une population menacée de consanguinité.

Loi de Kepler : lois qui décrivent les mouvements des corps célestes. Elles peuvent être appliquées à tous corps en orbite autour d'un autre.

Lune : douzième d'un Cycle. Durée entre deux pleines-lunes, soit vingt-huit jours.

M

Manoir : Domicile du Tigre. Immense bâtisse en pierre et au toit de tuiles. Vestige intact d'une habitation luxueuse d'avant la Grande Destruction.

Minute : soixantième d'une "heure". Cette appellation va remplacer, progressivement, le terme moins précis de "moment".

Mur (le) : Grande paroi abritée, occupée sur toute une face par des casiers d'environ 10x10cm. Sorte d'agenda qui permet de savoir qui fait quoi et à quel moment. Élément indispensable dans l'organisation libre du Village. Abandonné plus tard, et remplacé par un tableau-organigramme prenant moins de place.

N

Nonante : 4 • 20 +10 = 9 suivi d'un 0. Base latine, manière de compter en mode décimal.

O

Ocytocine : hormone produite au niveau de l'hypothalamus et stockée-diffusée par l'hypophyse. Influence, entre autres, la capacité de ressentir de l'empathie.

Orbitien : résident de OSP-01, alias la Station, alias la Trotteuse, à l'origine composés exclusivement de Gris. Par la suite, les Villageois qui s'y installent, ou y séjournent souvent, sont également nommés Orbitiens.

OSP-01 : Orbital Space Platform – le nom d'origine de la Station ou Trotteuse

P

Papillodard : Grand papillon mutant, aux ailes jaunes, muni d'un dard. Sa piqûre est mortelle.

Pointe de la fourmilière : expression qui, suite à la disparition totale des glaces polaires, a remplacé celle très usitée de "La pointe de l'Iceberg".

Potron-minet : expression ancienne (comme les apprécie Octa) signifiant "petit matin", l'aube.

Proto-ocytocinat : nouvelle molécule stimulant l'hypothalamus dans sa production d'ocytocine.

Pseudo-cryogénie (de Leehrmind) : méthode d'hibernation inventée par le professeur Nossart Leehrmind. Aussi appelée "leehrcryo"

Purju : Boisson des Verts, qui remplace l'eau courante, extraite des grosses tiges creuses d'une plante semi-aquatique.

Q

Queue : ce que le serpent se mordait avant la Grande Destruction.

R

Rien-Tout : ce qui n'a pas besoin d'exister, avant et après les éventuelles incarnations temporaires dans des univers matérialisés.

S

Salière (la) : hameau situé à trois kilomètres du Village, niché à flan des rochers d'où est extrait le sel.

Septante : 60 +10 = 7 suivi d'un 0. Base latine, manière de compter en mode décimal.

Sophocratie : suite logique à l'échec de la démocratie, il s'agit d'un non-système basé sur la sagesse intrinsèque dont peut faire preuve tout individu ayant suffisamment développé son empathie.

Sulawesi : poisson indonésien du nom du lieu.

Suridentification : attitude très commune avant la Grande Destruction. Manière de croire que l'on est ce que l'on fait ou que l'on est ce que l'on pense. Exemples typiques : militantisme, nationalisme, fanatisme, égotisme.

T

Translateur : Appareil servant à transférer un être, ou de la matière. Les translations s'opèrent grâce à la communication naturelle entre quarks similaires, indépendamment des distances. Les compatibilités sont immédiatement reconnues et permettent des transferts sans danger.

Trois mondes (les) : Terme retrouvé et adopté par Octa, pour désigner l'expérience de la dissolution de son ego, et de la fusion de sa conscience avec le Rien-Tout non-matériel.

Trotteuse (la) : aussi appelée Petite-Lune ou la Menteuse : est un satellite d'avant la Grande Destruction.

V

Village : L'ensemble des habitations, cultures sous serres, réserves, bibliothèque, ateliers et laboratoires. Protégé au Nord par le territoire du MANOIR, à l'est, sud et ouest par des palissades. On y entre exclusivement en réussissant à traverser un labyrinthe. Le Village est relié, par un vestige d'une ancienne route bitumée, au hameau nommé "La Salière". Les deux "agglomérations" sont habitées par les seuls survivants connus.

Z

Zénitude : capacité à pouvoir garder son calme et sa lucidité en toute circonstance.

Personnages

Octa : le *narrateur*

Iraa : une amoureuse de Octa

Cicé : une autre fille dont Octa est amoureux, mais qui ne s'intéresse pas à lui

Holt : disparu dont Octa trouve le journal (il le retrouve plus tard !)

Yaro : éminent bricoleur, inventeur et spécialiste de l'observation des étoiles et des deux lunes. Il va fabriquer un petit télescope.

Arl : avec une vivacité et un charme époustouflant malgré ses cinquante Cycles est l'amie de Yaro

Yerz : un homosexuel qui aurait voulu qu'Octa le soit aussi. Très observateur, il a remarqué quelques anomalies comportementales chez plusieurs habitants du Village et a mené sa petite enquête.

Elso : amoureuse d'Aershon'

Oyssa : amoureuse de Balmron'

Olpa : amoureux de Lénida

Autres villageois

Hollaz : génie de l'observation, malgré un léger handicap cérébral

Loga : ayant une empathie moins développée, il a une tendance à convoiter un leadership

Samo : bien qu'avec une hypophyse relativement petite, elle est d'une grande sensibilité musicale. Elle est luthier (luthière ?) et a offert une superbe guitare à Octa.

Saroc : le grand-père de Salis. Il connaît encore des histoires des premiers temps.

Yesso : vient d'emménager chez Kani

Sari : hermaphrodite, elle-il très féminine. Se foule une cheville en testant un prototype d'aile volante inventée par Yaro. Prend un rôle important lors de l'arrivée des Nordiens.

Narkl : voisin direct d'Octa et amant de Sari.

Dzab : a fabriqué un excellent prototype de tricycle transporteur, dont la partie transport de marchandise peut être détachée. Il est un des pilotes du premier grand vaisseau.

Telk : Spécialiste des objets en verre. Il va devoir sacrifier du papier journal pour le polissage final des lentilles du télescope. A appris à piloter, aussi de grands vaisseaux.

Les premiers "Gris" arrivés au Village

Tani (Lieutenant Tani Yernassa, dans la Station) : le coup de foudre d'Octa, devient sa compagne et mère de leur fille Zin'

Rowsha : joue le chef des "Gris" à l'arrivée au Village. (Est, en fait, sous les ordres de Tani, officiellement, mais sous ceux de Togal Attar, capitaine sur la Station).

Aershon' : masculin

Lénida : jolie fille, plus jeune et plus en retrait que Tani. Ses cheveux ont des mèches plus contrastées

Hisnili : pas très grande, elle a l'air plus âgée et est plus musclée que Tani

Yofalia : féminine

Balmron' : masculin, très jeune plutôt subordonné

Darin' : Grise nettement plus âgée, pourrait être la mère de Tani. Rencontrée au Manoir. Elle prend la succession de Carlonicum et devient la nouvelle Commandante Générale de la Station.

Habitants au Manoir

Le TIGRE DE PAPIER : de son vrai nom Henri-Grégoire Ferretoni, fils de Giovanni Carlo Ferretoni, devenu milliardaire grâce à Juliano Ferretoni, "Collectionneur" et "Récupérateur de génie", selon la presse. En réalité, Juliano était "chiffonnier".

Le docteur **Arbor Trandini** : "médecin personnel du Tigre"

Farim' Dolan' : le nouvel amoureux d'Iraa.

Rolsar : une sorte de majordome, messager du Tigre.

Sorlnash, **Kiamy**, **Dolinar** et **Tasiilio** : quatre Gris rencontrés plus tard au Manoir.

Personnages nouveaux dans le tome 2

Gris

Carlonicum Estariaro : commandant général. S'intéresse à la sophocratie.

Togal Attar : capitaine principal désireux de remplacer le commandant général.

Yoser Palitac : aumônier devenu fanatique et créateur de la secte de "L'Ordre"

Dolcat Mosivar : jolie Grise, affectée à l'intendance. Elle essaie de séduire Octa sur ordre.

Capitaine médecin **Lusotul Kotmas** : à la solde d'Yoser Palitac.

Capitaine médecin **Terendel Osparov** : résolument opposé aux idées de l'Ordre. Sera le médecin-chef dans le vaisseau pour Mars.

Erdezan' Yossil : lieutenant qui est désigné par Carlonicum pour renseigner Octa.

Lorsarn' : un soldat hostile à l'Ordre et qui vient proposer à Octa de prendre sa place pour un aller-retour au Village.

Tendlor : autre soldat allié aux antis-Ordre.

Coltim' Soragot' : se fait passer pour Octa, suite au putsch de Togal.

Eragadi Tossevar : se fait passer pour Tani, suite au putsch de Togal

Personnages nouveaux dans le tome 3

Ètschè : reine des Verts avec Dolcat

Toltia : chef des chasseurs Verts qui capture l'équipage du dirigeable Un

Potia : un chasseur Verts

Yolasi Parikal : un nouvel haut-officier de la Station, ancien collègue de Tani

Tidl : fils de 4 ans de Oyssa et Balrom"

Aréél : fillette de 1-2 ans de Lenida et Olpa

Kalia Aatsib : co-exploratrice lunaire

Yotanis Ségoral : co-explorateur lunaire

Karnil Tobasim' : capitaine des communications

Ténerdac Rofa'in' : capitaine des renseignements

Tarini Sinols : directrice générale des recherches techniques dans la Station.

Personnages nouveaux dans le tome 4

Lorlo : Villageois âgé ayant choisi une gynoïde, Itazi, comme compagne pour ses derniers jours.

Tiri : première gynoïde résidente au Village.

Tikal : Villageois amoureux en quête d'une Dulcinée.

Yocta Bigr' : petit fils de Zin' Taniocta et Yarda Lokar.

Habitants semi-permanents de PATATLA (anciennement le Désert Pâle)

Yor Dala : actuellement chimiste et dirigeant des opérations.
Déril Dala : charmante jeune femme chargée de l'extraction et des contrôles de qualité des patates (sœur de Yor).
Toli Opaz : actuellement opérateur à la grande lamineuse.
Siwi Karp : vérificatrice des résistances des matériaux.
Tola Paor : recyclage des émissions résultantes des opérations de transformations.
Serto Clom' : responsable des stockages et de l'inventaire.
Fori Sila : organisateurs des transports.

Orbitien venu dans l'usine de plastique de Patatla

Yotakim' Tobasim' : ingénieur en mécanique, et frère de Karnil, capitaine des communications de la Station.

Habitants de Grandville

Boza : incarne un forgeron
Tonzo : faux paysan, comme Octa
Pita : habituellement douée en électronique et micromécanique, joue l'épouse vieillissante de Tonzo
Kerno, **Sojo**, **Toki**, **Mesi** et **Talo** sont artisans

Les Nordiens : peuple guerrier venant d'une grande île à l'extrême nord du continent.

Korak : le Granlidère, chef des guerriers du Nord.
Le Kla : un charlatan qui se fait passer pour un prêtre-devin-chaman aux yeux des Nordiens.
Ramek : Shérif du granlidère. Futur amoureux de Sari.
Assok : lieutenant des troupes du Nord.

Quelques membres connus de l'*équipage du vaisseau interstellaire*

Telk : villageois devenu pilote de vaisseau spatial.
Erdezan' Yossil : Gris de la Station, ami d'Octa.
Lorsarn' : Gris installé au Manoir.
Tendlor : Gris de la Station.
Kalia Aatsib : Grise, co-exploratrice lunaire
Yofalia : Grise ayant aussi séjourné au Village
Lenida : Grise ayant aussi séjourné au Village
Yotanis Ségoral : Gris, co-explorateur lunaire
Karnil Tobasim' : Gris de la Station, capitaine des communications
Ténerdac Rofa'in' : Gris, capitaine des renseignements pour la Station.
Eragadi Tossevar : Grise qui avait pris la place de Tani au Village.

Intergalactes

Kiaka-Tosaa : axolotloïde, premier contact ET d'Octa.
Kossipalkino : premier émissaire stellaire en visite au Village.
Do'kialota : émissaire venu installer un translateur au Village.

Acteurs décédés pendant la Grande Destruction

Nossart Leehrmind : inventeur de la méthode d'hibernation dite "Pseudo-cryogénie de Leehrmind".

Associés du Tigre, membres triumvirat des milliardaires :

Helena Thornsöm-Shenky : propriétaire de centaines de laboratoires et d'usines chimiques.
Paul-Esop Greepolth : célèbre propriétaire de chaînes télévisées et d'ateliers de métallurgie.

Editions avn
CH-1045 Ogens

Déjà paru du même auteur

Série LES CENT PAGES D'ALEX   maximes
collectors format A6 paysage
Reliures artisanales diversifiées

Tome 1 : Les 100 Pages d'Alex
    (Les cent pas "Je", lait sans pages, laisse en pas "je", laissant pages...)

Tome 2 : Les sans autres   3e réédition

Tome 3 : Les Plus que Sent...   3e réédition
    (Les Sangs nouveaux d'Alex)

Tome 4 : Les cent vingt pages d'Alex 3e réédition
    (Les Sangs Vains)

Tome 5 : Les 105 pages d'Alex   2e réédition
    (les sangs saints, les sans seins, les sens sains) ÉPUISÉ

Tome 6 : Les Sans Scies
    (Les 100 Si)

Tome 7 : publication défectueuse
    (Les sets sens)

Tome 8 : Le tome VIII

Sous le nom de Alex Muller

Le Manifeste de l'Art Visionnaire Narratif   ÉPUISÉ

Vers de ma pomme   prose poétique   carnet

Billets doux   recueil de douze nouvelles
ISBN 2-9700229-2-3

LE guide du tourisme intergalactique avec lexique français-intergalacte standard
ISBN 2-9700229-1-5

Pour un touchant regard   poèmes avec transcription Braille   A4
                          Avec la participation de la FSA, Lausanne

Sous le nom de Alex de Kyburg

Le Tigre de papier I   AVN 21   ISBN 978-2-940611-00-3
Le Tigre de papier II   AVN 22   ISBN 978-2-940611-03-4
Le Tigre de papier III AVN 23   ISBN 978-2-940611-04-1
Le Tigre de papier 4   AVN 24   ISBN 978-2-940611-05-8

TARL'   Jeu de cartes intergalactiques   ÉPUISÉ

Coffret de mini infographies   plastifiées   ÉPUISÉ

Courts métrages créés entièrement sur ordinateur 2D + 3D

Odiiraa   1991

3 films d'Alex   DVD + Fascicule   2000
ISBN 2-9700229-4-x   ÉPUISÉ

Kadri'   2010
          court métrage 6 minutes   online
          2e concours AMDA 2010

Mémoire du Jorat
Récits recueillis par Claire-Lise Gilliéron et Mousse Boulanger   ÉPUISE.

Bienvenu en Acratie   KrummenHacker   Tome 2   AVN 20
ISBN 978-2-9700229-8-5   Réédition par l'AVN

L'Acratie, c'est assez   KrummenHacker   Tome 3   AVN 19
ISBN 978-2-9700229-9-2

Confederatio Acraticae   KrummenHacker   Tome 4   AVN 25
ISBN 978-2-940611-06-5

*Bernard Krummenacher alias KrummenHacker est décédé en 2018, des suites
d'une foudroyante maladie.*

Situations et personnages sont imaginaires.
Toute ressemblance avec des personnes ou des lieux existants est fortuite.

Conception de la couverture, illustrations et mise en page
Alex de Kyburg

ISBN: 978-2-940611-05-8

ART VISIONNAIRE NARRATIF